KB037584

첫사랑
A/S
상담소

서랍의날씨

목차

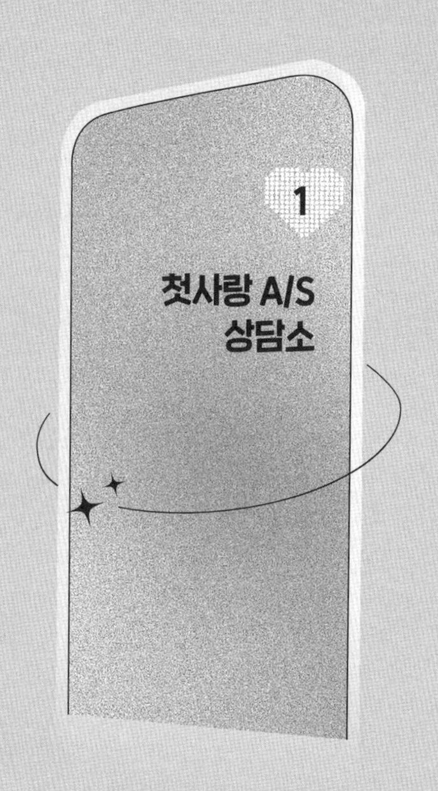
1
첫사랑 A/S
상담소

토요일 아침부터 놀이터에는 아이들이 뛰어노는 소리가 요란했다. 창문 너머로 들려오는 웃음소리에 잠이 깬 혜주는 약간의 두통과 함께 눈을 떴다. 마주 보이는 천장의 불빛이 환했다. 어젯밤 불을 켜놓고 잔 모양이었다. 시계를 보니 9시가 넘었다.

어제 술을 좀 마셨다. 일 년 가까이 이어진 연애의 마침표를 찍었기 때문이다. 맨정신으로 시간을 견디기 힘들어 편의점에서 소주 한 병을 사다가 과자를 안주 삼아 마셨는데 언짢은 마음으로 마셔서였을까, 안주가 부실해서였을까, 저 혼자 취해버렸다.

헤어지자는 말이 나온 건 일주일 전이었다. 그때부터 계속 고민했다. 이렇게 헤어지는 게 맞을까. 아니면 다시 시작할 수 있을까. 시계추처럼 왔다 갔다가 하는 마음을 붙잡고 일주일이나 오락가락했다.

동준이 다시 시작하자고 연락을 해왔다면, 어쩌면 마음을 돌이켰을지도 몰랐다. 하지만 다정했던 그는 거짓말처럼 얼굴을 바꾸었다. 헤어지자고 한 뒤, 단 한 번의 연락도 없었다. 하지만 그가 특별히 냉정하다고 생각되지는 않았다. 자신 역시 그에게 연락하지 않았기 때문에.

서로가 이렇게 결심이 굳다면 헤어지는 게 맞지 않을까. 어제 드디어 그렇게 결론을 내렸다. 그러니까 진짜 이별의 날은 어제였다. 술 없이 지나가기 어려운 날이었다.

어제의 기억을 되감으며 멍하니 천장의 불빛을 바라보던 혜주가 길게 한숨을 내쉬었다. 어떤 사람들은 오늘 헤어지고 내일 다시 만나고, 모레 헤어지고 글피 다시 만난다고 한다. 연인 사이에 헤어지고 다시 만나는 일이 그리 어려운 것은 아니라고 한다. 하지만 혜주는 자신이 그럴 리는 없을 것 같았다.

"이제 정말 끝이네. 진짜 끝이야. 완전히 끝났어."

아직도 낯선 이별을 마음으로 받아들이기 위해서, 그녀는 자꾸 '끝'이라는 말을 되뇌었다. 물론 지난 일주일이 몹시 괴로웠지만 아직은 이별을 제대로 실감하지 못하는 것 같다. 이별의 흔적은 앞으로 오랜 시간 두고두고 뒤통수를 칠지 모른다. 그러니 빨리 이 이별을 받아들여야만 한다.

"끝…. 끝…. 끝…. 끝이라고."

혜주는 다시 한번 끝이라는 말을 되뇌다가 문득 그에게 받은 팔찌가 생각났다. 생일선물로 받은 고급 브랜드의 팔찌였다. 한 몸인 듯 차고 다니다 헤어지고 돌아온 날 벗어 두었는데 이제는 진짜 끝을 만났으니, 팔찌를 돌려주어야 할 것 같았다.

그녀는 엉거주춤 일어나 화장대로 가서는 서랍을 열고 팔찌를 집어 들었다. 등기우편으로 보내야 하나…. 택배로 보내야 하나…. 직접 갖고 가서 주기는 곤란한데…. 보낼 방법을 고민하던 중, 그보다 먼저 해결해야 할 일이 생겼다는 걸 알아차렸다. 헤어지고 돌아온 날이라 화가 나서 너무 거칠게 잠금을 풀었는지 고리 부분이 찌그러져 있었다. 그대로 줄 수는 없었다. 마무리는 깔끔하게 하고 싶었다.

혜주는 휴대폰으로 팔찌 브랜드의 A/S 센터를 검색했다. 집 근처의 제일 가까운 지점이 검색됐다. 그런데 지도로 위치를 확인한 뒤 팔찌를 챙겨 일어서려는 순간, 그 밑으로 이상한 글자가 눈에 띄었다. 여러 주변 지역 상점 이름들이 나열된 가운데에 특별히 눈길을 붙잡는 글자.

첫사랑 A/S 상담소

"이게 뭐야? 첫사랑 A/S 상담소? 술집인가? 카페인가? 희한한 이름이네."

처음 보는 낯선 상호가 묘하게 호기심을 자극했다. 하긴 '첫사랑'이라는 단어는 그 자체가 사람들의 관심을 끄는 것이기도 했다.

혜주는 도로 침대에 걸터앉아 상호를 터치했다. 그러자 소개 글이 떴다.

첫사랑을 잊지 못하시나요? 그 사람을 다시 만나 첫사랑을 이루고 싶으신가요? 그렇다면 '첫사랑 A/S 상담소'를 찾으십시오. 당신의 조각나고 깨진 첫사랑을 완벽하게 A/S 해드립니다.

"무슨 소리야…. 첫사랑이 가전제품도 아니고 어떻게 A/S를 한다는 거야…."

말이 안 되는 소리에 헛웃음이 나오는데, 혜주의 눈길은 홍보문구 밑으로 줄줄이 달린 댓글에 가서 닿았다.

대박. 나 사기 글로 신고하려다 진짜 첫사랑이랑 다시 시작함.

나는 사람들이 여기를 몰랐으면 좋겠다. 첫사랑을 다시 이루는 행복한 일이 너무 흔해지면 안 될 것 같은 느낌. 내가 너무 이기적인 건가?

이 사람들은 또 왜 이러는지. 혜주의 고개가 갸우뚱해졌다. 하지만 그러면서도 자신의 첫사랑이 생각나는 건 어쩔 수 없었다. 동준과의 사랑이 힘들게 끝나고 나니 풋사과 같았던 첫사랑이 더 소중하게 느껴지기도 했다.

그녀의 첫사랑은 고등학교 1학년 때의 같은 반 남학생, 박문호였다. 그는 외모에, 성격에, 성적까지 갖춰 모든 여학생의 선망 대상이었다. 지금은 동창회 모임에서나 가끔 보는데, 나이 들어 더 원숙해진 외모와 깊어진 성격에 대기업 직장까지 두루 갖췄음에도 불구하고 아직 솔로라 의아한 녀석이었다. 물론 첫사랑의 감정은 사라졌지만, 그런 킹카를 마다할 여자는 없었다. 잘 되기만 한다면야 감사할 일이었다.

동준과의 이별 때문에 끝없이 우울해진 기분을 전환이라도 할 겸 그녀는 Q&A 게시판에 글을 올렸다. 사실 첫사랑을 A/S 한다는 걸 믿을 수 없기에 장난스러운 마음이기도 했다.

어떻게 하면 첫사랑을 복구할 수 있나요?

그런데 엔터키를 눌러 글을 등록시키자마자 대기라도 하고 있었다는 듯 바로 답글이 올라왔다.

여러 가지 방법이 있습니다. 궁금하시면 전화를 주시기를 바랍니다. 0770-9876-1234

"엄마, 깜짝이야. 무슨 답이 이렇게 빠르담?"

지나치게 빠른 답변에 놀랐지만, 혜주는 그래서 더 이상하게 끌렸다. 어딘지 모르게 당당한 자신감이 느껴져서 왠지 도전해 보고 싶어졌다. 그녀는 슬그머니 휴대폰을 집어 번호를 눌렀다.

혹시 전화 금융사기일지 모르지만 바로 끊으면 된다. 앱도 안 깔면 되고, 링크도 안 열면 되고, 카드나 통장 번호도 안 불러주면 되고…. 전화 금융사기에 대처하는 법을 떠올리는 동안 휴대폰에서는 클래식 음악이 흘러나왔다. 3초쯤 들었을까? 기다렸다는 듯 저쪽에서 전화를 받았다. 그러고는 흔한 자동응답기의 기계음이 들려왔다.

안녕하십니까? 여기는 첫사랑 A/S 상담소입니다.

금융이든 쇼핑몰이든, 접할 때마다 답답증을 유발하는 자동응답기 돌아가는 소리였다. 혜주가 실소했다. 누가 이렇게 ARS까지 만들어 가며 정성껏 장난을 치나 싶었다. 그런데 그사이, 저쪽에서 바로 말을 이었다.

저는 ARS가 아닙니다. AI로 이해하시면 편하실 겁니다.

혜주는 눈을 끔벅였다. ARS와 AI는 뭐가 다른 걸까?

하지만 바로 드는 생각이 있었다. 'AI 상담'이라는 이름으로 흔히 접할 수 있는 챗봇 서비스가 있었고, 이건 그것의 음성 버전이 아닐지 싶었다. 하지만 문자든 음성이든 챗봇 서비스 역시 답답하긴 마찬가지라, 혜주는 그만 이 장난에서 빠져나갈지 고민했다.

그런데 그녀가 대꾸 없이 생각에 잠긴 동안 저쪽에서는 다시 성마르게 말을 걸어왔다.

연결되신 분은 31세, 조혜주 고객님이 맞으십니까?

이번엔 혜주의 말문이 막혔다.

"제 이름과 나이는 어떻게 아세요?"

첫사랑이 있는 분들의 기본정보는 모두 첫사랑 A/S 상담소에 기록됩니다.

왠지 AI의 목소리가 자랑하는 듯 들렸지만, 혜주는 어이가 없었다.

이건 또 무슨 소린가. 아주 어린 아이들을 제외하고 대략 전 세계 인구의 10분의 9는 첫사랑이 있지 않을까. 그들의 정보를 다 관리한다고? 차라리 불법적으로 개인정보를 수집했다고 고백해라. 이미 여기저기 털린 정보이니 내 그것을 문제 삼지는 않겠다.

혜주가 속으로 빈정거렸다.

그래도 혜주는 전화를 끊지 않았다. 도대체 사랑을 어떻게 A/S 하겠다는 건지, 이 참신한 사기가 점점 더 궁금해졌다.

"근데…. 첫사랑을 어떻게 A/S 해요?"

첫사랑이 깨졌던 부분을 수리하실 수 있게 도와드립니다.

AI의 목소리는 여전히 자신감이 넘쳤지만, 혜주는 다시 어이가 없어졌다. 첫사랑이 무슨 물건인가? 수리하다니.

"저기…. 첫사랑이란 게 제가 아는 그 첫사랑 맞는 거죠? 무슨 제품 이름, 그런 거 아니죠?"

물론입니다. 첫사랑의 사전적 정의는 '처음으로 느끼거나 맺은 사랑'으로, 사람들이 자기 생의 최초로 느끼는 사랑을 말합니다.

“글쎄 그걸 모르는 건 아닌데요. 첫사랑 A/S라는 게 너무 생소해서 그러죠.”

이런 설명으로는 체감하실 수 없을 겁니다. 직접 경험해보시죠. 첫사랑의 A/S를 의뢰하시겠습니까?

“네, 그래 볼게요.”

이왕 이렇게 된 거 끝까지 장단을 맞춰 드리리다. 호기심의 끝을 보고자, 혜주는 선뜻 제안을 승낙했다. 그러자 휴대폰 속의 AI가 그녀의 의뢰를 접수했다.

알겠습니다. 조혜주 고객님은 첫사랑 A/S를 선택하셨습니다.

“네, 저 고등학교 때 박문호라는 친구가 있었거든요. 그 친구가 제 첫사랑이었어요.”

사실 말도 안 되고 기대도 안 하지만 문호가 자기 것이 되는 상상을 하자 기분이 조금 좋아지는 것 같아, 혜주는 배시시 웃음을 흘렸다. 그런데 갑자기 휴대폰에서 경고음이 울렸다.

‘삐이~’

AI가 뒤를 이었다.

고객님의 첫사랑은 박문호 님이 아닙니다. 이동준 님입니다. 약 11개월간의 연애 끝에 얼마 전 헤어지셨네요.

혜주는 등에 오소소 소름이 돋는 걸 느꼈다.

전화 속 AI는 제 이름과 나이는 물론 동준의 존재와 연애

기간까지 자세하게 맞췄다. 그녀는 몸을 편하게 기대느라 의자 끝부분까지 밀려 나온 엉덩이를 급하게 추슬러 다시 깊숙이 밀어 넣었다. 이건 장난이나 사기의 수준이 아니라는 것에 온몸에 긴장감이 맴돌았다. 심드렁한 표정도 어느새 사라졌고 미간에는 약간의 주름이 잡혔다.

"그걸 어떻게 아셨어요?"

아까 말씀드렸습니다. 저희는 첫사랑이 있는 분들의 기본정보를 모두 파악하고 있습니다.

그 말이 진짜였던가. 놀라움 속에서도 혜주는 궁금한 게 있었다.

"좋아요. 문호가 첫사랑이 아니라는 것도 이해했어요. 하지만 저는 동준 오빠 사귀기 전에 다른 사람을 두 번 정도 사귀었어요. 그런데 왜 동준 오빠가 제 첫사랑이에요?"

물론 말해놓고 보니 조금 이상했다. 자기 첫사랑을 남에게 물어보다니.

하지만 AI는 대수롭지 않다는 듯 설명을 이어갔다.

저희가 첫사랑을 판단하는 기준은 이렇습니다. 상대의 세계에 자신을 모두 던져 넣을 수 있었던 첫 번째 사람. 그리고 자신보다 더 소중하게 생각되는 첫 번째 사람입니다. 조혜주 님께는 이동준 님이 그런 분이었습니다.

'상대의 세계에 자신을 모두 던져 넣을 수 있는 첫 번째 사

람. 자신보다 더 소중하게 생각되는 첫 번째 사람.'

혜주는 AI가 내린 첫사랑의 정의를 가만히 읊조렸다. 그게 첫사랑이라면 당연히 문호는 아니다. 그의 세계에 나를 던져 넣기는커녕 그의 세계 끝자락을 붙잡지도 못했다. 이후 두 번에 걸친 연애들은, 진심이 아니었던 건 아니지만 서로의 세계를 잘 알지는 못했다. 남들이 다 하는 연애니까 나도 해 볼까 해서 시작했던 연애가 하나. 그와 헤어진 뒤 매우 조건 좋은 남자가 고백해 오니 이상하게 마음이 기울어서 또 발을 들였던 연애가 하나였다. 거짓은 아니었지만, 온 마음을 다해 사랑했다고는 할 수 없는 그런 어정쩡한 사랑들.

어떤 것을 좋아하는지, 어떤 생각을 하는지 궁금해서 망설이지 않고 뛰어들었던 건 동준뿐이었다. 또한 당연히 그렇게 깊이 사랑했으니 때때로 그가 자신보다 더 소중하기도 했다. 그래서 AI의 첫사랑 정의에 부합하는 건 동준이 맞았다. 하지만 혜주는 다시 의문이 생겼다.

"그런데 원래 첫사랑이란 게 뭔가 어설프고 풋풋한 거 아닌가요? 그런 거라면 문호가 맞는 것 같은데요…."

기어이 문호가 첫사랑이라고 우기는 건 아니었다. 다만 AI가 정의한 첫사랑이 사회 통념상의 첫사랑과는 조금 다른 것 같아서 해본 말이었다. 하지만 AI는 거듭되는 질문이 피곤한지 조금 까칠해졌다.

저희는 그런 사랑을 '풋사랑'이라고 정의합니다. 호기심이 대부분이라 사랑으로 분류하긴 곤란한 감정이기 때문이죠. 또한 그런 첫사랑을 A/S 해드리면 행복해질 가능성이 작으므로 취급하지 않습니다. 만일 박문호 씨가 진정한 첫사랑이라 생각하신다면 A/S가 가능한 다른 업체를 찾으시기를 바랍니다. 물론 연결되기는 쉽지 않으실 겁니다.

"아니에요. 그건 아니에요."

AI의 말이 '나를 믿지 않는다면 이만 전화 끊어라.'라는 소리로 들려 혜주는 바로 꼬리를 내렸다. 그의 말이 맞기도 했다. 상대의 감정은 배제하고 내 감정만으로 다가가는 경우가 많은 풋사랑보다는 서로의 진득한 감정이 녹아내렸던 첫 번째 사랑을 첫사랑이라고 하는 게 맞는 것 같았다. 그렇게 자신의 첫사랑이 동준임을 인정하자 혜주의 눈앞에, 그를 사랑해서 행복했던 날들이 되살아났다.

# 2

# 혜주의 첫사랑

혜주가 동준을 처음 만난 건 그가 운영하는 세탁소 앱 서비스 업체인 '퍼블루클린'의 사무실이었다. '퍼블루클린'은 일종의 세탁소 연합 같은 것으로, 꽤 많은 세탁소와 계약을 맺고 세탁 맞춤 서비스를 하는 업체였다. 개개인이 원하는 곳에 방문해 세탁물을 찾아가고 원하는 곳으로 가져다주는 시스템이었는데, 가정방문을 하는 일반 세탁소와 비슷했지만, 사무실에서 이용할 수도 있으며 앱을 기반으로 해서 젊은 층의 호응이 좋았다.

30년 넘게 세탁소를 운영 중인 혜주의 아버지는 그동안 비슷한 업체들과 일을 해보려고 시도했지만 번번이 실패했고, 그러다가 '퍼블루클린'이라는 신생 업체가 생긴 걸 알고 동준에게 전화를 걸었다.

하지만 조건에 맞지 않는다며 거절당했고, 혼자서는 어렵겠다고 느껴 딸에게 도움을 청했다. 혜주는 중소 화장품 업체 총무팀 대리였지만 무능한 팀장을 제치고 대표의 신임을 한 몸에 받고 있었다. 그러니 아버지로서는 큰 기대가 있었다.

혜주는 아빠의 문제를 제가 한번 해결해 보겠노라고 호기롭게 외쳤다. 그리고 동준과 만날 약속을 잡은 뒤 회사에 반차를 내고 그의 사무실에 들렀다. 그런데 예기치 못한 상황을 마주쳤다.

"안녕하세요? 청백세탁소에서 왔습니다."

혜주가 동준을 찾아 그렇게 인사했을 때, 동준은 매우 어리둥절한 얼굴로 혜주를 쳐다봤다. '누구신가요? 청백세탁소는 또 뭔가요?'라는 얼굴이었다. 약속을 까맣게 잊은 듯해 조짐이 안 좋았지만, 혜주는 참았다. 어쨌든 자신은 일종의 '을'로 이곳에 왔기 때문이었다. 그녀는 최대한의 미소로 인사를 건넸다.

"오늘 뵙기로 했는데요."

그제야 동준은 약속을 기억해 냈다.

"아, 제가 잠깐 다른 일에 집중하느라 깜빡했네요. 죄송합니다. 그런데 조금 일찍 오셨네요."

그의 시선이 벽에 걸린 시계에 가 닿았다. 3시 54분. 만나기로 한 시각은 4시였으니 6분 이른 시각이었다. 혜주는 일부러 복도를 한 바퀴 돌아 적당한 시간을 맞춰서 들어온 것이었다. 그런데 동준은 자기 책상 앞으로 길게 놓인 회의용

탁자를 가리켰다.

“여기 좀 앉아서 기다려 주시겠습니까? 제가 급하게 마무리할 일이 있습니다.”

정중하지만, 하던 일을 방해했다는 느낌의 말이었다. 혜주가 미안해져서 얼른 대답했다.

“아…. 네. 그럼요. 천천히 하세요.”

“감사합니다.”

그는 혜주의 말이 떨어지자마자 서둘러 자기 일로 돌아가 집중했다. 그리고 정확하게 6분 뒤 혜주의 앞에 앉았다.

“기다려 주셔서 감사합니다. 전화 주셨던 청백세탁소 따님이신 거죠.”

“네. 그렇습니다.”

“미리 말씀드렸다시피 굳이 오실 필요가 없으신데….”

동준은 시작부터 선을 그었다. 그러니까 동준은 애초에 청백세탁소와 일할 생각이 없었다. 아무리 꿰맞추려고 해도 청백세탁소의 상황은 퍼블루클린의 기준에 맞지 않았다. 하지만 혜주가 전화해서 꾸역꾸역 만나자는 바람에 억지로 시간을 낸 것이었다.

결국 혜주는 자신이 처한 상황을 직시해야만 했다. 그녀의 아버지가 30년을 해 오신 세탁소는 최첨단 시스템을 갖춘 퍼블루클린과 일할 만할 조건이 전혀 되지 않았다. 동네 구멍

가게가 하루아침에 편의점처럼 운영할 수 없는 것과 같은 이유였다. 상담은 허무하게도 3분이 못 돼 끝났다. 마지막으로 동준이 깔끔하게 쐐기를 박았다.

"여기까지 오셨는데, 죄송합니다."

"네…. 알겠습니다."

포기한다고 대답했지만, 아빠의 기대에 못 미쳤다는 허탈함이 너무 커서 혜주는 바로 일어나지 못하고 잠시 멍하니 앉아 있었다. 그런데 그 사이를 못 참고 동준의 엉덩이가 들썩거렸다. 1초라도 빨리 자리에서 일어나고 싶은데, 혜주를 배려해 참고 있는 기색이 역력했다. 눈치를 챈 혜주가 자리에서 일어섰다.

"그럼, 이만 가보겠습니다."

동준도 기다렸다는 듯 서둘러 일어섰다.

"네, 좋은 답을 못 드려서 죄송합니다."

그게 첫 만남이었다. 첫인상은 당연히 좋을 리가 없었다. 거절당했다는 이유만으로 어딘가 불쾌했다. 하지만 찬찬히 생각해 보니 그는 자신에게 무례하게 군 적이 없었다. 오히려 똑 부러지게 분명한 사람이었다. 결국 그녀는 자신이 조금 불합리하게 예민했음을 인정하고 동준을 잊었다. 그런데 한 달쯤 뒤에 동준에게 전화가 왔다.

"안녕하세요? 퍼블루클린의 이동준입니다. 저번에 청백세탁소와 함께 일하지 못해서 죄송했습니다. 그 일을 계기로 저희가 오래된 세탁소에 대한 컨설팅 사업을 추가해 실비로 진행하기로 했습니다. 혹시 함께 해보시겠습니까?"

고마운 말이었다. 바쁜 가운데 흘러간 인연을 붙잡고 배려할 방법을 찾아보았다는 게 무척이나 정성스럽게 느껴졌다. 물론 청백세탁소만 컨설팅을 해주는 건 아니었다. 다른 세탁소까지 모두 열 군데를 대상으로 두고 있었다. 하지만 이상하게도 혜주의 가슴이 뛰었다.

그전까지, 혜주의 가슴은 두근거릴 일이 거의 없었다. 간혹 회사에 늦어 몇 발짝 달렸을 때나, 무능한 팀장이 사고를 칠까 봐 긴장했을 때 조금 뛰었으려나. 남자 앞에서 가슴이 뛴 적은 없었다. 홍보팀의 광고촬영 현장에 지원을 나가 인기 절정의 남자배우와 눈을 마주쳐도 밋밋하게 제 심박수를 지키던 가슴이었다. 그런데 동준에게 사업적인 제안을 받는 아무것도 아닌 순간에, 주책맞게도 심장이 쿵쿵 뛰었다.

그 뒤로도 심장은 동준을 만날 때마다 제 속도를 지키지 못했다. 왜 그럴까. 도대체 무슨 일일까. 고민하던 혜주는 결국 자신이 동준을 좋아한다는 걸 인정했다.

그는 일할 때 맺고 끊는 것이 분명했고 판단이 빠르며 정확해 감탄을 자아냈는데, 일단 그 점이 몹시 매력적이었다. 그건 어쩌면 혜주의 상사 때문이기도 했다. 그녀가 속한 총무팀의 팀장은 창업주의 조카였다. 낙하산 입사 후 매일 주식만 들여다보느라 회사 업무는 뒷전이었고, 두세 번은 꼭 반복 설명해야 알아듣는 바람에 '뇌가 띄엄띄엄 있다'는 평을 받았다. 그런 사람 밑에 있다 보니 출중한 업무 능력을 지닌 동준이 몹시도 훌륭해 보였다.

그뿐 아니라 동준은 때때로 세심하며 자상한 면도 보였다. 회의 도중 혜주가 코를 훌쩍이자 티슈 통을 슬쩍 밀어 보내기도 하고, 커피 물이 너무 뜨겁지 않도록 찬물을 조금 섞어주기도 했다. 또한 그런 배려가 혜주에게만이 아니라 함께하는 모든 이를 대상으로 한다는 점이 더욱 그의 인격을 높이 평가하게 했다.

호감을 느낀 건 동준도 마찬가지여서 시간이 지날수록 서로를 바라보는 눈길이 묘하게 얽히곤 했다. 그렇게 두 사람은 누가 먼저랄 것도 없이 서로에게 스며들었고 고백도 없이 사귀게 되었다. 굳이 그 첫날을 꼽으라고 한다면 마지막 회의가 있던 날일 것이다. 그날 회의를 끝낸 뒤, 태블릿PC를 정리하며 동준이 말했다.

"혹시 식사하고 가시겠어요?"

혜주가 거절할 리 없었다.

"네, 좋아요."

"뭐 좋아하세요?"

"다 좋아해요."

"그래도 특별히 좋아하는 게 있지 않아요?"

그때 마침 창밖으로 빗방울이 떨어지고 있었다. 혜주가 창밖으로 시선을 주며 말했다.

"오늘 같은 날엔 막걸리가 당기네요."

동준이 환하게 웃었다.

"그래요? 저도 막걸리 좋아합니다. 제가 잘 아는 전집 있는데, 모둠전에 막걸리 한잔할까요?"

"좋아요."

그들은 자작하게 내리는 빗소리가 다정하게 들리는 창가에서 함께 막걸릿잔을 기울였다. 그리고 동준은 대리기사를 불러 혜주를 집까지 데려다주었는데, 혜주를 따라 내린 동준이 말했다.

"오늘 즐거웠습니다. 혜주 씨는 어떠셨나요?"

"저도 좋았죠. 오랜만에 막걸리 맛이 제대로였어요."

"그럼, 우리 토요일에 만나서 오늘 같은 시간 다시 만들어 보는 건 어때요?"

프러포즈였다. 혜주가 미소를 숨기지 않았다.

"그럴까요?"

굳이 다른 말은 필요 없었다. 우리는 연인이 되겠구나. 그 순간, 두 사람 모두 자신의 운명을 직감했다.

연애는 달았다. 꽃을 찾아다니는 꿀벌처럼 그들은 달콤한 나날을 보냈다. 떡볶이를 좋아하는 공통점이 있었기에 온갖 종류의 떡볶이 맛집을 찾아다녔고, 술은 딱 막걸리 한 병을 나눠 마실 때 기분이 좋았다. 동준의 사무실이 있는 건물의 옥상 정원에서 선선한 밤바람을 느끼는 것도 둘이 똑같이 좋아하는 데이트였다.

무엇보다 혜주는 동준의 새로운 면모를 보는 것이 매우 신기했다. 일할 때는 종이 한 장의 빈틈도 허락하지 않는 그는, 일을 잊은 시간에는 자유로운 영혼이 됐다. 유쾌한 이야기도 잘했고, 혜주가 미처 보지 못한 다양한 표정도 갖고 있었다. 대학 시절 록밴드를 했다며 친구들의 공연장에 데리고 가기도 했고, 드럼을 직접 연주해 보이기도 했다. 드럼을 연주하는 동준은 다른 사람 같아 낯설었지만, 무대를 장악하는 카리스마는 훌륭해서 누구보다 멋있었다.

혜주는, 사랑을 하는 건 그 사람의 세계를 알게 되는 거라는 사실을 실감했다. 상대의 삶에 깊숙이 들어가지 못했던 이전의 연애는 다 가짜였다는 걸 깨달았다.

동준도 마찬가지였다. 화장품에는 전혀 관심 없던 그였지만 혜주 회사에서 만드는 화장품으로 조금씩 피부 관리를 하기 시작했다. 톤 업 크림, 컨실러 등등 외계어 같기만 했던 화장품의 이름도 알게 되었다. 그런 모든 것이 새롭고 재미있었다. 그들은 신세계를 탐험하는 모험가들 같았다.

그러나 데이트의 기쁨만 생각해도 충분한 연애 6개월 차. 늘 바쁜 동준의 일상이 조금씩 문제를 일으키기 시작했다. 갑자기 찾아오는 거래처 사람들로 인해 혜주와의 약속이 취소되고, 겨우 만나도 급한 일 때문에 2, 30분 얼굴만 보고 일어서는 일이 잦았다. 동준은 진심으로 미안해했고, 다음에 만나면 그 일을 만회하려고 무척이나 애를 썼기 때문에 혜주도 큰 불만은 없었다.

하지만 눈치를 보게 되는 건 어쩔 수 없었다.

이 시간에 전화해도 일에 방해가 안 될까? 내일 만나자고 해도 일하는 데 지장 없을까? 이번 주에 놀러 가고 싶은데 괜찮을까?

이런 것들이 동준에게 연락하기 전 혜주가 가장 많이 하는 생각이 되었고, 동준에게 제일 많이 물어보는 말이 되었다. 혜주는 점점 스스로가 초라해졌다. 주인이 집에 돌아올 때만을 기다리며 혼자 남겨진 반려동물 같기도 했다.

동준도 혜주의 마음을 알아차렸다. 이 문제를 어떻게 해결할 수 있을까. 오래 고민하던 그는 어느 날 괜찮은 해법을 찾아내었다. 그것은 혜주와 만나는 시간을 완전히 따로 할애하는 것이었다. 그는 혜주와의 데이트를 여느 사업 관련 스케줄처럼 일정표 안에 집어넣어 공식화해 버렸다. 엄연한 스케줄이니 지키지 않을 수 없게 된 것이다.

그러나 이 방법도 부작용이 있었다. 동준의 체력이 스케줄을 감당하지 못했다. 함께 미술품 전시를 보러 가던 날이었다. 일정표에 있는 대로 일요일 1시에 만난 그들은 늦은 점심을 배부르게 먹은 뒤 동준의 차를 타고 전시 장소로 가고 있었다.

그런데 평소에는 막히지 않던 길이 그날따라 막혔다. 차가 가다 서기를 반복하다 보니 동준의 눈꺼풀이 자꾸 무거워져 왔다. 그래도 곧 흐름이 좋아져 차는 다시 속도를 내게 되었다.

혜주는 전화를 받고 있었다. 인터넷으로 혜주 회사의 화장품을 사려던 친구, 새봄이 궁금한 게 있다며 전화를 걸어온 것이었다.

솔직히 말해봐. 너희 회사 신제품 하이라이터 말이야. 브아코스메틱 거보다 좋아 안 좋아?

"당근 좋지. 무슨 소리야. 써보고 말씀하셔."

아니, 성분이 아무리 좋아도 내 피부 톤에 안 맞으면 꽝이잖아. 거기에 대해서 어떻게 생각하냐고.

"맞아. 맞아. 아주 잘 맞으니까 사서 써."

너, 너희 회사라고 편드는 거면 나중에 죽는다. 나, 그럼, 네 말 듣고 진짜 산다.

"그래, 사. 두 개 사."

새봄과 대화를 마무리하며 흘깃 전방을 주시한 혜주는 뭔가 이상한 걸 느꼈다. 자신이 탄 차가 앞 차에 너무 빠르게 다가가고 있었다. 황급히 옆을 보니 동준은 눈을 감고 있었다. 깜빡 단잠에 빠진 모습이었다. 혜주가 소리를 질렀다.

"오빠! 앞을 봐!!!"

그 소리에, 잠에서 깬 동준이 급하게 브레이크를 밟았다. 끼익, 소리를 내며 차가 멈췄다. 다행히 앞차와 부딪치는 것은 면했고 뒤에서도 브레이크 밟는 소리가 요란했지만, 충돌은 없었다.

혜주는 가슴을 쓸어내렸다. 잘못하면 큰 사고가 될 뻔했다. 이게 다 너무 무리한 탓이었다. 일은 일대로 하고 혜주와 보낼 시간까지 사수하려면 결국 수면 시간을 줄일 수밖에 없으니, 동준이 피곤한 건 당연했다.

"미안해. 혜주야. 많이 놀랐지?"

동준은 거듭 사과를 해왔다. 눈에 띄게 푸석한 얼굴과 짙은 눈그늘. 혜주는 그의 얼굴을 보자 화가 나기보다는 안쓰러웠다.

"오빠. 이러다가 진짜 큰일 나겠어. 좀 쉬어야 해."

동준은 겸연쩍게 웃었다.

"어제 잠을 좀 못 자서 그런 것뿐이야."

"몇 시간 잤는데?"

"한… 세 시간?"

"못살아. 아무리 못 자도 네 시간은 자야지. 오빠가 무슨 수험생이야?"

사실 동준이 세 시간을 잤다고 말하면 두 시간 밖에 못 잔 것이다. 그런 채로 데이트에 나온 그가 미련해 보여, 혜주는 짜증스러웠다.

하지만 동준은 해맑게 말했다.

"괜찮아. 네가 내 피로해소제라 너랑 있으면 피곤이 풀려."

그 말이 사실이라는 건 의심하지 않았다. 일할 때 늘 양옆으로 길고 굳게 다물린 동준의 입꼬리는 혜주를 만날 때 유난히 자유롭게 춤을 추었다. 표정은 거짓말을 못하니, 혜주를 좋아하는 마음이 얼굴에 다 드러나곤 했다.

하지만 지금은 그런 말에 무작정 마음을 놓을 상황이 아니었다. 동준은 지난주에도 데이트 중에 코피를 쏟았다. 영화를 볼 때는 코를 골며 자기도 했다. 그때마다 미안해서 쩔쩔매는 모습도 혜주는 불편했다. 그녀는 이 상황을 정리해야겠다고 생각했다.

"아니, 이제 우리 일주일이나 이주일에 한 번만 만나. 오빠 이러다가 쓰러지겠어."

큰 결심이었다. 누가 가뜩이나 적은 데이트 시간을 줄이겠는가.

동준은 펄쩍 뛰었다.

"아니야, 나 괜찮다니까."

"아니, 내가 불편해서 안 되겠어. 오빠 보고 있는 게 불안해."

혜주는 자신의 마음을 최대한 설명했지만, 동준은 제대로 이해하지 못했다. 둘의 대화가 창과 방패처럼 공중에 부딪쳤다. 결국 혜주가 자기도 모르게 목소리를 높였다.

"오빠, 이렇게 말이 안 통하는 사람이었어?"

그러자 동준의 목소리에도 힘이 들어갔다.

"너야말로 왜 내 의사는 존중을 안 해? 내가 좋다잖아. 내가 할 수 있다잖아. 그런데 왜 그래?"

"내 의사를 무시하는 건 오빠야. 내 말을 전혀 안 듣잖아. 내가 오빠 여자친구는 맞아?"

"그러는 나는 네 남자친구가 맞니? 너도 지금 내 말 안 듣고 있어. 네 얘기만 고집하잖아."

그렇게 둘 사이에 처음으로 다툼이 생겼다. 자기 자신보다는 상대를 먼저 배려하는 친절한 마음끼리도 서로 부딪치면 갈등을 일으켰다. 결국 동준은 화가 난 채로, 혜주는 우울함에 젖어 며칠의 시간이 지났다.

물론 사랑하는 마음이 변한 건 아니었기에 관계는 금방 회복되었다. 하지만 한 번 금이 가기 시작한 관계는 계속 삐그덕거렸다. 그리고 다시 일이 터졌다.

동준이 중요한 투자설명회를 앞뒀을 때였다. 세탁소 앱이 자리를 잡은 뒤 동준은 직영 세탁소를 운영하는 사업 확장 계획을 세웠다. 직영 세탁소는 앱 개발과 달리 상당한 자금이 필요해서 그는 투자자를 모았고, 투자설명회가 다가오고 있었다.

그런데 월요일에 있을 투자설명회를 앞두고, 동준은 일요일 저녁에 혜주를 만나겠다고 고집을 부렸다. 혜주는 그가 조금이라도 쉬면서 투자설명회 준비를 하기 바랐으나 좀처럼 말을 들을 것 같지 않았다. 결국 그녀는 거짓말을 선택했다.

"오빠, 나 사촌 결혼식 있어서 주말에 부산 가. 그래서 이번 주말엔 못 만날 것 같아."

갑작스런 통보에 동준은 실망했다.

"갑자기 그러는 게 어디 있어? 그런 계획이 있으면 미리 말했어야지."

미안했지만, 혜주는 모른 척했다.

"깜빡했어."

"깜빡할 게 따로 있지…."

"월요일에 있을 투자설명회 준비나 잘 해. 얼른 투자 받아서 직원도 늘리고 오빠 일손도 좀 덜자."

이야기는 그렇게 마무리 되는 것 같았다.

그런데 일요일 밤. 침대 위에서 노트북으로 영화를 보며 뒹굴거리던 혜주에게 동준의 톡이 도착했다.

혜주야. 나 부산역이야.

헉. 저녁을 먹고 느긋하게 침대에 누워있던 혜주가 용수철처럼 튀어 올랐다. 조금 전 먹은 밥알이 뱃속에서 다 거꾸로 올라오는 것 같았다.

혜주의 상태와는 정 반대로 동준의 톡은 설레는 마음을 진하게 담고 있었다.

잠깐 보려고 내려왔어. 숙소가 어디야? 근처로 갈게. 얼굴이라도 보자.

미쳤구나. 부산까지 내려갔다고?

혜주를 보고 싶은 동준이 그렇게까지 할 수 있다는 걸 전혀 짐작 못했다. 하고자 하는 건 기어이 하는 사람인 걸 깜빡

잊었다. 낭패였다. 어떻게든 이 상황을 무마해야 하는데 방법은 거짓말 밖에 없었다. 그리고 거짓말을 덮기 위해서는 항상 더 큰 거짓말이 필요한 법이었다.

안 돼. 못 나가. 지금 친척들이랑 다 같이 있어.

하지만 동준이 포기할 리 없었다.

그 집 근처로 간다니까. 잠깐 얼굴만 보여줘. 편의점에 뭐 사러 간다고 하면 되잖아. 아님 그냥 말없이 나와. 너 잠깐 없어졌다고 누가 그렇게 찾겠어?

오빠. 제 정신이야? 잠깐 얼굴 보자고 서울에서 부산엘 오는 사람이 어디 있어.

여기 있잖아. 나.

동준은, 자기 딴엔 서프라이즈 이벤트라도 한 듯 장난스러운 얼굴로 웃고 있을 것이었다. 하지만 그런 모습이 상상될수록 혜주의 속은 더 새카맣게 타들어갔다.

피곤한데 좀 쉬라니까 뭐 하러 와.

KTX에서 많이 잤어. 너 만나고 올라가면서 또 자면 돼.

KTX가 복병이다. 우리나라는 너무 좁다. 혜주는 입이 바싹바싹 말랐다.

아냐. 어쨌든 못 나가. 절대 못 나가. 얼른 돌아가. 오빠가 우주에서 왔다고 해도 지금은 못 나가.

여기까지 왔는데, 얼굴 잠깐 보여주기가 그렇게 힘들어?

응. 힘들어.

5분도 안 돼?

응

그럼 1분.

안 돼. 절대 안 돼.

그 말이 얼마나 매몰차게 들릴지 알고 있었다. 하지만 혜주에겐 다른 선택지가 없었다. 동준은 너무 단호한 대답에 충격을 받은 듯, 이후로 톡이 없었다. 혜주는 최대한 미안한 마음을 담아 톡을 보냈다.

조심히 올라가. 서울 도착하면 알려주고. 만나지 못해서 섭섭하지만, 사정이 그래. 정말 미안해.

그러나 그날 밤 끝내 동준은 답을 보내오지 않았다. 그런 적은 처음이었다. 그는 '응', '그래' 같은 간단한 말이나 이모티콘이라도 꼭 자기가 보낸 것으로 대화를 끝맺는 사람이었다. 그런데 혜주가 걱정스럽게 몇 번의 톡을 더 보냈어도 읽기만 할 뿐 답을 보내지 않았다.

뜬눈으로 밤을 새운 다음 날. 혜주는 그가 아버지에게 연락했다는 것을 알게 되었다. 동준은 혜주의 아버지에게 안부 문자를 보냈고 결국 부산에서 열린 사촌의 결혼식 같은 건 없었다는 걸 알아냈다.

당황한 혜주는 동준에게 계속 전화를 걸었지만, 받지 않았다. 톡을 남겨도 마찬가지였다. 그래도 어제는 읽기나 했지, 오늘은 톡에 손도 대지 않는 것 같았다. 화가 났을 동준도 걱정이었지만, 혜주는 투자설명회를 망치면 어떡하나 그게 더 걱정스러웠다. 그 설명회를 성공시키려고 거짓말까지 했는데, 오히려 일을 망치게 한 것 같아 견딜 수가 없었다.

마음이 지옥인 채로 하루를 보내고 겨우 저녁이 돼서야 동준과 연락이 닿아 마주 앉았다. 하루 종일 조바심을 친 바람에, 그녀는 진이 다 빠져있었다. 동준을 만나자마자 눈물을 글썽거렸다. 그러나 동준은 표정은 서늘하게 굳어있었다. 그는 어두운 얼굴로 혜주를 보았다.

혜주는 애써 눈물을 참으며 궁금한 걸 물었다.

"투자설명회는?"

"잘 끝났어."

그 소리에 혜주의 긴장이 풀렸다.

"아…. 다행이다. 나는 또 나 때문에 망쳤을까 봐 얼마나 걱정했는지…."

궁금한 걸 확인했으니 이제 사과할 차례.

"거짓말 한 건 정말 미안해. 일요일에 좀 쉬어야 월요일 투자설명회를 잘 준비할 수 있을 것 같아서 그랬어."

하지만 동준은 계속해서 혜주와 눈을 맞추지 않았다. 사과를 받아들이지도 않았다. 그는 겨우 이렇게 말했다.

"내가 싫어져서 그런 건 아니고?"

"무슨 소리야?"

혜주가 놀라 물었지만 동준은 가라앉은 목소리로 말했다.

"우리 인제 그만하자. 너 요즘 나 만날 때마다 불안해하잖아. 잘 웃지도 않고, 찡그리는 모습을 더 많이 본 것 같아. 그런 너를 보는 내 마음도 편하지 않아. 나도 지쳐. 서로를 이렇게 힘들게 하면서까지 만날 필요는 없잖아?"

동준의 말에 혜주가 침묵했다. 머릿속이 하얘져서 아무것도 생각나지 않았다. 그래도 무슨 말이든 해야 했다.

"내가 불안해한 건 오빠가 너무 피곤해 보여서였어. 난 오빠가 잠잘 시간도 없이 일하면서 피곤에 찌든 얼굴로 나를 보러오면, 마음이 힘들다고."

"그러니까 건강하고 혈색 좋은 사람 만나."

변명이라고 해야 할까. 애원이라고 해야 할까. 혜주가 애를 쓰며 한 말에 동준이 1초의 고민도 없이 대꾸했다. 혜주가 무겁게 입을 다물었다. 동준을 배려하느라 노심초사했던 지난 시간이 허무했다. 결국 이런 대접을 받으려고 그렇게 고민했던가. 하지만 그래도 이렇게 헤어질 수는 없을 것 같았다. 혜주는 마지막 미련을 담아 말을 건넸다. 자신의 진심을 조금이라도 더 전하고 싶었다.

"나는 오빠를 위해서 그랬던 거야. 거짓말도 오빠를 위해

했던 거라고."

하지만 동준은 여전히 서늘했다.

"그런 식으로 위해줄 거면 차라리 위해주지 않는 게 나아."

여전히 차가운 말에 혜주의 가슴이 툭, 내려앉았다. 그런 식은 필요 없다고? 그럴 거면 차라리 위해주지 않는 게 낫다고? 지금껏 동준을 생각하며 마음 졸이고 고민하던 시간은 다 헛수고였구나. 애써 쌓아 올렸던 게 겨우 모래성이었구나. 그런 생각이 들었다.

오랜 침묵이 이어지고 드디어 혜주가 입을 열었다.

"그 말…. 진심이야?"

"그래. 난 그런 건 사랑이 아니라고 생각해."

계속해서 차갑고도 즉각적인 반응.

혜주는 생각했다. 여기서 끝이구나. 이렇게까지 말하는 사람이라면, 그는 더 이상 나를 사랑하지 않는 것이다. 그가 나를 사랑하지 않는다면 나도 계속 사랑할 힘이 없어진다.

그런데 이제 끝이라고 생각하자 이상하게 마음이 편해졌다. 다시는 불편한 데이트를 안 해도 된다고 생각하니 어쩐지 어깨가 가벼웠다. 슬프기도 했지만 이해할 수 없이 홀가분했다.

♥♥♥

동준과 이별한 기억이 떠오르자, 혜주는 다시 가슴이 뻐근해져 왔다. 그가 첫사랑이라는 얘기를 들어서 그런가. 한 번 더 노력하지 않은 게 후회스러웠다. 그리고 이대로 그를 놓치면 정말 더 크게 후회할 것 같았다.

그런 혜주의 마음에 화답이라도 하듯 AI가 말했다.

준비되셨다면 본격적인 상담에 들어가 보겠습니다. 그러니까, 매우 특이하게도 두 분은 서로 배려하다 쌍방과실이 된 사례군요. 이런 경우는 처음 봅니다. 서로 최선을 다했던 분들이라, 제가 이 상담을 맡게 된 게 아주 다행이라고 생각되네요.

AI의 말은 칭찬 같았지만, 혜주는 반대로 부끄러웠다.

"배려한다고 했는데, 오히려 독이 된 것 같아요. 제 마음과 오빠 마음이 너무 달랐거든요."

맞습니다. 배려란 자기 관점에서 하는 게 아니라 상대의 관점에서 해야 하는데 그게 참 어렵습니다. 모두가 힘들어하는 일이죠. 그래서 아쉽게도 두 분 모두 그 점에서 실수하셨습니다. 그리고 과실의 정도를 세밀히 따져보면 조혜주 님이 10퍼센트 정도 더 많군요. 거짓말을 하지 말았어야 합니다. 상대를 위한 마음은 아름답지만, 거짓말은 아름답지 않으니까요.

혜주가 순순히 자기 잘못을 인정했다. 안 그래도 계속 후회하던 부분이었다.

"맞아요. 그래서 결국 헤어지게 됐죠."

아뇨. 이별의 원인이 그것은 아니었습니다. 물론 시초가 되기는 했지만, 두 분이 헤어진 직접적인 원인은 오해 때문이었습니다.

"오해… 라고요?"

오해라는 말에 혜주는 눈살을 찌푸렸다. 우리 사이에 어떤 오해가 있었을까. 한참을 생각해 보았지만, 답은 나오지 않았다. 답은 AI가 주었다.

조혜주 님은 이동준 님이 자신을 더 이상 사랑하지 않는다고 생각하시죠?

"네. 오빠도 우리 연애에 대해 무척이나 지쳐서 끝내고 싶다고 했어요."

아닙니다. 이동준 님은 조혜주 님이 끝내고 싶어 한다고 생각했습니다.

"그럴 리가요."

놀란 혜주의 목소리가 높았다. 동준이 자신에 대해 그렇게 생각하고 있을 거라고는 전혀 짐작하지 못했다.

AI는 놀란 그녀를 차분히 안내했다.

그러니까 이제 이 오해를 풀어 보죠. 이동준 님의 마음속으로 들어가 보겠습니다.

동준 오빠 마음속으로 들어간다고? 그게 무슨 소리지?

혜주가 궁금해하는 동안 그녀의 가슴이 찌르르 울렸다. 마치 전기에 감전된 것처럼 빠르고 커다란 진동이 심장으로 전해졌다. 아프지는 않았다. 하지만 기분이 이상했다. 그리고 갑자기 몹시 어지러웠다.

그런데 양손으로 머리를 감싸 쥔 순간, 어지러움이 깨끗하게 사라지더니 어느덧 자신이 동준이 되어 있었다. 제 몸을 내려다보니 익숙한 손과 발, 의복이 보였으며 스스로가 동준이 되어 있다는 자각이 분명했다. 이게 어떻게 된 일인가 어리둥절한데, 눈앞에 혜주가 앉아 있는 게 보였다.

시간은 헤어진 날로 되돌아가 있었다. 연락 두절인 동준 때문에 밤새 한숨 못자고 퀭해진 눈에 눈물까지 그렁한 눈앞의 혜주는 그때의 자기 모습이 틀림없었다. 그렇다면 자신이 들어와 있는 동준은 서글프면서도 무표정한 얼굴로 미동도 없이 앉아 있을 것이었다.

그 순간, 문득 동준의 마음이 느껴졌다.

'혜주의 사랑은 식었어. 그러니까 나를 자꾸 피하는 거야. 솔직하게 말하면서 헤어질 자신이 없어서 말도 안 되는 거짓말까지 하게 되었던 거지.'

동준의 심장은 찢어질 것처럼 아팠다.

'혜주가 원래 거짓말 하는 애가 아닌데, 다 나 때문이야. 내가 혜주를 망치고 있어. 나랑 계속 만나면 혜주는 힘들 거야.

그러니까 내가 헤어지자고 말해야 해.'

어젯밤 잠을 이루지 못한 건 동준도 마찬가지였다. 그는 오늘 냉정하게 이별을 고하고자 밤새 마음의 무장을 거듭했다. 그러니 노력이 무상하지 않도록 이 역할극에 충실해야 했다. 그가 가빠오는 호흡을 겨우 진정시켰다. 그러자 죽기보다 하기 힘든 말이 그의 입술에서 흘러나왔다.

"난 그런 건 사랑이 아니라고 생각해."

마음과 다른 말이지만 그는 힘주어 말했다. 혜주가 이 말을 믿어야 헤어질 수 있다. 눈앞 혜주의 표정이 일그러졌다. 당황하는 모습이 역력했다. 그 모습에 심장이 아파 몸이 앞으로 고꾸라질 것 같았지만, 동준은 애써 자세를 유지했다.

그리고 그 상황을 끝으로 혜주는 스르르 환각의 세상에서 빠져나왔다. 자신은 지금 첫사랑 A/S 상담소와 통화 중이었다.

그녀의 귀에는 마지막 동준의 말이 맴돌았다. 난 그런 건 사랑이 아니라고 생각해. 그 말에 모든 걸 놓아버렸는데. 동준이 얼마나 고통스럽게 그 말을 뱉었는지 느껴지자, 몸에 한기가 들었다. 그녀는 덜덜 떨리는 입술로 우물거렸다.

"그랬군요. 제가 싫어진 게 아니었어요. 오빠가 어떤 마음이었는지, 왜 그런 말을 했는지, 이제야 모두 알겠어요. 저도 오빠의 마음을 오해했네요."

사람의 마음을 이해하는 건 언제나 어려운 일이죠. 아마 오해가 없다면, 헤어지는 커플이 거의 없을 겁니다. 저희 상담에서 꽤 큰 비중을 차지하는 게 이런 경우거든요. 그래도 다행히 두 분은 오해를 풀었으니, 앞으로 더 많이 이해하고 사랑하게 되실 겁니다.

AI의 다정한 말에 혜주의 쓰린 가슴이 조금 진정되었다. 그런데 마음이 안정된 혜주는 이제 궁금해지는 것이 있었다.

"저는 확실히 오빠 마음을 알았지만, 오빠도 저에 대한 오해를 풀 수 있을까요? 제가 헤어지고 싶어 한 게 아니라는 걸 알아야 하잖아요."

이동준 씨도 알게 됩니다. 쌍방과실로 분류되는 경우, 이쪽에서 잘못을 인지하면 저쪽도 잘못을 인지하게 되어있습니다. 머리를 한 대 맞은 것처럼 깨닫는 것이 있을 겁니다. 따라서 이제 다시 만나면 서로의 마음을 좀 더 이해할 수 있게 되고, 그러면 두 분 사이는 회복되실 겁니다.

"믿어지지 않아요. 이별을 이렇게 쉽게 돌이킬 수 있게 된다니."

세상이 다 무너지는 것처럼 너무나 어려운 이별이었다. 그런데 상대의 감정을 들여다보는 것만으로 이렇게 이별을 뒤집을 수 있다는 게, 혜주는 이상하게 느껴졌다.

그런데 혜주의 말에 AI가 조금 새침해졌다.

저희가 해드린 일이 쉬워 보일 수도 있지만, 상대의 감정을 정확하게 느끼는 건 쉬운 일이 아닙니다. 두 사람 사이의 수많은 오해를 단숨에 사라지게 할 수 있는 가장 강력한 방법이거든요.

그런 뜻은 아니었는데, AI의 역할을 야박하게 평가한 게 되어버린 것 같아 혜주가 얼른 사과했다.

"아뇨. 그런 뜻은 아니에요. 그냥 이 상황 전부가 실감 나지 않아서 그래요."

알겠습니다. 혼란스러운 점. 이해합니다. 아무튼 저희가 최선을 다해 드린 것만큼은 알아주셨으면 좋겠습니다.

휴대폰 너머의 AI에게는 보이지 않겠지만, 혜주는 믿음의 마음을 담아 미소 지었다. 돈이나 어떤 대가를 치르고 A/S를 받은 것도 아니고, 어찌 됐든 이 상담이 동준과의 사이에 좋은 계기가 되어줄 것은 분명했으므로 그 노력을 폄하하고 싶은 생각은 전혀 없었다.

"네, 감사해요. 진심으로 감사합니다."

혜주의 인사에 AI도 감사로 답했다.

저도 감사합니다. 그리고 꼭 알아두셨으면 좋겠습니다. 이 위기를 넘겼다고 해서 앞으로의 사랑이 계속 평탄하리라는 보장은 없습니다. 사랑은 비포장도로를 달리는 것과 같습니다. 늘 조심해야 합니다. 다만 남들이 못 보는 아름다운 풍경을 볼 수 있다는 장점이 있으니, 손 꼭 잡고 열심히 달려가시기를 바랍니다.

"네, 그럴게요."

진심으로 걱정해 주는 AI의 목소리가 따듯했다.

그리고 진행되는 것을 지켜보다가 저희가 개입할 부분이 있으면 또 전화하겠습니다. 견적 상 그럴 것 같지는 않습니다만.

"아…. 나중에 또 전화를 주기도 하시는군요."

A/S를 위해 끝까지 노력하는 겁니다. 저희는 늘 최선을 다해 임하고 있습니다.

"네에."

이럴 땐 영락없이 영혼 없는 기계음이다. 혜주가 다시 웃었다.

그리고 마지막으로 주의하실 점을 알려드리겠습니다. 첫사랑 A/S 상담소를 이용한 경험을 다른 사람에게 말씀하시면 안 됩니다. 바로 효력이 떨어지고 기억을 잃으실 겁니다. 첫사랑 A/S 상담소를 알기 전으로 모두 돌아갈 겁니다.

"네… 에?"

혜주의 눈동자가 커졌다. 무시무시한 소리였다. 잘못하면 동준과 다시 헤어진다는 소리가 아닌가. 겨우 그의 마음을 짐작하게 됐는데 말이다. 혜주는 단숨에 기가 죽었다.

"저도 모르게 말하면 어떡해요…. 그럴 수도 있는 거잖아요. 술 먹고 실수할 수도 있고 자면서 잠꼬대할 수도 있고…."

안 됩니다.

AI 목소리는 매우 단호했다. 혜주가 자기도 모르게 구시렁거렸다.

"네…. 알겠습니다. 평생 노이로제 걸려서 살아야겠네요. A/S는 고맙지만 주의 사항은 너무 가혹하네요. 자기도 모르게 말하는 것도 안 된다니…. 줬다 뺏을 수도 있단 얘기랑 뭐가 달라요…."

혜주가 투덜대자 AI가 큭, 웃었다. 혜주가 그 웃음소리를 듣고 놀랐다. AI인데 웃는다고? 하지만 지금은 그게 문제가 아니었다. 당장 저에게 주어진 숙제가 너무 버거웠다. 그러나 AI가 그런 그녀를 안심시켰다.

조혜주 님이 발설하고 싶어 하지 않는 이상 술 먹고 실수할 일도, 자면서 잠꼬대할 일도 없을 겁니다. 그리고 시간이 지나면 서서히 저희를 잊어 가실 것입니다. 그때까지만 조심하시면 됩니다.

"진짜요?"

그렇습니다.

"와…. 진짜 놀랐네. 평생 입 틀어막고 살아야 하는 줄 알고."

저희 첫사랑 A/S 상담소에서는 고객의 행복을 최우선으로 여깁니다.

AI는 어느새 또다시 매우 기계적이 되어 노골적인 홍보성 멘트를 뱉었다. 그 말에 혜주는 완전히 안심하고 다시 웃었다.

"다른 A/S 센터도 꼭 여기만큼만 고객의 행복을 생각해 줬으면 좋겠네요."

칭찬 감사합니다. 앞으로 더욱 노력하겠습니다. 그런데 지금 다른 분의 콜이 들어와 있네요. 오늘 조혜주 님의 A/S 상담은 여기까지고요. 좋은 결과 있으실 겁니다. 행복하게 지내십시오. 이용해 주셔서 감사합니다.

"네, 저도 감사합니다. 진심으로요."

혜주는 그렇게 첫사랑 A/S 상담소와의 통화를 끝냈다. 그러고는 한참 동안 휴대폰을 만지작거렸다. 믿을 수 없는 경험 때문에 마치 잠깐 이상한 나라의 앨리스가 된 것 같았다. 그러나 아까 느꼈던 동준의 마음이 그대로 자기 안에 놓여 있었다. 그게 바로 꿈이 아니라는 증거였다.

방금의 일들이 꿈이나 환상이 아니라는 것을 확인하자 봄날 오후의 햇볕을 쬐는 것처럼 마음이 나른해져 왔다. 낯설고 이상하게 느껴지는 전화번호였지만 첫사랑 A/S 상담소에 전화를 걸어보길 잘했다고 생각했다. 혜주는 길게 호흡하며 눈을 감았다. 그러자 동준이 떠올랐다.

이러고 있을 때가 아니다. 그를 만나야 한다. 그녀는 다급히 휴대폰을 집어 들었다. 동준의 전화번호를 지웠지만 기억에서 꺼내기는 어렵지 않았다. 전화를 연결하자 익숙한 컬러링이 들렸다. 너무 오랜만이라 컬러링을 듣는 것만으로도 감정이 울컥 올라왔다. 그러나 동준은 전화를 받지 않았다.

바쁜가? 혜주는 서둘러 전화를 끊었다. 그건 오래된 버릇이었다. 바쁜 동준을 방해하지 않기 위해서, 그동안 혜주는 서너 번 벨이 울리는 동안 받지 않으면 미련 없이 전화를 끊었다. 그 습관을 몸이 기억하고 있다는 게 생각나자 갑자기 웃음이 나왔다.

'나 동준 오빠한테 이렇게 최적화돼 있네. 동준 오빠는 나 말고는 다른 사람 못 만날 거야. 나처럼 해주는 사람이 어디 있다고.'

사랑을 A/S 받았다고 생각해서일까. 혜주는 자신과 동준이 정말로 운명처럼 느껴졌다. 신이 점지해 준 운명. 또는 월하노인이 빨간 실로 연결해 주었다는 그 운명. 아니면 7천 번의 윤회를 거듭한 끝에 부부로 만난다는 그런 운명. 사랑하는 사람들은 그런 운명을 느낀다. 혜주도 동준이야말로 그런 운명이라고 느꼈다. 그렇기 때문에 뜬금없이 첫사랑 A/S 상담소와 연결이 된 것이다. 이것은 틀림없는 '신의 신호'다. 혜주는 그렇게 생각했다.

하지만 잠시의 시간 뒤에, 혜주는 정반대의 마음이 되었다. 그녀는 종종걸음으로 방안을 오가며 신경질적으로 입술을 잡아 뜯었다. 너무 세게 잡아 뜯는 바람에 비릿한 피 맛까지 느껴졌다.

동준에게 연락이 오지 않아서였다. 그는 바쁜 일로 전화를 받지 못해도 문자나 톡으로 자신의 상황을 꼬박꼬박 남겨주곤 했다. 그런데 한 시간이 넘어도 연락이 없었다. AI가 분명히 쌍방과실일 경우, 이쪽에서 잘못을 인지하면 상대도 똑같이 잘못을 인지한다고 했는데, 왜 전화를 받지 않는 것인지. 그의 상황이 짐작되지 않았다.

한편, 동준과 함께 일하는 현기는 난감한 얼굴로 동준의 책상을 내려다보았다. 토요일이었지만 신생 스타트업의 주말이란 늘 평일과 다름없어서 오늘도 동준과 함께 근무 중이었다. 그런데 동준이 갑자기 사라져 버리고, 눈앞에서는 그의 휴대폰이 자꾸 울리고 있었다.

"어휴, 이걸 어떡하지? 전화가 불이 나는데…."

동준의 휴대폰이 책상 위에서 진동의 힘을 못 이기고 저 혼자 빙글거리며 돌아갔다. 곧 진동이 멈추자, 휴대전화 액정에는 이렇게 쓰여 있었다.

쭈♡ 부재중 전화 2통

현기가 안절부절못하고 혼잣말을 해댔다.

"쭈님인지 주님인지, 전화가 막 오고 있다고요. 중요한 전화 같은데, 도대체 어딜 갔어요? 어디 아픈가?"

최근 2주 동안 동준의 상태는 매우 심각했다. 사업적으로는 아무 문제가 없었기에, 동준을 괴롭히는 건 애정 문제임을 짐작하고 있었다. 그러니 이 전화를 꼭 받아야 한다는 것도 너무 잘 알겠다. 그런데 동준이 사라져 버린 것이다. 게다가 평소 휴대폰과 한 몸이었던 동준이었기 때문에 현기는 더 걱정스러웠다. 휴대폰까지 놓고 어디로 가버렸단 말인가. 하지만 이미 화장실도, 옥상도, 1층 카페도, 갈만한 곳은 다 찾아봐서 더 이상 할 수 있는 일이 없었다.

"안 되겠다. 다음에 전화가 오면 나라도 받아야겠다."

현기는 마치 폭발물 처리반처럼 결연한 눈빛으로 동준의 휴대폰을 노려보았다.

방안을 이리저리 초조한 걸음으로 돌아다니며 계속 동준에게 전화를 걸던 혜주는 결국 인내심이 바닥나 휴대폰을 침대에 집어 던지고 말았다. 어찌 된 일인지 궁금해서 첫사랑 A/S 상담소에도 전화를 걸었지만 받지 않았다. 조금 전의 모든 일은 꿈이거나, 아니면 짓궂은 사기인 것 같았다. 혜주는 바닥에 주저앉았다. 찔끔찔끔 눈물이 흘러나왔다. 스스로가 너무 바보 같아서 이를 앙다물었다. 그리고 양 손바닥으로 눈물을 찍어 누른 뒤, 자리에서 일어나 창가로 갔다. 바람을 좀 쐬면 진정이 될 것 같아서였다.

그런데 창문을 열고 아파트 주차장을 내려다보니 낯익은 차가 한 대 보였다. 동준의 차였다.

'동준 오빠가 왔구나!'

혜주는 헝클어진 머리를 대충 매만지고 급하게 뛰쳐나갔다.

엘리베이터에서 내리자마자 공동현관문 너머에 서 있는 동준이 보였다. 그는 차마 혜주네 집 벨을 누르지 못하겠는지, 공중에 손을 띄워놓은 채 어쩔 줄 모르고 서 있었다. 그를 본 혜주가 잠시 멈춰 섰다. 널뛰듯 쿵쾅거리는 심장을 진정시키기 위해 잠시의 심호흡이 필요했다.

동준은 여전히 호출 벨과 씨름하느라 혜주를 보지 못했다. 서너 번 호흡을 다스린 끝에, 혜주는 조심스럽게 공동현관문 앞으로 다가갔다. 움직임을 인식한 문이 스르르 열렸다. 혜주가 현관문 밖으로 발을 내디뎠다. 동준은 갑자기 나타난 혜주를 보고는 얼어붙었다.

"뭘 그렇게 귀신 본 표정을 해?"

혜주가 어색한 분위기를 무마하려고 농담처럼 말했다.

"놀라라…. 혜주 맞구나. 어휴…."

동준이 제 가슴을 쓸어내렸다. 온몸을 채우던 긴장감이 비로소 열어지는 것 같았다.

혜주는 애써 침착하려고 노력하면서 말했다.

"전화는 왜 이렇게 안 받아?"

동준이 머리를 긁적였다.

"깜빡하고 사무실에 놓고 왔어. 너한테 전화하려니까 휴대폰이 없더라고. 근데 전화했어?"

"한 시간쯤 전에."

"그랬구나. 미안해. 연락 안 돼서 놀랐겠다."

"좀 그랬지. 일부러 안 받는 건가 싶기도 하고…."

"그럴 리가!"

동준이 펄쩍 뛰었다. 그 몸짓이 하고 싶은 말을 한꺼번에 다 전해오는 것 같아서 혜주는 싱긋 웃었다.

"근데 별일이네. 오빠가 휴대폰을 놓고 다니는 날도 있고."

"제정신이 아니어서…."

"왜, 무슨 일 있었어?"

"보고 싶어서."

"…"

태연한 척하던 혜주는 보고 싶다는 말 한마디에 무너졌다. 자신만 그런 게 아니었다는 것이 감격스러워 눈가에 이슬이 맺혔다.

"나도 보고 싶었어. 그래서 당장 만나자고 전화한 거였어."

예상은 했지만 그 말을 직접 들으니, 동준의 가슴도 뭉클해졌다. 그가 떨리는 목소리로 말했다.

"헤어지자고 해서 미안해. 못되게 굴어서 미안해. 그건 진심이 아니었어. 그리고."

동준이 마른침을 꿀꺽 삼켰다.

"내가 그동안, 네 마음을 잘 몰랐는데 이제는 다 알 것 같아. 조금 전 엄청난 걸 경험했거든."

혜주에게 달려오기 전, 동준은 사무실에 앉아 창밖을 내려다보고 있었다. 혜주와 헤어진 후에도 여전히 해야 할 일은 많았고, 그래서 일 중독자답게 일에 몰두하는 것으로 이별의 아픔을 달랬다.

그런데 그렇게 버티는 게 무리였는지 머리가 더 이상 일거리를 집어넣지 말라고 아우성을 쳤다. 컴퓨터 모니터가 꼴도 보기 싫다는 생각이 들자 저절로 창밖으로 시선이 갔다. 창밖으로는 도시의 빽빽한 빌딩 숲이 보이고 그 너머로는 진짜 숲이 손바닥만큼 보였다. 창문에서 내려다보이는 거리의 몇몇 가로수를 빼고는 유일한 초록색이었다.

문득 혜주가 했던 말이 떠올랐다.

"난 오빠한테 저런 사람이었으면 좋겠어. 콘크리트밖에 없는 풍경 중에 딱 한 곳, 바라보면 편안해지는 저 숲 같은 존재. 사람은 초록색을 보면 심신이 안정된다고 하거든. 내가 오빠를 그렇게 만들어 주는 사람이면 좋겠다."

그 말처럼, 혜주는 동준에게 분명히 초록색이었다. 그런데 그녀는 이런 마음을 모르는 것 같았다. 동준은 끌리는 만큼 다가갔지만, 혜주는 자꾸 거리를 두었다. 나중에 보자고 하고, 안 봐도 별로 아쉬워하지 않는 것 같았다. 오랜만에 만났는데 첫인사로 '일은 잘됐냐?'고 물어보는 날도 많았다. 둘 사이의 이야기를 하고 싶었는데, 혜주는 자기 일에 대해 자꾸 물어왔다.

자신이 싫어져서 그런 게 아닐까, 그는 불안했다. 아무리 노력해도 혜주의 마음에 드는 사람은 되지 못할 것 같기도 했다. 그리고 그녀의 거짓말을 듣자 결국은 헤어지는 게 혜주를 위한 일이라고 믿게 되었다.

그렇게 창밖을 보며 지난 일을 떠올리고 있는데 갑자기 동준의 양쪽 귓속이 찌르는 듯 아파왔다.

'뭐지?'

그는 반사적으로 손을 들어 귀를 막았다. 그리고 통증을 없애보려고 본능적으로 머리를 좌우로 흔들었다. 그러자 이번에는 두통이 몰려왔다. 평소에 느끼는 두통과 달리 훨씬 더 빠근해서 그는 머리를 모두 감싸 쥐었다. 그런데 잠시 후,

마치 무슨 일이 있었냐는 듯 머리가 맑아져 왔다. 통증이 머리 밖으로 빠져나가는 게 느껴졌다.

그러면서 눈앞에 두 사람이 헤어진 그날이 떠올랐다. 아니, 다시 그날이 되었다. 그런데 마주하고 있는 건 혜주가 아니라 자기 자신이었다. 어떻게 내 얼굴이 보이지? 거울인가 싶었지만 그렇지는 않았다. 천천히 고개를 숙이니 혜주의 몸이 보였다. 자신이 혜주가 되어있었다. 이게 있을 수 있는 일인가? 그렇게 놀란 것도 잠시. 혜주가 된 자신이 말하고 있었다.

"나는 오빠를 위해서 그랬던 거야. 거짓말도 오빠를 위해서 했던 거라고."

자신의 입이 혜주처럼 말을 한다고 느낀 순간, 혜주의 마음도 온전히 알게 되었다. 진심으로 동준의 건강과 일을 걱정하느라 자신의 불편함이나 서운함 따위는 미련 없이 뒤로 던져버리는 마음이었다. 설명회를 앞두고 일에 집중하기를 바라는 마음이 지나쳐 거짓말이라는 잘못된 방법을 택하기는 했지만, 그것 역시 동준을 위한 것임이 틀림없었다.

내가 이런 걸 몰랐구나. 이제야 혜주의 마음을 느낀 동준이 탄식했다.

그런데 곧 반대편에 앉은 동준이 차갑게 내뱉었다.

"그런 식으로 위해줄 거면 차라리 위해주지 않는 게 나아."

헤어지던 날, 자신이 했던 말이었다. 일부러 차갑게 하려고 작정했지만 지금 혜주가 되어 그 말을 듣고 있자니 피부를 찔러대는 수천 개의 바늘처럼 따가워서 견딜 수가 없었다. 머릿속에서는 혜주가 울부짖었다.

'차라리 위해주지 않는 게 낫다고? 나의 모든 걱정이 다 부질없는 짓이었다고?'

오랫동안 베풀었던 순수하고 희생적인 배려의 대가가 더없이 모진 말로 돌아오고 있었다. 그리하여 폭풍 같은 감정에 이리저리 나부끼며 몸부림칠 수밖에 없었다. 그리고 동준은 다음 순간 잠시 정신을 잃었다.

깜빡깜빡. 눈을 왜 감고 있었는지 모르겠지만 어쨌든 눈을 뜨니 책상 위의 디지털시계가 깜박이는 것이 보였다. 무슨 일이 있었던 거지? 동준은 아득한 의식을 붙잡고 조금씩 정신을 차렸다. 그러자 자신은 아까처럼 사무실 창가에 앉아 있었다. 창밖으로 보이는 풍경들도 이전 그대로였다. 하지만 조금 전 혜주가 되었던 기억이 다시 생생하게 떠올랐다.

온통 자신에 대한 걱정뿐이었던 혜주의 마음이 오롯이 되살아나자, 동준에게는 후회의 감정이 밀려왔다. 어디에서도 받을 수 없는 귀한 배려를 투정이라 오해했던 스스로가 바보 같았다. 또한 자신을 분노하게 했던 혜주의 거짓말 역시 그녀의 말대로 배려에서 시작되었음이 분명히 느껴졌다. 그걸 오해해 혜주가 자신을 싫어한다고 생각하다니, 스스로가 너무 멍청해서 화가 나기까지 했다.

그는 바로 일어나서 달렸다. 혜주를 보러 가야 했다.

♥♥♥

혜주의 마음이 되었던 경험을 말하면서 동준은 도저히 믿을 수 없다는 표정을 지었다.

"되게 이상한 순간이었어. 네가 된 것 같더라고. 그동안은 그렇게 너를 이해하려고 해도 잘 안되더니 한순간에 문득 다 느껴지더라."

혜주는 작게 미소 지었다. 첫사랑 A/S 상담소 덕분이었다. 얻어맞은 것처럼 깨달음이 있을 거라던 말이 정확하게 맞았다. 그녀가 천천히 AI의 말을 동준에게 전했다.

"우리는 너무 서로한테 배려를 많이 했대. 오빠처럼 바쁜 사람이 그러기 쉽지 않고, 나처럼 상대를 먼저 생각하는 것도 신기한 일이래. 근데 배려의 스킬은 좀 부족했대. 상대가 원하는 배려를 해야 했는데, 자기 짐작으로만 배려하다가 오해를 만든 거래. 그래서 오해를 풀면, 우리는 누구보다 잘 지낼 거래."

어디선가 들은 말을 전하는 듯한 말투에 동준이 눈을 크게 떴다.

"누가 그래?"

누가 그렇게 두 사람을 정확하게 아는지 궁금할 수밖에 없었다. 하지만 혜주는 대충 얼버무렸다.

"응? 음…. 누가 그랬어."

"새봄 씨가 귀신이네."

동준은 그 말을 한 사람이 새봄이라고 생각했다. 가장 가까운 친구로 허물없이 많은 이야기를 나누는 사이니까.

"음…. 새봄이는 아닌데, 아무튼 새봄이라고 해두지 뭐."

지금 그게 중요한 게 아니다. 혜주는 동준의 손을 잡았다.

"지금 중요한 건 우리 둘 다 서로의 마음을 조금 더 알게 됐다는 거야. 그러니까 이제 더 이상 오해하지 말자. 서로의 말을 좀 더 귀 기울여서 잘 듣고 세심하게 짐작해 보자."

동준의 얼굴에 감동이 서렸다.

"그래. 우리 더 많이 대화하고 소통하자."

어느새 혜주의 눈에는 눈물이 그렁해졌고 동준은 그런 혜주에게 눈을 맞췄다.

"사랑해."

"나도 사랑해."

두 사람은 깊이 포옹했다. 세상에 아무것도 없이 두 사람만 존재하는 듯 서로를 끌어당겼다. 마치 시간도 멈춰버린 듯 그들을 방해할 건 하나도 없어 보였다.

다만 그들이 아파트 출입구 바로 앞에 서 있었으므로 저 멀리에서 아파트로 들어가고 싶은데 그럴 수 없는 아주머니 하나와 실내에서 밖으로 나오고 싶은데 그럴 수 없는 아저씨 하나가 혜주와 동준의 포옹이 끝나길 기다리고 있었다.

한편 첫사랑 A/S 상담소의 AI는 본사로부터 혜주의 상담에 대한 평가를 받고 있었다.

이번 상담은 다른 때보다 수월했습니다. 고객님이 남자친구에 대한 사랑이 깊기도 하고, 우리 시스템에 대한 이해도도 높아 결과가 좋은 것 같습니다. 무엇보다 서로에 대한 깊은 배려를 오해하고 있어서 매우 안타까운 케이스였는데, 이렇게 잘 마무리되어 아주 흐뭇하네요. 수고하셨습니다.

네. 감사합니다.

그런데 무엇보다 신기한 인연이군요. 꼭 상담을 해주고 싶다던 조혜주 씨를 만나다니요.

그러게요. 저도 깜짝 놀랐습니다. 동명이인이 아닐지 생각했는데, 아니어서 정말 놀랐습니다.

이래서 소원은 이뤄진다고 하나 봅니다. 축하합니다.

감사합니다.

상담 평가는 이것으로 마칩니다.

네. 알겠습니다.

곧 삑, 소리가 나며 AI의 상담 평가가 종료되었다.

혜주와 동준은 이번 일을 계기로 좀 더 단단하게 결속되었다. 작은 것까지 서로 이야기하며 상대의 마음을 헤아려 나갔다. 물론 동준은 여전히 바빴지만, 그것이 두 사람의 사이를 방해하지는 않았다. 그들은 바쁜 시간과 시간 사이를 촘촘하고 견고하게 사랑으로 채워 넣었다.

그리고 어느 날 혜주에게는 전화가 한 통 걸려 왔다. 일요일 아침. 동준과의 데이트를 위해 옷을 고르던 중이었다. 침대 위에 늘어놓은 옷들에 눈을 고정한 채 휴대폰을 힐끗 본 혜주는 익숙한 전화번호에 깜짝 놀랐다. 0770-9876-1234. 첫사랑 A/S 상담소.

혜주가 서둘러 전화를 받았다. 휴대폰 너머에서 익숙한 소리가 들려왔다.

안녕하세요? 조혜주 고객님. 첫사랑 A/S 상담소입니다.

혜주가 활짝 웃었다.

"와. 안녕하세요?"

잘 지내십니까?

"그럼요. 덕분에 정말 잘 지내요. 어떻게 지내셨어요? 다른 분들도 상담 많이 해주셨어요? 저 같은 행운아들이 그동안 많이 늘었겠네요."

반가움에 혜주의 목소리 톤이 높았다. 상담소와 전화 통화한 지 얼마 되지 않았지만 오래 못 만난 그리운 사람을 만난 듯했다.

AI도 혜주의 호들갑에 은근히 맞장구를 쳤다.

반가워해 주시니 감사합니다.

"그런데, 무슨 일이세요?"

추가 A/S를 위해 다시 전화할지 모른다는 AI의 말이 기억나서 혜주는 궁금했다. 동준과의 사랑에 또 고쳐야 할 부분이 있나 싶었다.

하지만 AI는 다른 이야기를 꺼냈다.

저희 내부에서 의논한 결과, 조혜주 님의 A/S 처리가 매우 수월했다는 평가가 있었습니다. 다른 분들에 비해 상담 시간이 매우 짧았고 추후 관리도 필요 없었습니다. 다른 분들은 설명하는 데 긴 시간을 할애해야 하고 다음에도 서너 번씩 사후 관리를 하는 경우가 흔하거든요.

"저는 모범고객이었던 거군요."

네, 그래서 일종의 서비스를 드리기로 했습니다.

원래 저희의 상담은 고객 한 분 하고만 이뤄지며, 그 고객이 다른 사람에게 우리 상담소를 연결하는 것을 금지하고 있습니다. 하지만 조혜주 님께는 예외 규정을 적용해서 조혜주 님이 추천해 주시는 고객 한 분의 A/S를 추가 처리해 드리도록 하겠습니다.

"그럼, 제가 누구를 추천하면 그 사람의 첫사랑을 저처럼 A/S 해주신다는 건가요?"

그렇습니다. 누구를 추천하시겠습니까?

혜주의 머릿속에 바로 떠오르는 한 사람이 있었다.

"새봄이요."

강새봄 님 말씀입니까?

첫사랑 A/S 상담소의 정보력은 알아줘야겠구나. 말도 안 해줬는데 새봄의 성까지 알고 있네. 혜주가 속으로 다시 한 번 혀를 내둘렀다.

"네. 맞아요. 사실 새봄이의 첫사랑은 제가 저번에 말했던 박문호거든요. 기억나시죠?"

기억납니다. 조혜주 님이 첫사랑이라 오해하셨던.

"네, 그때 문호는 우리 학교 대부분 여학생의 첫사랑이었지만 새봄이는 문호랑 조금 특별한 사연이 있었어요. 지금 새봄이가 남친이 없어서 되게 외로워하는데, 문호가 첫사랑이면 둘이 잘되는 걸 보고 싶어요."

알겠습니다. 그럼, 제가 강새봄 씨에게 연락을 드리겠습니다. 원래 A/S는 고객이 전화를 걸어와야 시작되지만 이번 케이스는 예외입니다.

"그럼, 새봄이 첫사랑이 문호가 맞는 거예요?"

AI의 뉘앙스가 새봄과 문호를 이어주겠다는 듯 들려서 혜주는 얼른 새봄의 첫사랑을 확인했다. 하지만 AI는 시치미를 뚝 뗐다.

개인의 사적인 정보는 알려드릴 수 없습니다.

"어차피 알게 될 거잖아요. 새봄이랑 문호랑 잘 되면."

그렇게 해서 조혜주 님이 알게 되시는 건 저희 소관이 아닙니다. 일단 저희는 개인의 사적인 정보는 알려드릴 수 없음을 다시 한번 밝힙니다.

'늬예늬예. 알겠습니다.'

혜주는 얌전히 입을 다물었다. 어쨌든 새봄이 사랑을 하게 된다면야 환영할 일이었다. 그리고 그녀의 첫사랑은 박문호가 확실해 보였다. 며칠 전 술자리에서 혜주가 문호 이야기를 꺼냈을 때, 새봄은 자신의 첫사랑은 천 퍼센트 박문호라고 말했다. 절대로 연약한 풋사랑이 아니라고 했다. 새봄은 늘 똘똘하니까 자기처럼 첫사랑을 헷갈릴 리 없다고, 혜주는 생각했다.

3
새봄의
첫사랑

2010년 봄. 열일곱의 새봄은 인생에서 가장 힘든 시간을 보내고 있었다. 친한 친구들과는 다른 고등학교에 배정받았고, 하필이면 새봄을 무척이나 싫어하는 아정과 같은 학교 같은 반이 되었다.

짐작한 대로 아정은 학기 초부터 반 친구들에게 새봄의 이야기를 신나게 퍼트렸다. 새 학년이 2주일쯤 지난 어느 날 점심시간이 끝나갈 무렵이었다, 아정이 새로 사귄 친구들을 모아놓고 이야기하고 있었다.

"그래. 너네는 다른 중학교에서 와서 모르지? 새봄이 재가 중학교 졸업하고 미국으로 유학 갈 거라고 얼마나 빼겼는지 알아? 진짜 재수 없었다. 지가 세상에서 제일 예쁘고, 부자고, 공부 잘하는 줄 알았다니까. 잘난 척이 얼마나 오졌는지 말도 못 해."

5교시 수업을 준비하기 위해 아이들이 대부분 자리에 들어와 앉았을 때 아정은 일부러 새봄이 들으라는 듯 제 옆 친구들에게 소리를 높였다.

"근데 말이야. 아빠 사업이 쫄딱 망해서 미국 유학도 못 가고, 집도 이사했다. 해람아파트에서 나리빌라로. 야, 극과 극 아니냐? 이 동네에서."

아정의 이야기를 듣던 민서와 가영이 새봄의 얼굴을 힐끔거렸다. 얼굴이 빨개져 앉아있던 새봄은 그대로 책상 위에 얼굴을 묻었다. 이 끔찍한 상황을 피할 방법이라곤 제 눈을 가리는 멍청한 방법밖에 없었다.

'왜 나한테 이런 일이 일어날까?'

새봄은 모든 게 원망스러웠다. 아빠의 사업이 망하는 경험은 누구나 할 수 있는 게 아니다. 왜 하필 자신이 그런 상황에 놓여야 하는지 알 수 없었다. 아빠에게 원망을 퍼부었을 때 아빠는 눈물이 그렁한 얼굴로 말씀하셨다. 미안하다고. 1학년만 이 학교에 다니면 전학을 시켜주겠다고. 그래서 새봄은 눈 감고 귀 막고 죽은 듯 1년만 버틸 생각이었다.

그런데 아정이 자꾸 신경을 긁었다. 물론 유난히 자신을 싫어하던 아정이가 같은 반이 됐을 때 이미 이런 일이 벌어질 걸 상상하긴 했다. 하지만 실제로 닥치고 보니 충격이 너무 컸다. 어떻게 해야 이 시간을 견딜 수 있을지, 앞날이 막막했다.

곧이어 수업이 시작됐다. 하지만 새봄은 멍하니 창밖만

내다보았다. 선생님의 목소리 따위는 귀에 들어오지 않았다. 다행히 선생님은 그런 새봄을 야단치지 않았다. 대신 수업이 끝난 뒤 조용히 불러냈다.

상담실에서 만난 선생님은 새봄에게 다정하게 웃었다.

"새봄아. 선생님이 어제 어머니한테 새봄이 얘기를 다 들었어. 힘들 텐데 이렇게 의젓하게 잘하고 있어서 정말 고맙다. 선생님이 도와줄 거 있으면 언제든 말해."

그 말을 듣자, 새봄의 코가 찡해졌다. 커다란 눈물방울도 뚝뚝 떨어져 내렸다. 그러지 않고 싶었지만, 눈이 말을 듣지 않았다. 새봄은 얼른 손바닥으로 눈물을 닦았다. 하지만 아무리 닦아도 소용없이 자꾸 눈물이 흘러내렸다.

선생님은 그런 새봄을 따뜻하게 바라봤다.

"새봄아. 실컷 울어. 슬플 땐 울어야 하는 거야. 그러라고 눈물이 있는 거야."

그 말이 또 새봄의 눈물샘을 고장 나게 했다. 새봄은 마음을 놓고 목청껏 울었다. 선생님은 그런 새봄을 묵묵히 기다렸다. 그리고 새봄이 겨우 울음을 그쳤을 때 어깨를 다독여 주었다.

"잘했어. 아주 시원하겠다. 다음에 또 울고 싶으면 선생님 찾아와."

"네."

모기 같은 목소리로 새봄이 대답했다. 한바탕 울고 나니 진짜 속이 시원했다.

누군가 한 사람이라도 내 편이 되어준다는 게 얼마나 큰 힘이 되는지 깨달으면서, 새봄은 한결 가벼워진 모습으로 상담실을 나왔다.

그런데 누군가 자신을 빤히 보는 게 느껴졌다. 남학생이었다. 큰 키에 작은 얼굴, 반듯한 눈, 코, 입. 만화에서 튀어나왔다고 해도 될 만큼 비현실적인 모습의 남자애였다.

외모에 반하는 건 이성적이지 못하다고 생각했는데 그 생각이 갑자기 바뀌었다. 외모가 사랑의 스파크가 되는 건 당연했다. 심장이 몹시 성가시게 콩콩거렸다. 사랑의 신호가 분명했다. 그 아이에게서 눈을 떼야할 것 같은데 그럴 수 없는 순간이 이어지고, 두 사람은 꽤 길게 눈을 맞췄다. 먼저 정신이 돌아온 건 새봄이었다.

'맞다. 내 얼굴.'

선생님 앞에서 한참 동안 펑펑 울었으니 퉁퉁 부어있을 것이었다. 이런 얼굴을 저런 애한테 보이다니. 새봄은 급히 얼굴을 돌리고 양 옆의 머리카락을 모아 얼굴을 가리면서 2층으로 올라갔다.

화장실에 뛰어 들어가 거울을 보니 비명이 절로 나왔다.

거울 속의 여자애는 자신이 아니었다. 눈이 퉁퉁 부은 건 물론이고, 옆머리가 눈물 때문에 이마와 뺨에 지저분하게 달라붙어 있었다. 그동안 미모라면 어디서도 빠지지 않았는데, 하필 이렇게 흐트러진 모습을 저 아이에게 보이게 되다니. 게다가 상담실에서 나오다 마주치는 바람에, 그 애가 자신을 선생님께 야단맞고 울었다고 볼 수도 있어 자존심이 상했다. 자신은 언제나 완벽한 아이였는데, 어쩌다 이렇게 됐는지. 새봄은 자신의 얄궂은 운명에 다시 한번 통곡하고 싶어졌다.

사실 초등학교 때부터 새봄의 인기는 하늘을 찔렀다. 예쁘고 공부 잘하는 부잣집 딸이었으니 모든 남학생의 선망 대상이었다. 그들은 새봄에게 말이라도 한마디 걸어보려고 주변을 서성거렸다. 하지만 그런 새봄은 이제 없다.

예전의 새봄이라면 첫눈에 반한 저 애에게 사귀자고 자신 있게 말할 수도 있을 것이다. 하지만 그것도 이제 불가능한 일이 되었다. 남학생들이 좋아했던 건 공주 같은 강새봄이지 거지 같은 강새봄은 아닐 테니까.

'정신 차려. 강새봄. 너는 이제 예전의 네가 아니라고.'

새봄은 속상한 마음을 겨우 다잡고 화장실을 나섰다.

다음날. 학교에서 새봄은 아정이보다 어제의 남자애가 더 신경 쓰였다. 혹시 어디선가 그를 다시 마주치지 않을까 걱정스러웠다. 하지만 그는 보이지 않았다. 대신 그를 한 번 보겠다고 옆 반 문에 옹기종기 매달린 여자애들을 실컷 봤다.

알고 보니 그는 어제 옆 반으로 전학을 와 학교를 발칵 뒤집어 놓은 박문호라는 아이였다. 아역배우 출신이라는 둥, 아이돌 연습생이라는 둥. 여자애들은 그의 이야기로 하루 종일 시끄러웠다. 제 처지를 한탄하느라 새로 온 남학생에게까지 신경 쓸 겨를이 없었던 새봄만 그의 존재에 관심이 없었다. 하필 그런 아이에게 흉측한 꼴을 보였다니. 어제 일을 생각하자 다시 얼굴이 화끈거렸다.

그런데 그때 아정이가 또 친구들에게 제 흉을 보는 모습이 눈에 들어왔다.

"새봄이가 여자 친구 있는 유석이를 가로챘대. 그래서 영미랑 유석이랑 헤어졌대. 새봄이 진짜 여우 아니냐? 어떻게 남의 남자를 뺏을 생각을 해? 걔는 하여튼 지가 세상에서 제일 예쁘고 잘난 줄 안다니까."

며칠 전부터 돌고 있는 소문으로 새봄도 알고 있는 이야기였다. 유석이 새봄에게 동아리 활동에 대해 알려주느라 잠시 머리를 맞대고 있었는데, 마침 그게 영미와 헤어진 직후였다. 아이들은 새봄이 때문에 유석이 영미와 헤어졌다고 믿었고, 소문이 일파만파 퍼지는 중이었다. 도대체 누가 그런 소문을 냈는지 찾아가 때려주고 싶었는데, 이제 보니 아정이가 아닐지 싶었다. 아정이라면 충분히 그러고도 남을 것 같았다.

새봄은 화가 났다. 아정을 이대로 두면 더 흉한 소문이 돌지도 몰랐다. 그녀는 점심시간에 복도 구석으로 아정을 불러냈다. 아정은 가소롭다는 표정을 지으며 건들건들한 걸음으로 새봄에게 다가왔다.

"뭐야? 귀찮게."

새봄은 화를 참으며 단단한 목소리로 말했다.

"너 헛소문 그만 퍼트려. 유석이는 나한테 동아리 정보만 알려줬을 뿐이고, 우린 아무 사이 아니야."

"아아…. 네가 영미한테 유석이 뺏었다는 소문? 그거 내가 퍼트린 거 아냐. 다른 애들도 하는 얘긴데, 넌 왜 항상 나만 갖고 그러냐?"

아정이 인상을 찌푸리고 새봄을 노려봤다. 그러고는 한 발짝 새봄에게 가까이 다가와 얼굴을 들이밀었다. 그 순간 아정의 눈에서 흰자가 번들거렸다. 그 눈이 너무 무서워서, 새봄은 갑작스럽게 기가 죽었다.

한번 꺾인 기세는 그대로 무너져서, 잠시 전까지 아정에게 지지 않던 새봄의 당당한 태도가 하릴 없이 쪼그라들고 말았다. 새봄은 저도 모르게 뒤로 한 발짝 물러섰다. 그런데 한 발짝밖에 물러서지 않았는데 뒤가 바로 벽이었다. 그러자 기선을 잡은 아정이가 제 세력을 확실히 하려는 듯 새봄 옆의 벽을 발로 두어 번 걷어찼다.

'콰! 콰!'

둔탁한 소리가 복도를 울렸다. 새봄은 그 발길질이 자신을 향해오는 것 같아서 어깨를 움츠리고 두 팔로 머리를 감싸 쥐었다.

"악! 뭐…. 뭐 하는 거야?"

새봄의 비명을 듣고 몇몇 아이들이 몰려왔다. 구석이긴 했지만 어쨌든 탁 트인 복도여서 새봄과 아정은 그대로 노출되어 있었다. 한껏 몸을 굽힌 새봄을 보고 아정은 더 화를 냈다.

"와. 이 여우, 하는 짓 봐라. 자기가 먼저 사람 열받게 해놓고 피해자인 척 코스프레 오지네. 누가 보면 내가 너 때린 줄 알겠다. 응?"

화를 참지 못하는 아정의 목소리가 매우 컸다.

"왜! 애들 보는 앞인데 내가 때렸다고 하면서 찔찔 짜지 그래? 너 이런 짓 하려고 일부러 애들 많은 복도에서 나 보자고 한 거 아니었어? 예전에도 그랬잖아."

아정이가 분을 삭이지 못하고 제 발을 탕탕 굴렀다. 새봄은 그 소리에 다시 한번 어깨를 움츠렸다. 그때 새봄의 앞으로 문호가 끼어들었다.

"그만 해."

딱히 아정을 힐난하는 표정은 아니었다. 마치 공정한 심판자라도 되는 듯 정의로운 얼굴이었다. 주변에서는 곧 난리가 났다. 옆에 구경꾼처럼 서 있던 아이들이 금세 소란스러워졌다. '오오. 멋있다', '간지다' 심지어 '잘생겼다'라며 깍깍거리는 여자애들도 있었다. 정신없는 소음 속에서도 문호는 침착했다.

"애가 무서워하잖아. 그만둬."

문호가 눈앞에 서자 아정의 얼굴이 새빨개졌다. 문호의 얼굴은 늘 반칙이었다. 이 학교의 여학생 누구도 문호를 정면에서 가깝게 보고서 흔들리지 않을 수는 없었다. 아무도 제재할 수 없는 그 반칙에, 아정의 목소리가 수그러들었다.

"내가 뭘 했다고 무서워해? 나 안 때렸어. 저게 혼자 징징거리는 거라고. 약한 척, 착한 척 하는 게 재 버릇이야."

문호 때문에 잠깐 정신을 잃기는 했지만 아정은 바로 다시 열이 올라 씨근거렸다.

새봄은 걱정스러웠다. 하필이면 문호 앞에서 저런 험담이라니. 문호가 저 말을 진짜 믿으면 어떡하나 싶었다. 그러나 문호는 그 말을 믿지 않는 것 같았다. 그가 점잖게 아정을 타일렀다.

"직접 때리진 않았어도 발로 벽 치면서 겁은 주고 있었잖아. 그만 하고 돌아가."

그러고는 새봄의 교복 소맷자락을 제 쪽으로 잡아당겼다. 아정의 기세에 눌려 힘없이 서 있던 새봄의 몸은 종이처럼 팔랑거리며 문호 쪽으로 딸려 갔다.

문호는 여학생들이 수십 마리의 까치 소리를 내는 속을 유유히 걸어서, 새봄을 데리고 보건실로 갔다. 새봄과 문호가 보건실에 도착했을 때, 그 뒤로 수십 명의 여학생들이 주렁주렁 달려있었다. 문호는 보건실 문만 열어 새봄을 들여보내 주고 까치 팬들을 이끌고 자리를 떴다. 자기가 보건실에 있는 한, 새봄이 제대로 안정을 취하지 못할 걸 알기 때문이었다. 문호에게 밀려 보건실 안에 들어온 새봄은 멍하니 서 있었다.

'지금 나한테 무슨 일이 일어난 거지?'

그러고 있는데 보건 선생님이 다가왔다.

"새봄아. 어디 아프니?"

"아뇨…. 괜찮아요."

아프지 않다고는 하지만 파리한 얼굴을 보니 좀 쉬어야 할 것 같아서, 선생님은 새봄을 데려다가 침대에 눕혔다.

선생님이 커튼을 치고 사라지자, 새봄은 반듯하게 침대에 누웠다. 그러고 있자니, 복도에서 까치 소리가 점점 잦아드는 게 느껴졌다. 새봄은 그대로 눈을 감았다. 그리고 다시 생각했다.

'큰일 났다. 이제 난 진짜 공공의 적이네.'

예전에도 본 적 있다. 중학교 시절 학내 최고 인기녀였던 새봄과 친하게 지내던 남자애들이 다른 남학생들에게 시기, 질투, 미움을 받는걸. 그때는 유치한 짓일 뿐이라고 생각했는데 제 일이 되자 괴로움이 피부로 느껴지는 듯했다. 이제 자신은 곧 수많은 여학생들의 엄청난 견제에 휩쓸릴 것이다.

'내 팔자 진짜 왜 이러냐.'

새봄은 몸을 뒤집어 보건실 침대에 얼굴을 묻었다.

당연히 그다음 날부터 '새봄이 유석에서 문호로 갈아탔다'라는 소문이 돌았다. 그 때문에 유석이 충격을 받았다는 얘기도 있었고, 으슥한 곳에서 새봄과 문호를 봤다는 소문도 돌았다. 별의별 소문들이 다 떠돌았다.

문호의 까치 팬들은 아무리 새봄이 여우 같아도 문호 같은 킹카가 그리 쉽게 넘어갈 리 없다며, 그날의 일은 단순한 정의감이라고 문호를 변호했다.

아정이 쪽은 양상이 복잡하게 돌아갔다. 새봄을 옹호하는 애들은 아정을 공격했고, 새봄을 미워하는 애들이 아정의 편에 섰다. 별것도 아닌 일로 아이들은 사분오열해 서로 싸웠다. 그러느라 학급 분위기가 엉망이었다.

새봄은 왠지 이 모든 사태가 자기 때문인 것 같아 미안하고 위축됐다. 내가 재수 없는 애라 우리 집도 망하고, 애들한테 오해도 받고, 서로 싸우게 만들고 그러는 걸까? 생각이 거기까지 이르러 슬퍼지기도 했다.

그리고 더 미치겠는 건, 상황이 이 지경인데도 불쑥불쑥 떠오르는 문호의 얼굴이었다. 아정이 앞에서 자신을 데리고 나가던 문호의 모습이 자꾸 느린 동작으로 머릿속에 떠오르며 아무 때나 가슴이 콩콩거렸다.

'아우. 짜증 나. 아우. 신경 쓰여. 걔는 왜 우리 학교로 전학을 와서는!!'

새봄은 속으로 신경질을 부렸다.

그러던 어느 날 하교 시간이었다. 새봄은 터덜터덜 기운 없이 걷고 있었다. 그런데 누가 옆에 와 같이 걷는 느낌이 들었다. 돌아보니 문호였다. 웬일인지 그 뒤에 까치 팬들은 없었다.

새봄이 놀라서 걸음을 멈추고 물었다.

"뭐야?"

"너, 나한테 고맙다고 안 했다."

"응?"

"내가 저번에 아정이한테 당하고 있을 때 너 빼내서 보건실 데려다줬잖아. 그 정도면 고맙다는 인사는 받아도 될 것 같은데.”

“야, 그게 언제 적 일인데 인제 와서…. 벌써 2주일도 더 지났다.”

“2주일이나 기다렸는데 네가 아무 소리가 없어서.”

문호가 코를 찡긋거렸다. 그게 그 애의 버릇이라는 건 이미 온 학교에 다 알려져 있었고, 여자애들은 그 표정만 봐도 자지러졌다. 그리고 지금은 새봄도 그런 여자애들 중 하나였다. 솔직히 말하자면 심장이 투두둑 소리를 내며 떨어졌다. 하지만 그녀는 마음을 들키지 않으려 애쓰며 일부러 문호에게 톡 쏘아붙였다.

“고맙다는 소리가 그렇게 듣고 싶냐?”

문호가 다시 씩 웃었다.

“역시 까칠하네. 듣던 대로야.”

“나에 대해서 뭘 들었다는 거야?”

“이로중학교 전교 1등. 걸그룹 외모. 까아칠한 서엉격.”

문호는 ‘까칠한 성격’이라는 단어를 길게 늘이며 힘주어 발음했다. 새봄이 가자미눈을 하고 그를 보았다.

“시비 걸지 말고 가라.”

새봄은 걸음을 재촉했다. 하지만 문호는 긴 다리로 그녀를 쉽게 따라왔다.

“너, 나랑 사귀자. 네가 퀸카인 게 마음에 들어. 나도 킹카니까."

문호의 말에 새봄이 걸음을 우뚝 멈추었다.

이런 말은 처음 들어본다. 나도 잘난 척 좀 하는 편이지만 너는 더하구나. 하긴 그 피지컬이면 당연하긴 하겠다. 그래도 재수는 없다. 새봄이 이런 생각을 하는 동안 문호가 다시 코를 찡긋하더니 말했다.

"농담이고. 그냥 네가 자꾸 눈에 띄어서 사귀어보고 싶었어. 어차피 우리 사귄다고 소문도 났잖아. 네가 유석이 차고 나한테 왔다고 소문 난 거 알지? 너도 황당하겠지만 나도 졸지에 남친 있는 여자 뺏은 사람이 됐어."

우주대스타 같은 인기를 자랑하는 문호도 무성한 뒷담화를 피해갈 수 없었던 모양이다. 뒷담화는 제물을 가리지 않으니까. 그래서 문호를 쫓아다니는 까치 팬들이 사라진 건가? 새봄은 문호에게 조금 미안해졌다.

"그러게 그 때 왜 그랬어."

아정에게서 자신을 데리고 가준 것을 말하는 거였다.

"도저히 두고 볼 수가 있어야지. 나 원래 잘 안 나서는 편인데, 네가 너무 힘들어하는 것 같아서 그냥 지나치지 못하겠더라고. 그때 복도에서 처음 본 얼굴이 울고 있는 얼굴이기도 했고."

그가 처음 봤을 때의 일을 기억하고 있었다. 새봄은 얼굴이 화끈해져서 고개를 돌렸다. 문호와 빨리 헤어지고 싶었다. 그러자면 가장 좋은 방법이 감사인사를 전하는 것 같았다.

"암튼 고마워. 인사가 늦었지만. 이제 됐지?"

문호는 생각지 못했던 인사를 받아서 기분이 좋아졌다.

"응. 됐는데, 그럼 그 보답으로 나랑 사귀어 주면 안 되나?"

상큼하게 웃는 문호의 얼굴에 새봄은 '그래'라고 대답할 뻔 했다. 하지만 간신히 정신을 차렸다. 이렇게 덥석 제안을 받긴 뭔가 곤란한 것 같았다.

"아니. 나 공부해야 해. 너도 들었지? 유학하려고 했는데 집 망해서 못 가게 된 거. 그래서 우리 집이 지금 난리야. 부모님 걱정도 엄청 많으시고. 그러니까 나라도 속 썩이지 말고 공부 열심히 해야지."

"남친 생긴다고 해서 꼭 부모님이 속을 썩는다는 법은 없는데. 나도 공부 꽤 잘해. 우리 같이 공부하면서 사귈 수 있어."

그의 표정은 자신만만했다. 들리는 소문에 의하면 문호는 외적으로 다 가졌을 뿐 아니라 머리도 명석해서 성적도 좋다고 했다. 지금도 그런 자신감 덕분에 저런 말을 하고 있으리라. 하지만 그가 그렇게 나오자 새봄은 제 모습이 자꾸 초라해지는 것 같았다. 결국 거절의 말이 나왔다.

"아니. 난 생각 없어."

새봄의 거듭된 거절에 잠시 생각에 잠긴 문호는 곧 시원하게 결론을 내렸다.

"정 그렇다면 할 수 없네. 알았어. 공부 열심히 해."

그런데 쿨한 그의 태도에 오히려 새봄이 섭섭해졌다. 한 번만 더 물어보면 자존심 다 버리고 허락할 것 같았다. 그녀가 간절한 눈빛으로 문호를 보려는데, 문호는 바로 다른 이야기를 꺼냈다.

"근데 말야. 아정이 말이 사실이야? 중학교 때 네가 자기를 일진으로 모는 바람에 힘들었다는데?"

문호의 입에서 아정과의 과거 이야기를 들을 거라고는 전혀 상상하지 못해서, 새봄은 당황했다. 하지만 무슨 얘기인지는 알 것 같았다.

중2 때였다. 당시 새봄은 인상이 강해 보이는 아정과 그 친구들이 무서워서 피해 다녔다. 하루는 아정과 친구들이 복도에 서서 수다를 떨고 있었는데, 복도 끝에서 그들을 본 새봄이 그 앞을 지나치지 않고 돌아가는 길을 택했다. 그런데 선생님이 그걸 보신 거였다. 선생님은 아정이 새봄을 괴롭혔다고 오해했고 아정에게 넌지시 주의를 주었다. 다행히 얼마 뒤 선생님의 오해는 풀렸고 아정에게 사과까지 했는데, 아정은 그때 새봄이 자신을 모함했다고 굳게 믿는 것이었다.

새봄은 펄쩍 뛰었다.

"아니야. 걔가 오해한 거야."

새봄이 구구절절 당시의 일을 설명했다. 모든 것은 아정이의 사나운 인상과 선생님의 오해 때문이었지 자신은 잘못한 게 하나도 없음을 토로했다.

그런데 그 말을 듣고도 문호는 고개를 갸웃거렸다.

"하지만 그 일 때문에 다른 애들까지 다 자기를 일진으로 생각해서 계속 힘들었다던데?"

문호의 말에 새봄이 다시 생각에 잠겼다. 그때 일들을 떠올려 보니 비슷한 일이 있었던 것도 같았다. 선생님의 오해는 풀렸지만, 아정이가 새봄에게 와서 따지며 화를 내는 바람에 새봄은 계속 아정을 피해 다녔다. 그리고 그 모습을 본 몇몇 아이들이 '아정이가 일진이냐?'고 물은 적이 있었다. 물론 새봄은 아니라고 말했지만, 아이들은 믿지 않는 눈치였었다.

거기까지 이야기를 들은 문호가 말했다.

"그런 일이 있었구나. 아정이 입장에서는 속상했겠어. 일진도 아닌데 일진으로 오해받았으니."

문호가 아정의 편을 드는 것 같아서, 새봄은 갑자기 불쾌해졌다. 그래서 투덜거렸다.

"걔는 언제 적 일을 갖고 아직도 그러고 있어."

그러자 문호가 또 말했다.

“아정이도 상처가 컸던 거야. 그러니까 지금까지 너를 그렇게 싫어하지.”

“상처?”

아정에게 상처를 받으면 받았지, 자신이 상처를 줬을 거라고는 생각해 본 적이 없었다. 하지만 문호의 말을 들으니 그럴 수도 있다는 생각이 들었다. 뒤늦게 아정의 입장을 짐작해 보느라 말을 잃은 새봄을 보고 문호가 따뜻하게 조언했다.

“네가 먼저 아정이 불러서 얘기해 봐. 그때 일 때문에 아직도 화나 있는 거냐고.”

“내가?”

“그래. 네가 먼저 손 내밀어 봐. 멋지게.”

다른 사람이 그런 말을 했다면 화를 냈을지 몰랐다. 마치 ‘먼저 사과하라’는 소리처럼 느껴졌기 때문에. 하지만 문호의 말이었고, 게다가 말끝에 이어진 ‘멋지게’라는 단어가 기분 좋게 들렸다. 그 일을 하면 혹시 문호가 자신을 정말 멋지다고 평가해줄 것 같았다. 새봄이 이미 기울어진 마음으로 물었다.

“아정이가 진짜 그 일 때문에 그런 거라고 하면 내가 뭐라고 해야 돼? 사실 내가 잘못한 건 없잖아.”

“위로해 줘.”

"위로?"

"어쨌든 너랑 얽힌 것 때문에 아정이가 힘들어했으니까 '많이 힘들었겠다' 하고 위로해 줘."

"…"

"그리고 너도 아정이 때문에 힘들다고 솔직하게 말하는 게 어떨까? 내 생각에 너희는 서로를 힘들게 하는 것 같아. 솔직하게 말하고 털어버리면 둘 다 편해질 텐데 말이야."

그 순간이었다. 새봄이 진심으로 문호를 좋아하게 된 것은. 문호는 겉모습만 멋진 게 아니었다. 생각까지 사려 깊었다. 그걸 알자 문호가 달라 보였다. 자기 자신은 아직 철없는 아이 같았고, 문호는 자신보다 훨씬 큰 어른처럼 느껴졌다. 새봄은 문호를 빤히 쳐다봤다.

'이 아이는 어떻게 이런 생각을 하는 걸까?'

새봄이 너무 빤히 쳐다보자, 문호는 쑥스러워져서 눈길을 피했다.

"어…. 그냥 생각해 보라는 얘기야. 결정은 네가 하는 거니까. 난 그냥 너희 둘이 잘 지내면 좋을 것 같아서 그랬어. 그럼 잘 가고. 내일 학교에서 보자."

문호는 서둘러 자리를 떴고 새봄에게는 그가 준 충격만 남아있었다.

집으로 돌아가는 길. 새봄은 그동안의 자신을 돌아봤다. 지금까지 참 많은 사람이 자신을 좋아해 줬다. 예쁘고, 똑똑하고, 야무지다고. 집이 부유한 것도 장점 중 하나였다. 하지만 모두가 그런 건 아니었다. 대놓고 질투하는 아이들이나 아예 관심이 없는 아이들도 꽤 많았다. 새봄은 그런 아이들을 무시했다. 자신의 매력을 모르거나 열등감이 있기 때문이라고 생각했다.

그런데 지금 와 생각해 보니 그게 아니었다. 스스로가 부족했기 때문이었다. 아정에게 했듯 상대의 마음을 짐작하려 하지 않았고, 스스로가 가진 많은 것들이 당연하다고 여겼으며, 자신이 아주 괜찮은 사람이라는 자아도취에만 빠져 있었다. 그런 부족함이 보였기에 자신을 못마땅해하는 사람들이 있었다. 새봄은 그렇게 많은 것을 깨달았고 부끄러워졌다.

그리고 다음 날 문호가 시킨 대로 아정을 불러 마주했다. 아정은 여전히 사나운 얼굴이었지만 새봄이 담담하게 예전 일을 사과하자 오히려 당황해서 얼굴이 빨개졌다. 그녀는 여전히 마음의 앙금이 남아있어 새봄의 사과를 바로 받아들이지는 못했고, '이상한 짓을 한다'라며 도망갔지만 더 이상 새봄에 대해 나쁜 이야기를 하지는 않았다. 그렇게 소문을 물어 나르는 새가 움직이지 않자, 새봄이나 문호에 대한 뒷담화도 점차 가라앉았다.

그런 소동 속에 1학년이 훌쩍 지나갔다. 고백 이후로 문호는 새봄을 여느 친구들처럼 대했고, 새봄은 제가 선택한 짝사랑을 이어갔다. 속으로는 다시 한번 문호가 고백을 해오길 바랐지만 겉으로는 '도도한 새봄'을 연기했다. 힘들긴 했지만 오래 하니 그럭저럭 적응이 되어갔다. 그리고 그 무렵 해가 바뀌고 밸런타인데이가 다가왔다.

새봄의 신경은 그때부터 날카로워졌다. 초콜릿 때문이었다. 문호를 좋아하는 다른 애들처럼 초콜릿을 준비하긴 싫었지만 그렇다고 모른 척 넘어가기엔 마음이 너무 커져 있었다.

그녀는 일단 초콜릿을 샀다. 어떤 걸 줘야 할지 몰라 여러 종류의 제품을 샀고, 어쩌다 보니 직접 만드는 키트까지 사서 예쁜 고양이 모양 초콜릿도 만들었다. 제가 직접 만들어서 더 소중하게 느껴지는 고양이 초콜릿에는 특별한 금색 리본까지 달아두었다. 하지만 밸런타인데이 아침. 새봄은 초콜릿을 가방에 담지 못했다. 도저히 용기가 나지 않았다. 많은 애들이 문호에게 초콜릿을 줄 텐데, 그중 하나가 되기도 싫었다.

결국 새봄은 어깨를 축 늘어뜨린 채 학교에 갔다. 그녀의 속도 모르고 친구들은 문호가 받은 초콜릿 선물 수를 중계하며 하루 종일 속을 뒤집었다. 화가 잔뜩 난 새봄은 집에 돌아오자마자 초콜릿을 모두 까서 제 입 속에 넣었다. 나중에야 너무 많이 먹었나 싶어 걱정되었고, 후회하며 체중계에 올라갔더니 1킬로그램이나 늘어있었다. 그리하여 새봄은 제 생애 손꼽히는 최악의 하루를 보냈다.

'박문호! 미워! 다 너 때문이야!! 차라리 내 눈앞에서 사라져 버려!'

새봄은 혼자 숨죽여 울며 문호를 원망했다.

그런데 어느 날 새봄의 바람대로 문호가 사라졌다. 며칠 뒤 봄방학이 끝나고 고2가 시작되는 첫날. 학교는 박문호의 전학 소식으로 떠들썩했다. 문호와 친했던 준혁의 말에 따르면 아버지의 사업 때문에 급히 이사했다고 했다. 인사도 없이 떠난 문호 때문에 학교의 여자애들은 대부분 울었다. 새봄은 억지로 눈물을 참았다. 1년만 참으라던 아버지의 말과 달리 새봄의 상황은 조금도 나아지지 않고 있어서, 이도 저도 모두 안 되는 자신의 불우한 운명을 떠올리며 지지 않겠다고 이를 악물었다.

그래도 시간은 흘러 새 학기가 시작되었고, 2학년이 되며 짝이 된 혜주와 성격이 잘 맞아 학교생활이 편안했다. 게다가 혜주는 작년에 문호와 같은 반이어서, 그에 대해 아는 것이 많았다. 완벽해 보이는 문호가 어느 날 양말을 짝짝이로 신고 온 이야기, 노래를 잘 부르지만 고음에는 조금 약하다는 이야기, 3학년 선배 언니의 무자비한 애정 공세로 고생한 이야기 등등이 혜주의 입에서 흘러나올 때면 새봄은 안 그런 척하면서도 늘 귀를 쫑긋 세우고 들었다. 그렇게 시간은 쉼 없이 흘렀다.

♥♥♥

그로부터 13년 뒤인 2024년. 식품회사 기획실 대리인 새봄은 신제품의 판촉행사 준비로 몹시 바빴다. 지금도 홍보실과 관련 일정을 조율하는 중이었다. 그런데 휴대폰이 울렸다. 모르는 전화번호였다. 업무용이 아닌 개인 휴대폰이었고, 모르는 번호는 원래 받지 않기 때문에 무시하고 계속 일을 했다. 하지만 끊겼던 전화가 5분 뒤에 다시 울렸다.

"아, 뭐야. 왜 이렇게 귀찮게 해."

새봄은 투덜거리며 전화를 끊어버렸다. 그랬더니 잠시 후 또 전화가 왔다. 이번엔 잔뜩 짜증이 나서 휴대폰을 보았는데, 아까의 전화번호가 아니라 혜주였다. 전화를 받았더니 어딘가 상기된 혜주의 목소리가 들렸다.

새봄아. 지금 뭐해?

"일해."

만날 하는 일은 뭐 하러 그렇게 열심히 해?

"무슨 소리 하는 거야. 일해야 돈 벌지. 너야말로 누구보다 일 열심히 하는 애가 뭔 싱거운 소리야. 전화는 왜 했어?"

그냥.

"애가 오늘 왜 이래. 뭐 잘못 먹었어?"

안 그래도 바쁜데 혜주까지 왜 이러나. 새봄이 울상을 지었다.

혜주가 이렇게 이상한 대화를 하게 된 건 조금 전 첫사랑 A/S 상담소에서 온 전화를 받았기 때문이었다. 상담소에서는 새봄이 전화를 받지 않는다며, 그렇다면 A/S 기회가 날아가 버릴 거라고 엄포를 놓았다. 그래서 무턱대고 새봄에게 전화를 걸어본 것이었다. 하지만 목적을 똑바로 말할 수는 없어서 맥락 없는 소리가 이어졌다. 그러는 동안 새봄이 말했다.

"친구야. 나 바쁘다. 급한 일 아니면 나중에 통화하자."

그래....

마지못해 혜주가 전화를 끊었다. 새봄은 휴대폰을 내려놓으면서 어깨를 으쓱 들어올렸다.

"하여튼 조혜주. 뜬금없이 엉뚱하다니까."

그리고 다시 일정표를 보려는데 또 휴대폰이 울렸다. 전화번호는 아까의 그 모르는 번호. 그런데 느낌이 이상했다. 눈으로 그 번호를 보면서도 머리가 그걸 혜주의 전화라고 생각했고 곧 손이 통화버튼을 눌러버렸다. 생각 따로, 행동 따로인 것에 잠시 소름이 끼치는 동안, 휴대폰에서 낯선 목소리가 울렸다.

안녕하십니까? 강새봄 님. 여기는 첫사랑 A/S 상담소입니다.

새봄은 자기 귀를 의심했다.

"어디라고요?"

고장 난 첫사랑을 수리해 드리는 첫사랑 A/S 상담소입니다.

하, 참…. 바쁜 사람 붙잡고 장난치자는 건가. 새봄이 가차없이 전화를 끊으려는 찰나, 휴대폰 너머에서 다시 한번 예상치 못한 소리가 들렸다.

박문호 님과의 첫사랑을 수리해 드리려고 합니다.

"박문호…. 라고요?"

새봄의 목소리에 궁금증이 묻어났다. 누군데 자신의 첫사랑이 박문호인 것을 알고 있을까? 상대가 새봄의 마음을 아는 듯 답을 해왔다.

여긴 첫사랑 A/S상담소이고 저는 상담사입니다. 처음 접하는 상황이니만큼 혼란하신 것은 이해가 가지만 고객님께 어려운 일은 없습니다. 한 가지만 결정하시면 되니까요. 박문호 님과의 첫사랑을 이루고 싶은지 아닌지. 그것만 결정하시면 됩니다.

그 말을 듣자 새봄은 할 수 있는 말이 생각났다.

"경찰에 신고하겠어요. 저와 박문호에 대한 개인정보를 어떻게 알아내고 이런 전화를 하는 지 경찰서에 가서 얘기하시죠."

나 강새봄을 그렇게 호락호락한 사람으로 봤다면 큰 코 다칠 걸? 새봄이 코웃음을 쳤다.

그러나 상대는 전혀 겁먹지 않은 목소리로 다시 말했다.

고등학생 시절. 강새봄 님은 용기가 없어 박문호 님을 놓쳤습니다. 좋아하는 마음이 무척 컸는데도 고백을 못했죠. 그 시절로 돌아가 다시 사랑을 이루고 싶지는 않으십니까?

전화 속 상대는 자신과 문호에 대해 들여다보기라도 한 듯 잘 알고 있었다. 이렇게 되면 얘기가 또 달라진다. 새봄의 경계심이 자기도 모르게 풀어져버렸다.

"그 시절로 돌아가 사랑을 이룬다고요?"

네, 그렇습니다.

상담소와 대화를 하면 할수록, 새봄은 말로 표현할 수 없이 홀린 상태가 되었고, 이윽고 제 마음을 털어놓았다.

"그렇게 할 수 있다면 이루고 싶죠. 돌아갈 수 있다면 잡고 싶어요."

당연한 일이다. 지금도 발렌타인데이만 되면 초콜릿을 가방에 담지 않은 걸 후회하는데.

알겠습니다. 접수했습니다. 이제 집중해주십시오.

뭔가 신비한 일이 시작될 것을 알리는 AI의 말에 새봄은 일정표를 닫았다. 그러자 정신이 아득하게 13년 전으로 흘러갔다.

♥♥♥

2011년 2월 14일 수요일. 발렌타인데이 아침이었다. 등교 준비를 하는 새봄의 상태는 매우 안 좋았다. 눈이 붉게 충혈돼 있고 머리도 깨질 듯 아팠다. 초콜릿을 가방에 담을지 말지 밤새 고민했기 때문이었다. 그러나 아무리 생각해도 모든 친구들이 다 보는 앞에서 문호에게 초콜릿을 주는 건 불가능해보였다. 결국 새봄은 그냥 가방을 집어 들었다. 그런데 가방이 몹시 무거웠다. 마치 돌덩어리라도 들어있는 것 같았다.

"왜 이래? 가방이 왜 이렇게 무거워?"

새봄은 가방을 열고 안의 내용물을 확인했다. 몇 권의 책과 노트, 필통과 작은 파우치가 전부였다. 그런데도 이상하게 무거웠다. 그녀는 다시 한 번 가방을 들어 올려 보았다. 하지만 역시나 바닥에 접착제로 붙인 듯 꼼짝하지 않았다.

안 그래도 속상한데 가방까지 속을 썩이자, 새봄은 화가 나서 가방을 발로 찼다. 그랬더니 가방이 갑자기 종잇장처럼 가벼워진 듯 펄쩍 날더니 책상 서랍 앞에 풀썩 쓰러졌다. 그리고 가방이 부딪친 충격 때문이었을까? 서랍이 툭 입을 내밀었다. 서랍 안에서는 직접 만든 고양이 초콜릿을 감싸 안은 금색 리본이 반짝이고 있었다. 그 빛은 '나를 안아가라'라고 말하는 것 같았다. 가방이 저 혼자 움직이는 것 같아 놀란 것도 잠시, 새봄은 금색 리본을 멍하니 바라봤다. 그러자 머릿속에 이상한 목소리가 울렸다.

강새봄 님은 용기가 없어 박문호 님을 놓쳤습니다.

새봄은 소스라치게 놀랐다.

"이게 무슨 소리지?"

놀라서 뒤를 돌아다봤지만, 방안에는 저 혼자뿐이었다. 그리고 다시 머릿속에 같은 목소리가 울렸다.

강새봄 님은 용기가 없어 박문호 님을 놓쳤습니다.

두 번째 그 말을 듣자 더 이상 놀랍지 않았다. 어쩌면 천사의 목소리처럼 들리기도 했다. 천사가 시키는 대로 하면 뭔가 달콤한 일이 일어날 것만 같았다. 새봄은 망설임 없이 가방 속에 초콜릿을 챙겨 넣었다.

"그래. 해 보자."

그녀는 금색 리본이 달린 고양이 초콜릿뿐 아니라 다른 초콜릿들까지 모두 세 상자를 담았다. 그리고 다시 가방을 집어 들자, 그것은 언제 그렇게 무거웠냐는 듯 폴짝 뛰어 어깨에 매달렸다. 이상하게 기분도 두둥실 떠올랐다. 발걸음마저 가벼워 중력이 반밖에 안 느껴지는 것 같았다. 새봄은 그렇게 학교로 갔다.

그러나 학교에 들어서자 비로소 제 앞에 놓인 현실이 보였다. 뭉게구름 위를 걷듯 했던 발걸음에 누가 쇳덩어리라도 달아놓은 것 같았다. 눈앞에 문호의 교실이 보이는데, 예상한 대로 문 앞에 몇몇 여자애들이 형형색색 알록달록 포장한 초콜릿을 들고 서 있었다.

새삼 현실을 직시한 새봄은 잔뜩 독이 오른 마음을 어딘가에 풀어야 했다. 교실로 들어온 그녀는 손에 든 가방을 책상 위에 내팽개쳤다. 가방이 '쿠당' 소리를 내며 떨어졌다. 그런데 그 충격이었을까. 그만 가방의 지퍼가 쩍 벌어지면서 안에 있던 것들이 좌르르 바닥에 흘러내렸다. 책과 노트, 필통은 물론이고 초콜릿 상자들도 죄다 쏟아져 나왔다. 상상도 못 한 참사였다. 그 순간, 새봄은 자신이 증기가 되어 증발하거나 물이 되어 땅으로 스며들었으면 좋겠다고 생각했다. 그냥 분자로 쪼개져 공기 중에 흩어지는 것도 바람직할 것 같았다.

물건이 쏟아지는 요란한 소리는 아이들의 시선을 단숨에 집중시켰다. 세 개나 되는 초콜릿 상자들은 더욱 그랬다.

"와, 이거 뭐야."

"초콜릿이네?"

"대박! 새봄이가 초콜릿을? 나, 새봄이가 초콜릿 준비해 온 거 처음 봐."

"누구 줄 거야?"

"근데 왜 세 개야?"

아이들이 저마다 한마디씩 하느라 주변이 어수선했다. 그 와중에 새봄은 눈에 힘을 모으며 생각했다. 이 위기를 모면해야 한다. 정신 차려. 문호한테 주려고 가져왔다는 걸 알면 큰일 난다. 그러자 제 입에서 상상 못 한 소리가 터져 나왔다.

"엄마가 주변 분들께 돌리려고 여러 개 만드셨는데, 나한테 세 상자 주시더라. 친구들 갖다주라고. 그래서 받아왔어."

입에 침도 안 바르고, 눈도 하나 깜짝 안 하고, 새봄은 천연덕스럽게 거짓말을 늘어놓았다. 어찌나 자연스러웠는지 속으로는 저 스스로가 무척 자랑스러웠다. 내가 하다 하다 이제는 거짓말에도 소질이 있구나. 넌 정말 못 하는 게 없는 아이야. 강새봄. 아이들이 없었다면 제 머리를 제 손으로 쓰다듬을 뻔했다.

그런데 아이들은 새봄이 정신 나간 듯 주워 삼킨 말에 깜빡 속았다. 그녀의 말을 믿을 수밖에 없는 것이, 일단 새봄이 누구를 좋아한다는 얘기를 들은 적이 없었다. 그건 초콜릿을 받을 후보가 아예 짐작도 되지 않는다는 소리였다. 게다가 상자가 세 개였다. 후보 하나도 색출하지 못한 아이들로서는 후보가 셋이나 될 리 없다는 계산이 금방 나왔다. 초콜릿을 보여주는 새봄의 태도 역시 전혀 당황하지 않는 것 같아, 역시 누군가를 위한 정성을 담은 초콜릿이 아니라는 결론이 내려졌다. 아이들은 새봄이의 말에 홀딱 넘어갔다.

"와, 너희 엄마 좋으시다."

"그렇게 말이야…. 난 초콜릿 많이 산다고 혼났는데."

친구들이 자기 말을 믿는다는 것에 잠시 안도한 새봄은 연기를 이어갔다. 정말 엄마가 준 초콜릿인 양 아무렇지 않게 리본을 풀고 상자를 열어 초콜릿을 아이들에게 한 개씩 나눠줬다.

"자, 하나씩 가져가."

그러면서 머릿속으로는 정신없이 계산기가 돌아갔다. 동그란 초콜릿은 여덟 개. 긴 초콜릿은 열 개였어. 거기다가 고양이 초콜릿은 열두 개였으니까 대략 우리 반 애들한테 한 개씩 돌아갈 수 있겠어. 세 상자 다 가져오길 진짜 잘했네. 안 그랬으면 진짜 개망신당할 뻔.

결국 초콜릿은 허무하게 반 아이들에게로 뿔뿔이 흩어졌다. 그나마 위안이라면 아이들이 무척이나 좋아해줬다는 것이었다. 더 이상 나쁜 소문을 퍼뜨리지는 않았지만 여전히 새봄에게 데면데면한 아정까지 초콜릿을 받아가며 잠깐 웃어줬으니까.

"얘들아~ 너희가 좋아하니까 나도 기분 좋다. 지인~짜 좋다."

새봄은 애써 활짝 웃었다. 무엇보다 위험한 상황을 잘 넘긴 게 지옥에서 살아 돌아온 기분이었다. 그런데 초콜릿을 다 나눠주고 책상에 널브러진 상자의 잔해들을 주섬주섬 치우는데, 상자 안에 고양이 초콜릿이 하나 남아있었다. 초콜릿 숫자와 아이들의 숫자를 맞춰보니 하나가 남는 게 맞았다.

'그래. 이건 나나 먹어야겠다. 내가 만들었는데, 맛이라도 봐야지.'

새봄은 고양이 초콜릿 하나를 제 주머니에 집어넣었다.

잠시 후 수업이 시작됐고, 학급의 소란스러움은 금방 잦아들었다. 그러자 열이 올랐던 새봄의 이마가 차가워지면서 기분이 가라앉았다. 마음이 몹시 헛헛했다. 죽 쒀서 개 준 심정이 이런 거구나 싶었다. 이어지는 수업을 어떻게 했는지 기억이 나지 않았다. 교단 앞의 선생님이 입을 벙긋거리는 모습이 꼭 노래하는 것처럼 보이기도 했다.

피곤했던 수업이 지나고 쉬는 시간이 되자 잠시 시원한 바람이 쐬고 싶어졌다. 새봄은 교실을 나와 건물 입구로 내려갔다. 그런데 아래층 복도에서 하필 문호와 마주쳤다. 마침 주변에 아이들도 없었다. 단 둘뿐이었다.

그동안 문호는 주위에 아이들이 많을 때 새봄과 마주치면 모른 척 지나쳤고, 아이들이 없을 땐 코를 찡긋거리는 특유의 표정으로 인사하곤 했다.

'애들이 없으니 또 코인사 하겠네.'

새봄은 그렇게 생각하며 자기도 모르게 문호를 봤다. 그런데 문호가 코를 찡긋거리는 대신 새봄에게 손을 내밀었다.

"응?"

순간 새봄은 이게 무슨 상황인가 싶어 문호를 쳐다봤다. 그러자 문호는 손을 두 번 위아래로 흔들었다. 무엇을 달라는 듯한 태도였다.

'뭐, 뭐, 뭘 달라는 거야?'

새봄이 어리둥절한 표정으로 문호를 쳐다보니 그는 '왜 안 주느냐'는 듯 고개를 갸웃거렸다.

문호의 행동에 잠시 황당했지만, 새봄은 자기도 모르게 주머니에 손을 넣었다. 친구들에게 나눠주고 마지막으로 한 개 남은 고양이 초콜릿이 손에 잡혔다. 새봄은 잠시 그 초콜릿을 만지작거리다가 꺼내서 문호의 손바닥 위에 올려놓았다.

'나 지금 뭐 하고 있는 거지?'

속으로 화들짝 놀랐지만 일은 이미 벌어진 후였다.

놀란 건 문호도 마찬가지였다. 초콜릿을 달라고 한 건 맞았고, 다른 누구보다 새봄에게 받고 싶었지만, 그녀가 초콜릿을 줄 거라는 기대는 없었다. 손바닥을 까딱거린 건 서운한 마음에 조금 놀려보고자 한 것뿐이었다. 그런데 새봄의 주머니에서 초콜릿이 나와 나비처럼 손바닥 안에 앉았다. 문호는 손바닥 위에 놓인 초콜릿을 확인하고 움켜쥐는 동시에 다른 손으로 제 입을 막았다. 가려진 손 뒤에서 문호의 입은 떡 벌어져 있었다.

그때 아이들이 복도 끝에서 나타났다. 새봄은 얼른 시선을 돌리고 종종걸음쳐서 자리를 피했다. 문호는 장승처럼 제 자리에 서 있었다. 방금의 상황이 믿기지 않아 약간 멍했다. 친구들이 다가왔다.

"박문호. 너 여기 서서 뭐 해?"

"응? 아 그냥."

문호는 초콜릿을 쥔 손을 주머니에 넣었다. 손안에 잡히는 도톰한 초콜릿이 분명한 존재감을 드러내며 조금 전의 일이 환상이 아니라는 걸 알려주고 있었다.

한편 자기도 모르게 문호의 손바닥에 초콜릿을 올려놓고 온 새봄은 교실로 뛰어 들어가 자리에 급히 앉았다. 저절로 '쓰읍 씁' 심호흡이 됐다. 시간이 갈수록 제가 한 짓이 경악스러웠다. 무슨 생각으로 초콜릿을 준 거야? 문호가 달라고 하지도 않았잖아. 내가 미쳐. 걔는 왜 손을 내밀고 그래.

새봄이 책상에 퍽 엎어졌다. 양팔 사이에 고개를 묻었다. 그런데 갑자기 이상한 기분이 들었다.

'어? 나 오늘 초콜릿 안 가지고 왔는데.'

어젯밤, 잠도 못 자고 밤새도록 고민한 것도 부족해서 아침까지 갈등했다. 그래도 도저히 용기가 안 나 초콜릿을 서랍 안에 두고 온 기억이 떠올랐다. 그러고는 언제인지 정확하지 않지만, 문호에게 주지 못한 초콜릿을 혼자 다 까서 먹고는 체중계에 올라가서 늘어난 몸무게에 절망한 기억도 떠올랐다.

'이게 뭐지? 꿈을 꿨나?'

그런데 한편으로는 초콜릿을 학교에 가지고 와서 아이들에게 나눠준 기억도 분명했다. 책가방이 열리면서 초콜릿 상자들이 바닥에 떨어졌을 때의 그 당혹감으로 다시 얼굴이 뜨끈해졌다.

'어떻게 이러지? 어떻게 기억이 두 개일 수 있지?'

새봄은 상체를 벌떡 일으키고 옆자리에 앉은 자경에게 물었다.

"자경아. 내가 아까 애들한테 초콜릿 다 한 개씩 돌린 거 맞지?"

자경이 고개를 끄덕였다.

"응. 내 건 여기 있어."

자경이 필통에서 초콜릿 하나를 꺼내서 보여줬다. 고양이 초콜릿이었다.

"이따 먹으려고."

자경이 고맙다는 듯 웃었지만, 새봄은 자경의 말에 대꾸도 하지 않고 곧바로 멍해졌다.

그러자 이번에는 머릿속에서 첫사랑 A/S 상담소와의 통화가 조각조각 떠올랐다.

강새봄 고객님은 용기가 없어 박문호 님을 놓쳤습니다. 그 시절로 돌아가 다시 사랑을 이루고 싶지 않으십니까?

이 기억은 뭐지? 기계음은 또 뭐야? 왜 문호 이야기를 하지? 과거로 돌아간다고? 이게 다 무슨 소리야? 새봄은 머리가 아파져 와 다시 책상 위에 엎드려 고개를 파묻었다. 그러자 기억이 서서히 정리되었다. 문호의 손에 초콜릿을 쥐여준 기억만 남고, 다른 기억은 깊숙이 가라앉았다.

수업이 끝난 뒤, 새봄은 같이 하교하는 친구들을 미리 보내고, 왁자지껄한 하교 시간이 끝날 때까지 한참 동안 시간을 보냈다. 혹시라도 문호와 부딪칠까 봐 걱정되어서였다. 그렇게 시간을 보낸 뒤 아이들이 다 갔다 싶을 무렵 터덜터

덜 학교 운동장을 걸어 교문을 나섰다. 그런데 누가 따라붙는 게 느껴졌다. 불길한 예감에 뒤를 돌아보니 아니나 다를까, 문호였다.

새봄이 자기도 모르게 울상을 짓는데, 문호가 말했다.

"초콜릿만 주고 그냥 가는 게 어디 있어?"

"아니, 나 바빠."

새봄은 얼른 그에게서 도망치고 싶었다. 하지만 문호는 쉽게 놓아줄 생각이 없었다. 그가 새봄의 앞을 가로막았다. 새봄은 오른쪽, 왼쪽으로 그를 피해 가려 애썼지만 민첩한 문호에게 번번이 가로막혔다. 짜증이 난 새봄이 눈살을 찌푸렸다.

문호는 그 모습이 귀엽다는 듯 웃었다.

"너 저 위쪽에 새로 만든 공원 가봤어? 예쁘던데."

"공원?"

"그래. 가보자."

문호는 예전에 아정과 다투던 새봄을 데리고 갈 때 그랬던 것처럼 새봄의 소매 자락을 붙들고 끌어당겼다. 새봄이 그때와 달리 팔에 힘을 주고 버텼다. 그러자 문호가 말끝을 둥글게 말아 애교를 부렸다.

"그러지 말고 얼른 가자앙."

웬 어리광? 새봄이 뜨악한 얼굴로 문호를 쳐다봤다. 하지만 생글거리는 그의 눈웃음 앞에서 할 말을 잊었다.

그리하여 새봄은 문호에게 끌려 공원 안으로 들어섰다. 새로 만들어진 공원은 규모는 작았지만 아기자기한 조형물이 조각 공원처럼 놓여있어서 분위기가 나쁘지 않았다. 그리고 그 공원을 한 바퀴 돌고 나온 뒤 두 사람은 연인이 되었다. 문호는 '초콜릿을 주었으니 사귀어야 한다'고 우겼고, 새봄은 더 이상 싫다고 말하지 않았다.

혜주는 새봄이 첫사랑 A/S 상담소의 전화를 잘 받았는지 어쨌는지 궁금해서 견딜 수가 없었다. 혹시 새봄이 계속 전화를 안 받으면 어쩌나 걱정이 됐다. 결국 더 이상 참지 못하고 새봄의 전화번호를 눌렀다. 휴대폰을 받은 새봄의 목소리는 한껏 상기되어 한 톤이 높았다.

혜주니?

"응. 새봄아. 별일 없어?"

혜주가 조심스럽게 물었다. 그러자 새봄이 말했다.

별일이 없긴. 내가 윤이 때문에 아주 죽겠다. 이 녀석이 하교 시간에 어디로 사라져 버려서 우리 엄마가 학교를 이 잡듯 뒤졌대. 애가 저학년일 때 제일 힘들다더니 그 말이 딱 맞네. 왜 이렇게 손이 많이

가니?

혜주는 새봄이 하는 소리를 알아들을 수 없었다.

"응? 그게 무슨 소리야? 윤이가 누군데?"

나 너랑 장난칠 기분 아니다. 박윤. 이놈의 자식. 이따 집에 들어가서 보기만 해라. 가만 안 놔둔다. 걔는 누구 닮아서 그렇게 천방지축이야.

혜주는 처음에 새봄의 얘기가 이해되지 않았다. 그러나 새봄의 목소리가 혜주의 머리에 울릴수록 조금씩 차오르는 기억이 있었다.

그래. 박윤. 알지. 새봄이랑 문호랑 대학 4학년 때 사고 쳐서 양쪽 집안 발칵 뒤집어 놓고 낳은 아들. 올해 열 살로 초등학교 2학년. 어찌나 에너자이저인지 돌봐주시는 새봄이 엄마가 감당을 못하셔서 새봄이가 휴직을 고민하는 중이기도 해. 이게 왜 생각이 안 났지? 뭔가 머릿속에 뒤죽박죽 얽힌 기분이 들었다. 그러고는 곧 단어가 하나 떠올랐다. 첫사랑 A/S 상담소.

"대박!"

혜주가 소리를 질렀지만, 휴대전화 너머의 새봄은 자기 운명이 어떻게 바뀌었는지도 모르고 여전히 투덜거리는 중이었다.

하여튼 자기 아빠 닮아서 인기가 너무 많아. 어떤 여자애가 선물

준다고 윤이를 자기 반으로 끌고 간 거래. 그래서 엄마가 일일이 교실을 다 둘러보다가 그 여자애네 반에 있는 윤이를 발견했단다. 벌써 이러면 나중엔 어떡하니?

이건 불평인지 자랑인지. 하긴 강새봄과 박문호의 피지컬이 만나서 만든 작품이니 오죽하겠냐 싶어 혜주는 저절로 웃음이 났다. 그러고 보니 윤이의 동그랗고 귀여운 얼굴도 기억났다. 엄마와 아빠를 반반씩 닮았고, 그래서 어렸을 때부터 꽃미모를 뽐내며 성장 중인 아이였다.

"아들 잘났다고 자랑 좀 적당히 해라."

자랑이 아니라 난 진짜 걱정이라니까.

"걱정 같은 소리 하네. 내가 듣기엔 완벽한 자랑이다. 암튼 너희 첫사랑의 결실이니 사랑으로 잘 키워라."

뭐래. 뜬금없이 첫사랑은.... 안 그래도 어젯밤에 이상한 꿈 꿔서 싱숭생숭한데....

"이상한 꿈?"

옛날 학교 다닐 때 꿈을 꿨는데, 내가 문호한테 고양이 초콜릿을 안 줬더라고. 근데 꿈을 또다시 꿨는데, 거기선 주는 거 있지? 천사가 막 용기 내야 한다고 등을 떠밀었던 것 같기도 하고 말이야. 갑자기 그때 꿈은 왜 꾼 건지.... 내가 요즘 윤이 때문에 힘들어서 보약이라도 지어 먹어야 할 모양이야.

아하…. 그게 그렇게 된 거구나. 혜주는 새봄에게 일어난 일이 약간 짐작되었다. 초콜릿을 주는 시점에서 무슨 변화가 있었던 모양이었다. 그러고 보니 제 기억도 재편성되는 게 느껴졌다. 고 2에 올라가 새봄과 같은 반이 되었을 때 전학 간 문호를 그리워했던 기억이 서서히 옅어지고, 대신 문호와 연애하는 새봄에게 연애 상담을 해주던 기억이 짙어졌다.

모든 것을 이해한 혜주는 홀가분하게 전화를 끊었다. 그리고 다시 한번 새봄의 첫사랑이 이루어진 걸 감사했다.

그런데 새봄이 상담소와의 일을 기억 못 하고 꿈처럼 흘려보내는 게 아쉬웠다. 또한 자신도 그렇게 될 게 속상했다. 물론 자신에게는 아직 기억이 남아있지만, 곧 까맣게 잊게 될 것이었다. 인생에서 가장 고마운 선물을 기억하지 못하게 된다니. 갑자기 언짢아진 혜주가 입술을 쭉 빼물었는데, 얼른 한 가지 방법이 떠올랐다. 그녀가 손뼉을 짝, 쳤다.

'좋은 생각이 났다. 잊기 전에 기록해 두는 거야.'

상담소는 다른 데 가서 말하지 말라고 했을 뿐, 적어두지 말라고는 하지 않았다. 그러니 이건 약속 위반이 아니다. 혜주는 얼른 컴퓨터 앞에 앉았다. 그리고 아직 남아있는 자신의 기억을 적어나갔다.

한편 새봄의 상담을 마친 AI는 또 한 번 첫사랑 A/S 상담소 본사의 상담 평가를 듣고 있었다.

이번 상담도 성공적으로 마쳤습니다. 역시 용기야말로 사랑을 이루는 데 꼭 필요한 요소인 것 같습니다. 많은 사람이 더 많은 용기를 내면 좋겠다는 생각도 했네요. 수고했습니다.

저야말로 생각지도 못하게 강새봄 씨까지 상담할 수 있게 돼서 좋았습니다.

그건 조혜주 씨 덕분이죠. 조혜주 씨 상담에 대한 보너스였으니까요.

그래도 저에게는 아주 의미 있는 일이었어요.

그랬다니 저도 뿌듯합니다. 그리고 상담 평가는 이것으로 마칩니다.

네. 알겠습니다.

곧 삑, 소리가 나며 AI의 상담평가가 종료되었다.

# 4 현기의 첫사랑

현기는 요즘 컨디션 최고인 선배 때문에 덩달아 기분이 좋았다. 대기업에서 사수로 만난 선배는 중간에 사업을 하겠다며 회사를 그만뒀는데, 현기도 그를 따라 퇴사했다. 선배는 그에게 신중히 생각하라고 조언했지만, 그는 주저 없이 자신의 명함을 찢었다. 그 선배가 바로 동준이었고, 그렇게 만든 회사가 바로 '퍼블루클린'이었다. 그러니까 현기는 '퍼블루클린'의 그냥 직원이 아닌 창업 멤버였다.

동준과 현기는 죽이 잘 맞아서 어려운 고비도 차근차근 넘기며 회사를 키웠다. 나날이 덩치를 불려 가는 회사를 보는 건 굉장한 기쁨이어서 대기업을 그만둔 걸 조금도 후회하지 않았다. 한 가지의 애로사항이 있다면 동준의 일중독 증세였다. 아무리 자기 사업이라도 해도 그는 지나치게 일에 빠져 살았다. 일을 하지 않으면 숨을 못 쉬는 사람인가 싶기도 했다. 자신에게는 강요하진 않아 다행이었지만, 대표가 그러고 있으면 직원으로서는 부담스러울 수밖에 없었다.

그런데 어느 날 동준이 사랑에 빠졌다. 일에 쓸 시간을 데이트에 쓰겠다는 결심은 대단한 것이었다. 물론 한동안 일과 사랑 둘 다 잘해보겠다며 과욕을 부리는 바람에 이별의 위기를 자초하기도 했지만, 이제는 일과 사생활을 현명하게 조절해 가는 게 보였다. 그래서 현기는 동준의 여자친구, 혜주가 매우 고마웠다.

게다가 알고 보니 그녀는 같은 동네의 이웃으로 함께 자란 동생이었다. 현기가 이사를 하면서 멀어졌지만, 기억 속의 그녀는 분명한 존재감이 있었다. 그들이 처음 만난 날 혜주와 현기는 눈을 끔벅이며 '어디서 봤는데'를 거듭했다. 그러고는 결국 기억을 소환하는 데 성공했다. 그들은 먼 기억 속에 장난꾸러기로 남아있는 서로가 어엿하게 장성한 모습에 감동했고, 무엇보다 가까운 인연으로 만나게 된 것을 신기하게 생각했다. 이후로 세 사람은 종종 식사를 같이하며 친목을 다졌다.

특히 현기는 혜주를 만날 때마다 고마워했다.

"네 덕분에 선배가 사람답게 살 수 있게 됐어. 그래서 나는 형수 하는 일에는 무조건 찬성이야."

고마운 마음에, 그는 가끔 혜주를 '형수'라고 부르기도 했다. 혜주와 동준이 결혼했으면 하는 바람을 담은 호칭이었다.

혜주도 그 호칭이 싫지 않았다. 인정받는 느낌이었다. 반면 동준은 좀 어색해했다. 현기가 혜주를 '형수'라고 부르면 자기는 그녀를 '여보'라고 불러야 할 것 같아서였다. 하지만 그것도 현기가 자꾸 불러대니 이제는 반쯤 포기 상태가 되었는데, 요즘 들어서는 그것보다 더 불편한 게 생겼다. 현기가 툭하면 결혼하라는 잔소리를 늘어놓는 것이었다.

결혼이야 하고 싶다. 그러나 이렇게 바쁜 상태로 결혼하면 혜주가 쓸쓸한 신혼을 보낼까봐 걱정이 되었다. 그래서 선뜻 결심을 못하고 있는데, 눈치 없는 현기가 자꾸 결혼 타령을 해대니 매번 곤란했다. 넌지시 사정을 얘기해 보기도 했으나 진짜 눈치를 밥 말아 먹은 것인지, 그런 건 문제가 아니란다. 막무가내도 이런 막무가내가 없다.

어찌 됐든 오늘도 일을 마치고 셋이 함께 간단히 맥주를 하는 자리에서 현기가 다시 결혼 이야기를 꺼냈다.

"두 사람 빨리 결혼해요."

동준이 '또 시작이다' 싶은 얼굴로 현기를 타박했다.

"네가 왜 야단이야."

"선배 결혼하는 거 보고 싶단 말이에요."

뚝심의 현기는 물러설 기미가 없다. 저 혼자 벌써 500cc 두 잔을 단번에 마셔서 적당히 취기가 돌았고, 그래서 선배가 무섭지도 않았다.

"선배 어머님께 인사드렸다면서요. 엄청 마음에 들어 하신다면서요. 그러면 다음은 결혼인데, 어떻게 되는 거냔 말이죠."

그의 말대로 동준은 혜주를 어머니에게 인사시켰다. 일에 파묻혀 죽을 셈인가 싶은 아들을 구해준 여자가 있다니, 동준의 어머니는 두 팔을 벌려 혜주를 환영했다. 그러고는 계속 결혼하라는 압력을 넣었다. 그러니까 동준은 지금 안팎으로 결혼압력에 시달리는 중이었다.

현기의 말을 들으니, 혜주도 궁금해졌다. 어머님과의 만남이 아주 좋긴 했지만, 동준이 이렇게 미적거리는 걸 보니 제가 착각한 게 아닌가 싶었다. 그녀가 동준에게 물었다.

"혹시 어머님이 내가 마음에 안 드신대?"

혜주까지 물어오자, 동준이 움찔거리며 어쩔 수 없이 대답했다.

"아니, 그게 아니라…. 당장 결혼하라고 성화시지.."

그 말을 듣고는, 혜주보다 현기가 더 눈을 반짝였다.

"그래서. 언제 결혼할 건데요. 설마 안 한다고 할 건 아니죠?"

"할거지. 누가 안 한대?"

목소리가 커진 동준의 대답에, 이번에는 혜주가 물었다.

"뭐? 나랑 결혼 할거라고? 지금 청혼하는 거야? 나, 청혼을 이렇게 받는 거야?"

그 말에 현기가 두 손을 내저었다.

"안되지 안 돼. 청혼은 제대로 받아야지. 두고두고 기억에 남을 순간인데."

동준이 웃었다.

"하여튼 선무당이 사람 잡는다고. 연애도 못 해본 놈이 설레발은."

그러자 현기가 정색하며 말했다.

"누가 연애를 못 해봐요. 청혼도 해봤는데."

"응?"

"뭐라고?"

동준과 혜주의 눈이 똑같이 동그래졌다.

특히 동준이 몹시 놀랐다.

"거짓말하지 마. 내가 너랑 5년 가까이 일했는데, 그동안 누구 만나는 거 한 번도 못 봤어. 옛날 여자친구 얘기 좀 해보라고 해도 꿀 먹은 벙어리여서 모태 솔로구나 했는데, 언제 누구한테 청혼했다는 거야?"

동준의 말에 현기가 머리를 긁적였다.

"사실 제가 사연이 좀 있어요. 대학 때 알던 애한테 청혼한 적 있어요."

"진짜?"

"네…."

이제 뭔가 흥미로운 이야기가 시작될 것 같아 기대감을 드러내는 동준과 혜주와는 달리, 현기는 선뜻 말을 잇지 못했다. 그리고 갑자기 눈빛이 아련해졌다.

그 모습을 보니 혜주는 금방 감이 왔다.

"첫사랑이었구나."

현기가 여전히 아련한 표정으로 웃었다.

"흠…. 맞아. 그 무섭다는 첫사랑."

"얘기 좀 해 봐. 어떤 사람이었는지. 어떤 사랑이었는지."

혜주가 눈을 반짝였다. 사랑 이야기야 언제 들어도 재미있다.

취기가 오른 현기 역시 첫사랑의 기억을 꺼내놓기 딱 좋은 상태로 보였다. 그는 옛 생각이 나는지 혼자 '힛'하고 웃더니 20대의 표정이 되어 말했다.

10년 전 어느 밤. 현기와 그의 친구 태준은 택시를 타고 민수가 있는 술집으로 달려가고 있었다. 민수의 여자친구인 지선과 그녀의 과 친구들이 있으니 함께 놀자는 것이었다. 군복무후 복학하는 바람에 '쉰내 난다'라는 대접을 받는 자신들에게 귀엽고 산뜻한 1학년생 여학생들이 같이 놀아준다는 것이 무척이나 신났다.

그들은 술집에 들어서자마자 여자들을 눈에 담았다. 민수가 인사를 해왔으나 보는 둥 마는 둥 했다. 여은과 수란이 보였다. 여은은 복장이며 액세서리로 꽤 멋을 부린 화려한 미인이었고, 수란은 그런 여은 옆에 있어서 상대적으로 수더분해 보였지만 차분한 분위기가 있었다.

새로운 인물에 관한 관심은 여은과 수란도 마찬가지였다. 그들도 말은 안 했지만, 눈길로 현기와 태준을 탐색하기 바빴다. 군대 갔다 온 복학생 오빠들. 왠지 시금털털할 것 같았지만 의외로 말끔한 인상이 나쁘지 않았다. 자기들을 보고 귓가와 양 볼이 발그레해진 것이 귀엽기도 했다.

그런데 지선이 대뜸 여은을 보고 말했다.

"맞지? 곰돌이?"

현기 이야기였다. 귀여운 곰돌이. 그게 누구나 공통으로 느끼는 현기의 첫인상이었다. 살짝 통통한 몸매와 동그스름한 어깨. 약간 내려앉은 눈썹과 가만히 있어도 웃는 것처럼 보이는 입꼬리는 현기를 푸근한 곰돌이 인형처럼 느끼게 했다.

지선은 여은에게 현기가 진짜 곰돌이 같지 않냐고 묻는 것이었다. 그러고는 여은이 대답도 하기 전에 현기를 보고 말했다.

"현기 오빠. 얘 이상형이 곰돌이라서 내가 오빠 부른 거예요."

이상형이라고? 내가? 현기의 가슴이 쿵 내려앉았다. 자신이 저 예쁜 아이의 이상형이라는 게 믿기지 않았지만, 사력을 다해 믿고 싶었다. 하지만 여은이 그 말에 빠르게 손사래를 쳤다.

"아니에요. 지선이가 괜히 그러는 거예요."

그리고 지선에게 눈을 흘겼다. 지선은 입을 삐죽였다.

"맞잖아. 왜 아니래."

그러나 여은은 두루뭉술하게 이야기를 넘기며 웃었다.

"곰돌이처럼 푸근한 인상 싫어하는 경우가 없어서 우리가 다 같이 그런 얘기를 했는데, 지선이가 괜히 그러는 거예요."

이상형에서 강등되긴 했지만 붉은 입술 사이로 희고 가지런한 치아를 드러낸 여은의 웃음이 자신에게 쏟아지고 있어서, 현기는 섭섭함을 잊었다. 그리고 마음을 뺏겼다.

이후 현기는 얼른 자리가 끝나기만을 기다렸다. 어수선한 틈을 타서 전화번호를 물어보려 했다. 술자리에서 빼는 일이 없는 그였지만 여은에게 취한 모습을 보일까 긴장되어 술도 잘 들어가지 않았다.

그리고 얼마 후, 현기가 원하던 시간이 왔다. 취해버린 민수를 지선이 혼자 데리고 갈 수가 없어서 태준이 함께 택시를 타고 간 뒤, 거리에는 현기와 여은, 수란만 남게 되었다. 현기가 여자들의 눈치를 봤다. 여은의 번호를 물어봐야 하는데 수란이 걸리적거렸다. 마음에 없는 수란이에게도 번호를 받는 건 좀 찜찜했다. 그래서 한참을 망설였다. 그러나 그 시간이 너무 길었다. 그러는 동안 여은은 부모님의 귀가 재촉 전화를 받고는 바람처럼 사라졌다. 간다는 인사도, 다음에 또 보자는 흔한 약속도 없었다. 여은의 전화번호를 얻으려는 현기의 계획은 그렇게 물거품이 되었다.

그런데 며칠 뒤 늦은 밤. 여은으로부터 전화가 걸려왔다.

오빠. 나 여은이..

살짝 술에 취한 발음이 들렸다. 그녀가 술에 취해 전화를 걸었다는 것도 놀라웠지만 현기는 그보다 더 궁금한 게 있었다.

"내 전화번호는 어떻게 알았어?"

민수 오빠한테 물어봤어.

자신에게 허락도 안 받고 번호를 가르쳐준 민수가 아주 기특했다. 그렇게 알고 싶었던 여은의 전화번호가 지금 자신의 휴대폰에 찍혀있었다.

그런데 다음 순간 더 믿지 못할 일이 벌어졌다. 여은이 말한 것이다.

오빠. 지금 시간 어때? 나 잠깐 볼 수 있어?

여은이 자신을 보고 싶어 하고 있었다.

"그…. 그럼…. 볼 수 있지. 어딘데?"

사실 어디냐고 물어볼 필요도 없었다. 그녀가 어디 있든 달려갈 거니까. 현기는 벌떡 일어나 까치집이 된 머리부터 매만졌다.

잠시 후 맥줏집에서 마주 앉은 여은은 이전과 분위기가 딴판이었다. 세상의 즐거움을 다 잃은 것 같은 표정이었다. 발랄하던 분위기를 잃은 여은은 그녀답지 않아서, 현기가 놀라며 물었다.

"왜…. 무슨 안 좋은 일 있었어? 다 들어줄게. 말해 봐."

여은은 입술을 앙다물고 망설이더니 곧 입을 열었다.

"그게…. 남자 친구 때문에 너무 힘들어."

"뭐, 뭐라고?"

현기가 자기 귀를 의심했다. 남자 친구가 있다고? 힘들다고? 아니, 그것도 그건데…. 그걸 왜 나한테 얘기해? 반가운 마음으로 달려왔는데 이런 이야기를 들을 줄은 몰랐다. 하지만 여은은 현기의 기분 따윈 모르겠다는 듯 제 이야기를 이어갔다.

만난 지 1년. 여덟 살 차이. 대기업 직원인 남자 친구는 최근 여은에게 거짓말을 했다. 여자 동창생과 만나면서 여은에게는 계속 출장이네, 회식이네, 둘러댔다는 것이다. 여은의 친구가 둘이 만나는 장면을 목격해 알려주었고, 그녀가 추궁하자 남자는 변명했다. 여자 동창이 최근 남자 친구와 헤어졌고, 너무 힘들어해서 그냥 두고 볼 수 없었다는 것이다. 하지만 여은은 쉽게 믿을 수 없었고 다툼이 계속되었다.

막장 드라마 같은 이야기에 현기는 화가 났다.

"아니, 뭘 그런 놈이 다 있어? 야, 당장 헤어져! 그런 놈을 왜 만나?"

그 녀석이 눈앞에 있다면 갈아 마시고 싶을 것 같았다. 내 마음을 이렇게 뺏는 아이를 속상하게 한다고? 용서가 되지 않았다.

그런데 여은이 현기를 날 선 눈으로 보았다. 한참 동안 혼자 조잘거리던 입은 굳게 일자로 닫혀 있었다. 그러더니 짜증스럽게 말했다.

"그렇게 욕할 건 없잖아. 자세히 알지도 못하면서 오빠가 우리 오빠 언제 봤다고 이놈 저놈 해?"

순간 현기의 머릿속에서 큰 소리로 종이 울리는 것 같았다. 이건 무슨 경우인가. 현기가 잠시 할 말을 잊었는데 여은이 다시 쏘아붙였다.

"오빠도 내 친구들하고 똑같아. 난 오빠가 남자라서 좀 다를 줄 알았는데 실망이야!"

혼란스러운 가운데, 현기는 더듬더듬 추리를 해보았다. 그러니까 여은은 현기가 자기 남자 친구의 변호를 해주었으면 하는 바람으로 찾아온 것이다. 자신이 바란 것처럼 호감을 표시한 게 아니었다.

황당해진 현기를 앞에 두고, 여은은 발까지 동동 구르며 투덜거렸다.

"같은 남자 관점에서 얘기해 주면 좋잖아. 동창이니까 거절 못 했을 거다. 너한테는 미안해서 괜히 화내는 척했을 거다. 그렇게 말해주면 얼마나 좋아!"

현기가 그 바람을 충족시켜 주지 못했으므로, 여은은 바로 가방을 챙겨 자리에서 일어났다. 현기는 한마디도 못 하고 황망하게 여은의 뒷모습만 쳐다봤다. 무슨 이런 거지 같은 일이 다 있나. 씁쓸한 웃음이 새어 나왔다. 물컵에 소주를 잔뜩 따라서 한입에 털어 넣었다. 그때까지 마셨던 술 중에 최고로 지독한 맛이었다.

그런데 그는 다음날 퇴근 시간쯤 'BN전자' 본사를 찾았다. 밤새 곰곰이 생각해 보니 여은보다 그 남자친구가 더 괘씸했다. 그는 천하의 나쁜 놈, 여덟 살이나 어린 여자를 농락하는 바람둥이였다. 그런 남자로부터 여은을 구하는 게 자신의 임무 같기도 했다. 여은의 말에 따르면 그놈은 BN전자 개발

1팀 김석균 주임이었다. 그를 찾아서 따끔하게 혼을 내줄 작정이었다.

하지만 누구나 입사하고 싶어 하는 꿈의 직장. 그 앞에 서자, 아직 학생인 스스로가 초라하게 느껴졌다. 자신과 여은의 관계 역시 너무 아무것도 아니어서 막상 그를 마주하면 어떤 말을 해야 할 지도 막막했다. 그 때문에 현기는 망연자실한 표정으로 로비 구석에 쭈그리고 앉아 있었다. 그러고 있으니, 누구를 좋아한다는 게 이렇게까지 바보가 되는 일인가 싶었다. 그는 옆 사람이 쳐다보거나 말거나 제 뺨을 툭툭 주먹으로 쳐댔다.

그때 멀리서 자신이 아는 듯한 실루엣이 보였다. 현기가 눈을 비비고 뚫어져라 그 형상을 쳐다봤다. 여은이 경쾌한 발걸음으로 걷고 있었다. 그런데 그녀는 혼자가 아니었다. 그녀 앞으로 다가서는 남자가 있었고, 여은이 웃으며 그의 팔에 매달렸다. 석균이었다. 석균은 여은의 어깨를 꼭 끌어안았고, 두 사람은 그 모습으로 나란히 걸어서 로비를 빠져나갔다.

더불어서 현기의 영혼도 어디론가 빠져나가는 것 같았다. 울고불고하더니 하루 만에 어떻게 저렇게 다정한 모습일 수 있는지. 여은이 이해되지 않았다. 저렇게 알 수 없는 사람을 마음에 품는 자신도 잘 이해가 되지 않았다.

그 뒤로 현기는 일부러 바쁘게 지냈다. 수업도 열심히 듣고 팀플 준비도 열성적으로 했다. 민수를 봤을 때는 지선이가 떠올랐고, 덩달아 지선의 친구인 여은이가 생각났지만, 다행히 잠시뿐이었다. 그렇게 하루하루가 지나가고 있었다. 그런데 어느 날 저녁, 여은에게 전화가 왔다. 잠시의 망설임 끝에 전화를 받자, 아무 일도 없었다는 듯 쾌활한 여은의 목소리가 들렸다. 그녀는 자기가 밥을 살 일이 있다며 다짜고짜 나오라고 했다. 그녀를 잊고 싶었던 건 이성적인 판단이었고 가슴은 여전히 그녀를 향해 있어서, 현기의 발걸음은 여은이 나오라는 식당으로 향했다.

하지만 동네에 새로 생긴 고깃집 테이블에 앉아, 현기는 제 눈을 의심했다. 여은의 옆에 석균이 있었다. 그리고 그보다 놀라웠던 것은 석균이 저보다 키가 조금 클 뿐, 비슷하게 동글동글하다는 것이었다. 저번에 회사 로비에서는 너무 당황스러워 자세히 보지 못했는데, 지금 보니 자신과 너무 비슷했다. 지선이 말했던 '여은이는 곰돌이 같은 남자가 좋대요.'라는 말은 빈말이 아니었다. 다만 그 남자와 자신의 다른 점이라면, 그는 지금 깔끔한 슈트를 입고 명품 브리프케이스를 옆에 놓고 있다는 것 정도? 물론 그게 큰 차이이기는 했지만 말이다.

예상치 못한 상황에 굳어버린 현기 앞에서 석균은 여유롭게 악수를 청했다.

"안녕하세요? 여은이가 꼭 현기 씨에게 밥을 사야겠다네요."

표정은 묘하게 거만했고, 그가 하는 말은 자신은 원하지 않은 자리라는 뜻으로 들렸다. 현기는 불쾌했다. 나 역시 이런 자리를 원하지 않았다. 하지만 그렇게 말하는 대신 그는 쭈뼛거리며 석균의 손을 잡았다.

가볍게 악수를 마친 석균이 말했다.

"여은이랑 사소한 오해가 있었는데, 제가 의리에 살고 의리에 죽는 사람이라 친구 사랑이 좀 지나쳤던 것 같아요. 어쨌든 현기 씨가 얘기를 잘 들어준 덕분에 여은이 마음이 풀렸다니, 결과적으로는 고맙습니다."

여은이 옆에서 부연 설명을 덧붙였다.

"오빠를 만나고 가는데 문득 알겠더라고. 내가 나 자신을 괴롭히고 있다는걸. 그래서 그냥 석균 오빠 말을 믿기로 했어. 헤어질 것도 아닌데 의심해 봐야 나만 지옥이잖아."

"우리 여은이가 이렇게 현명해요."

석균은 여은을 다정하게 바라보면서 그녀의 머리카락을 뒤로 넘겨주었다. 여은은 그를 보고 애교스럽게 웃었다.

이렇게 자기들끼리 북 치고 장구 치는 자리에 왜 나를 불렀는지. 현기는 자기도 모르게 이마를 구겼다. 석균은 그런

현기를 힐끗 보고는 입꼬리를 조소하듯 끌어올렸다. 그리고 마침 다가온 종업원에게 고기를 주문했다. 현기에게 메뉴를 묻는 예의 따위는 없었다.

현기는 무시당하는 기분이 들었으나 머리가 백지가 된 듯 말없이 앉아 있었다. 무엇을 해야 할지 판단이 잘 서지 않았다. 배시시 웃으며 석균의 팔에 찰싹 달라붙는 여은을 보니 씁쓸하기만 했다.

잠시 후, 여은이 화장실을 가겠다며 일어섰다. 안 그래도 미묘한 두 남자 사이에서 대화를 주도하며 윤활유가 되어주던 여은이 빠지자 분위기는 급속히 냉각되었다. 석균은 바로 휴대폰을 만지작거렸고, 현기는 미리 나온 밑반찬이라도 먹는 척을 할지 고민했다. 그런데, 여은이 일어선 빈 의자에서 아까 벗어두었던 겉옷이 스르륵 떨어졌다.

'엇!'

여은의 앞자리에 앉아 있던 현기가 테이블 옆으로 손을 내밀어 옷을 잡았다. 그런데 동시에 여은의 옆자리에 앉아 있던 석균도 손을 뻗어왔다. 둘 다 여은의 옷을 잡은 모양새가 되었는데, 둘 다 옷을 놓지 않았다. 짧은 기 싸움이 일었다.

그러자 석균이 웃으며 말했다.

"주시죠."

현기는 어쩔 수 없이 옷에서 손을 떼었다. 석균이 여은의 옷을 다시 매만져 의자에 걸었다. 그깟 옷이 뭐라고. 현기에게 패배감이 밀려들었다. 어떻게 해도 석균을 이길 수 없을 운명이 점쳐졌다. 그리고 이 불편한 자리에 더 있을 이유가 없다는 걸 깨달았다. 그가 엉덩이를 반쯤 들었다.

"저는 일이 있어서 먼저 가봐야겠습니다."

그러자 석균이 말했다.

"그래요. 조심히 들어가세요."

아직 고기는 나오기도 전이었는데, 그는 현기를 붙잡지 않았다. 대신에 이렇게 말했다.

"앞으로는 여은이가 현기 씨한테 상담하러 가지 않도록 하겠습니다."

표정이 아주 의기양양했다. 그 표정을 보고서야 현기는 석균이 왜 이 자리에 나왔는지 알았다. 여은이는 내 여자니까 근처에 얼씬하지 마. 우리 사이의 일은 너 따위가 상관할 바 없어. 친절함을 가장한 경고였다. 현기는 기분이 더러웠다. 음식점을 나오면서 침을 퉤, 뱉었다.

좋지 않은 기억들만 쌓인 여은과의 만남을 그렇게 끝냈으면 얼마나 좋았을까. 하지만 현기는 여은을 놓지 못했다. 마음 한구석에는 늘 미련이 들끓었다. 여은이 석균과 헤어지면 자신에게도 기회가 있지 않을까 하는 생각이 있었다.

그러는 동안 시간은 흘러 둘 다 학교를 졸업했고, 친구들이 모두 자리를 잡는 동안 취업을 못 한 여은은 결국 석균과의 결혼을 결심했다. 하지만 여은의 결혼은 순조롭게 진행되지 못했다. 결혼식을 한 달 앞두고 석균의 아들이 등장했기 때문이었다.

벌써 다섯 살이나 되는 아이의 엄마는, 한때 여은을 속상하게 했던 석균의 동창이었다. 석균이 여은에게 거짓말을 하고 그 동창을 만났을 때 아이가 생겼다. 동창은 연락을 끊은 채 아이를 낳아 혼자 키웠지만 석균의 결혼을 앞두고 아무래도 사실을 알려야 할 것 같아 연락했다는 것이었다. 두 사람의 결혼을 방해할 생각도, 아이를 맡길 생각도 없다고 한 건 그나마 다행이었다.

석균은 술김에 벌어진 실수라고 변명했다. 하지만 그게 진짜든 아니든 상관없었다. 사실이 알려지자 여은의 부모님이 결사반대를 외치고 나섰고, 여은도 파혼을 생각했다. 하지만 그녀는 하루 만에 자신의 결정을 번복했다. 그러고는 결혼을 반대하는 사람들에게 더없이 강경한 태도를 보였다.

"그 여자가 애를 키워달라는 것도 아니고, 석균 오빠랑 결혼하겠다는 것도 아니고 뭐가 문제야? 결혼은 내가 하는 거야. 내 일이라고. 다들 상관 마! 자꾸 반대하면 나, 인연 끊을 거야."

부모님이 앓아누워도 여은의 결심은 변하지 않았다. 어떻게 해도 여은의 마음을 돌릴 수 없자, 친구들은 작전을 바꾸어 그녀를 달랬다. 그랬더니 여은이 진심을 실토했다.

"이렇게 석균 오빠 놓치기 싫어. 내가 결혼 안 하면 오빠는 그 여자랑 결혼할지도 몰라. 애가 있으니까 자연스럽잖아. 나, 그거 못 봐. 석균 오빠는 내 거야. 내가 끌어안고 망해도 딴 사람 줄 수는 없어."

결국 친구들은 한숨을 쉬며 기권을 선언했다.

현기도 지선으로부터 이 기막힌 소식을 전해 들었다. 미치지 않고서야 어떻게 이럴 수가 있을까. 그는 머리가 뜨거워졌다. 여은이 자기 곁에 있어 주지 않아도 이 결혼만은 말려야 할 것 같았다. 그러지 않으면 평생 후회할 것 같았다. 그래서 전화도 받지 않고 피하기만 하는 여은을 이리 쫓고 저리 쫓은 끝에 겨우 마주했다. 억지로 현기 앞에 앉은 여은은 몹시 언짢은 얼굴이었다.

"석균 오빠 얘기할 거면 돌아가."

"왜 이렇게 고집을 부려. 남들이 다 말리는 결혼을 왜 하려고 해?"

현기의 목소리가 간절했다. 하지만 여은은 코웃음을 쳤다.

"내 인생을 다른 사람들의 말에 맡겨야 한다는 거야? 오빠는 오빠 인생이나 잘 챙겨."

모두를 적으로 돌리더라도 이 결혼을 강행하고 말겠다는 듯, 여은은 신경질적이었다. 그녀를 어떻게 말려야 할까, 답답한 현기는 마음속에 오래 묵혀두었던 말을 꺼냈다.

"여은아. 나 너 좋아해. 아니, 사랑해. 너 처음 만났을 때부터 지금까지 한결같은 마음이었어."

얼마나 묵히고 묵혔던 마음인지. 얼마나 꺼내기 어려웠던 마음인지. 그 마음을 드디어 세상에 내보인 현기는 뒤늦은 긴장감에 입술을 파르르 떨었다. 하지만 여은은 눈썹 하나 깜짝하지 않았다. 그녀의 차가운 목소리가 공중에 울렸다.

"알고 있었어."

"그랬구나. 알고 있었구나. 그럴 것 같다고는 생각했어."

현기가 고개를 끄덕였다. 그동안 어디서든 현기는 여은을 바라보고 있었다. 눈치 빠른 그녀가 그 시선을 몰랐을 리 없었다.

하지만 여은은 그의 마음 따위는 아랑곳없다는 태도였다.

"그런데, 그래서 어쩌라고. 그건 오빠 마음이고 나랑 상관없잖아."

칼같이 선을 긋는 말에 현기가 움찔했다. 말이 칼이 된다는 표현을 이해할 만큼 가슴이 베인 듯 아파졌다. 그래도 이왕 꺼낸 마음. 모두 보여주어야만 했다. 지금이 아니라면 5년 동안 꾹꾹 눌러 담은 진심을 보여줄 기회가 없다. 그리고 그런 진심이야말로 수렁으로부터 여은을 구해낼 도구가 될지 몰랐다. 그가 목소리를 높였다.

"왜 너랑 상관이 없어? 나도 곰돌이야. 나도 네 스타일이잖아. 이런 내가 곁에 있고, 몇 년째 너만 바라보고 있는데 왜 나한테는 기회가 없어? 내게도 기회를 줘. 나랑 결혼하자. 그 남자는 아니야. 널 불행하게 만들 거야."

현기는 하고 싶은 말을 다 토해냈다. 속이 시원했다. 하지만 여은이 헛웃음을 웃었다.

"지금 무슨 소리 하는 거야? 오빠랑 석균 오빠는 완전히 달라. 석균 오빠가 얼마나 멋있는 사람인데. 애들이 곰돌이가 이상형이다 뭐다 장난친 걸 여태 믿고 있다니 어리석네. 난 지금 오빠가 불쾌할 뿐이야. 이만 돌아가 줘."

말을 마친 여은은 자리를 뜨려고 몸을 돌렸다. 하지만 현기는 여은의 손목을 붙잡았다. 그러자 그녀가 비장하게 물었다.

"좋아. 그러면 오빠. 이거 하나만 물어보자. 오빠가 나랑 결혼까지 생각한다니까 물어보는 거야. 만약에 우리가 결혼을 앞두고 있는데 나한테 애가 있는 걸 알았다면 오빠는 어떻게 할 거야? 나랑 헤어질 거야? 아니면 그래도 결혼할 거야?"

이런 질문을 해오다니. 현기는 질문의 뜻을 명확하게 느꼈다. 애 때문에 여은을 떠난다고 대답하면 자신의 사랑은 별것이 아닌 게 되어버릴 것이었다. 그리고 애가 있어도 결혼하겠다고 하면 그게 바로 석균을 대하는 여은의 마음일 것이었다. 도대체 어떤 대답을 선택해야 한단 말인가. 현기는 대답할 수 없었다. 그러는 사이 여은이 현기의 손을 세차게 뿌리쳤다.

"앞으로 오빠를 보는 일은 없을 거야. 결혼식에는 안 와도 돼."

찬바람을 일으키며 사라져가는 여은을 두고, 현기는 얼음처럼 서 있었다. 선선한 초가을 날씨였지만 심장까지 얼어붙은 것 같았다.

♥♥♥

"와…."

현기의 얘기를 다 들은 혜주가 숟가락을 테이블 위에 '탁' 소리 나게 내려놓았다. 동준은 눈을 크게 뜨고 현기를 쳐다봤다.

"진짜 그런 일이 있었어?"

현기가 씁쓸하게 웃어 보였다.

"네, 그런 일이 있었답니다. 아무튼, 그래서 전 청혼 경험이 있다고요. 두 사람처럼 초보 아니에요."

현기가 농담처럼 말했다. 그러자 동준이 웃었다.

"에라…. 그게 무슨 청혼이냐?"

현기가 장난스럽게 눈을 흘겼다.

"왜요. 전 얼마나 진지했는데요."

"아유. 참. 그게 중요한 게 아니고…."

혜주가 둘 사이에 끼어들었다. 뒷이야기가 궁금했다.

"그래서. 그 둘은 지금 잘 살아?"

"결국은 그 애를 여은이가 키워. 여은이 결혼하고 얼마 안 있다가 그 여자가 본색을 드러내더라고. 못 키우겠다고 해서 여은이 시부모님이 맡았는데, 아빠가 멀쩡히 살아있으면서 할머니 할아버지 손에 크는 게 불쌍하잖아. 그래서 시부모님이 여은이 앞으로 재산을 좀 넘겨주고 여은이가 키우기로 했대."

"와…. 재산을 받고 애를 키운다고…. 그래도 여은 씨 대단하네. 웬만한 여자들은 그렇게 못할 텐데."

"친구들은 오기를 부린다고 생각해. 자기 선택이 잘못되지 않았다는 걸 보여주려고 그런다는 거지."

현기가 깊게 한숨을 쉬었다. 혜주가 그런 그를 다독였다.

"어쨌든 이젠 남의 일이고 지난 일이니까, 오빠는 다 잊고 좋은 사람 만나."

그러고는 동준을 돌아보았다.

"그리고 대표님! 현기 오빠, 일 좀 그만 시켜. 그래야 연애 하지!"

갑자기 불똥이 자신에게 튀자, 동준이 눈을 번쩍 떴다.

"그, 그런가? 그래…. 우리 현기 장가보내려면 그래야겠지?"

"앗싸. 대표님. 약속했어요. 신난다!"

자신에게 마음 써주는 혜주와 동준이 고마워서, 현기는 우울했던 얼굴을 애써 지웠다. 그가 웃자, 테이블에는 다시 온기가 돌았다.

한편 현기의 첫사랑 이야기를 듣고 온 혜주는 일이 손에 잡히지 않았다. 다른 사람의 아내가 된 여자를 촉촉한 눈빛으로 떠올리는 현기가 자꾸 생각났다.

'이건 첫사랑 A/S 상담소의 도움을 받을 수밖에 없겠어!'

남의 사랑에 제멋대로 개입하는 것 같아 조금 꺼려지기도 했지만 몇 가지의 이유로 당위성을 찾았다. 첫째, 현기의 사랑이 순수하고 진실해 보인다. 둘째, 여은의 결혼생활은 불행할 것이다. 셋째, 저렇게 사랑해 주는 남자를 만나는 것이 여은에게도 좋을 것이다. 넷째, 괘씸하긴 하지만 석균 역시 아이 엄마와 가정을 이루는 편이 나을 것이다. 다섯째, 죄 없는 불쌍한 아이에게도 그게 가장 좋은 일일 것이다.

이유를 다섯 개나 찾자, 혜주는 꼭 현기에게 첫사랑 A/S 상담소를 연결해 주고 싶었다. 하지만 문제는 방법이었다. 어떻게 연결을 시킨단 말인가. 상담소는 고객의 전화를 받아야만 A/S를 시작할 수 있다. 상담소가 먼저 전화를 걸었던 새봄의 경우는 특별한 예외였다.

하루 종일 이 방법, 저 방법을 고민했지만 뾰족한 해결책을 찾지 못한 그녀는 일단 '운'에 맡겨보기로 했다. 그냥 현기의 책상 위에 전화번호를 올려놓아 보는 것이다. 만약 운이 닿아 현기가 전화를 걸면 좋은 거고, 안 그러면 다음 방법을 다시 생각해 보기로 했다.

그래서 그날 저녁 혜주는 첫사랑 A/S 상담소의 전화번호를 적은 종이를 주머니에 챙겨 넣고 동준의 사무실로 향했다. 마침 동준은 외부에서 돌아오는 중이었고, 현기는 자기 자리를 떠나 회의 테이블에 앉아 있었다. 혜주는 현기의 책상을 지나며 슬쩍 쪽지를 올려놓은 뒤, 동준과 사무실을 벗어났다. 제발 현기가 전화를 걸기 바라면서.

잠시 뒤. 사무실에 혼자 남은 현기는 책상 위의 작은 메모판에 붙인 종이를 물끄러미 바라봤다. 아까 누가 놓고 간 것인지 모르는 쪽지가 하나 책상 위에 놓여있었다. 동준도, 혜주도 모르는 일이라고 했으니, 자신이 자리에 없을 때 협력

업체가 두고 간 전화번호인가 싶었다. 그렇다면 일에 관한 것이니 확인을 해봐야 했다. 그는 휴대폰을 꺼내 들었다. 전화번호를 누르자 잠시 신호 대기음이 들리더니 또랑또랑한 기계음이 현기를 맞았다.

안녕하십니까? 여기는 어긋난 첫사랑을 A/S 해드리는 첫사랑 A/S 상담소입니다. 연결되신 분은 34세. 홍현기 고객님이 맞으십니까?

"예? 어디라고요?"

현기는 상대가 자신의 이름과 나이를 정확히 아는 것에 놀랐고, 그보다는 첫사랑이라는 단어에 더욱 놀랐다. 현기의 물음에 AI가 다시 대답해 왔다.

여기는 첫사랑 A/S 상담소입니다. 홍현기 님의 첫사랑에서 서로 어긋난 부분을 다시 맞춰드리고, 그를 통해 두 분의 사랑을 이뤄드리기 위해 대기 중입니다.

"첫…. 사…. 랑을 이뤄…."

현기는 떠듬떠듬 AI의 말을 따라 했다. 요 며칠. 동준과 혜주에게 여은과의 과거를 털어놓은 이후로 그의 가슴에 다시 불씨가 타올랐다.

한동안 여은이 불쑥불쑥 떠오르는 것도 줄고, 궁금한 마음도 적어져서 그녀를 잊어가고 있다고 생각했다. 하지만 아니었다. 다 타서 재만 남은 줄 알았던 마음 밑에 불씨가 숨어있었다. 기억을 되살리자, 재 밑으로 몸을 낮춰 숨죽이고 있던 불씨가 한 줌의 바람을 타고 불이 붙기 시작했다.

그러다 보니 여은의 소식이 궁금해져 지선에게 넌지시 근황을 물었는데, 놀랄만한 소식이 들려왔다. 석균이 여은 몰래 아이 엄마에게 적지 않은 생활비를 주고 있었고, 그것이 들켜 한바탕 야단이 났다는 것이었다. 이번에는 진짜 화가 났는지 여은이 이혼을 요구했는데, 시부모님이 또다시 상가 하나를 여은의 이름 앞으로 해주면서 겨우 무마시켰다고 했다.

이런 이야기까지 듣자, 현기는 무슨 수를 쓰더라도 결혼을 말렸어야 했다는 생각이 들었다. 결혼식장에 뛰어 들어가 그녀를 데리고 나오지 못한 게 후회됐다. 그리고 지금이라도 잘못된 것을 바로잡고 싶었다. 여은은 그렇게 살아도 되는 여자가 아니다. 자신의 품 안에서 가장 크고 온전한 행복을 느끼게 해주고 싶었다.

그런데 이 와중에 '첫사랑 A/S 상담소'라는 곳에서 전화가 왔다. 그러자 마음속의 불씨가 완전히 등등한 기세를 품고 말았다. 현기는 첫사랑 A/S 상담소라는 게 실제하든 아니든 상관없었다. 현실인지 꿈인지도 중요하지 않았다. 악마가 와서 영혼을 파는 대가로 여은을 주겠다고 해도 흔쾌히 승낙했을 것이었다. 그는 몽롱한 목소리로 중얼거렸다.

"제 첫사랑은 이여은입니다. 여은이와의 사랑을 이뤄주세요."

알겠습니다. 그러면 잠시 홍현기 고객님의 사랑을 분석해 보겠습니다.

"어떤 방법이라도 좋습니다. 여은이와 이뤄주세요."

현기의 목소리는 조급했다. 가질 수 없다고 생각했던 것이 눈앞에 있다. 조급하지 않을 수 없었다. 그런데 잠시 조용하던 AI가 탄식을 내뱉었다.

아….

기계가 내는 소리라고 하기엔 너무 안타까움이 가득해서, 현기는 불길한 조짐을 느꼈다.

"왜요? 무슨 일인가요?"

이 사랑은 A/S 해드릴 수 없습니다. 죄송합니다.

"네? 아니 왜요? 아까는 분명히 그랬잖아요. 첫사랑을 이뤄준다고."

하지만 이여은 님은 결혼하셨습니다. 아무리 첫사랑 A/S 상담소라고 해도 결혼을 깨는 일은 매우 어렵습니다. 이여은 님은 누구보다 큰 의지로 결혼을 선택하셨고, 그런 의지는 쉽게 깰 수 없습니다.

"그건 잘못된 결혼이었어요. 여은이는 그 결혼으로 인해 불행해졌단 말입니다."

불행해졌다는 말은 어울리지 않습니다. 이여은 님이 선택한 것이며, 그분은 조금 힘들어도 기꺼이 그 시간을 견디고자 하니까요.

"불행을 견딘다고요? 그래서 구해줄 수 없다고요? 자기가 시궁창에 있는 줄 모른다고 해서 시궁창에 있는 사람을 꺼내줄 수 없단 말인가요?

그분은 자신이 시궁창에 있다고 생각하지 않습니다.

"말도 안 돼요. 남의 아이를 기르는데 어떻게 시궁창이 아니죠? 남편이 자꾸 옛날 여자를 만나는데 어떻게 시궁창이 아니란 말이에요?"

현기의 목소리가 점점 높아졌다.

이여은 님의 판단과 선택을 존중해야 합니다. 자신의 잣대로만 사랑을 평가하는 건 어리석은 일입니다.

AI가 무겁게 충고했다. 하지만 현기는 흥분을 가라앉힐 수 없었다. 자신의 잣대로만 사랑을 평가하는 게 어리석은 일이라는 말을, 지금이 아닌 다른 때에 들었다면 충분히 고개를 끄덕일 것이었다. 하지만 지금은 아니었다. 지금은 사랑을 대하는 방식 같은 게 중요하지 않았다. 오로지 여은을 빼앗아 오는 것만이 중요했다. 현기의 마음은 고집으로 똘똘 뭉쳐지고 있었다. AI가 다시 말을 걸어왔다.

저희가 홍현기 님의 전화를 접수할 수 있었던 건 고객님의 첫사랑을 이뤄드리기 위해서가 아니라 그 첫사랑을 정리하실 수 있게 도와드리기 위한 것 같습니다. 다양한 분들이 저희에게 전화하시지만, 모두가 연결되는 건 아닙니다. 인연이 있고 이유가 있는 분들만 통화가 이뤄지죠. 그리고 연결됐다고 해도 모두 첫사랑을 이루시는 게 아닙니다. 조건이 되는 분들만 가능....

AI가 열심히 설명하는데, 현기가 그 말을 자르고 뛰어들었다.

"뭐예요? 아까는 못다 이룬 첫사랑을 이뤄준다면서요? 이거 완전 사기 아냐?"

현기의 목소리는 몹시 거칠고 높았다. 그래도 AI는 여전히 침착했다.

주 업무가 첫사랑을 이뤄드리는 것은 맞습니다. 하지만 고객님처럼 일방적인 사랑일 때는 매우 곤란합니다. 그래서 때로는 이룰 수 없는 첫사랑을 깨끗하게 정리하는 역할도 저희가 해드리고 있는 겁니다.

"말 같은 않은 소리 하지 마요! 듣기 싫어! 이 사기꾼들!"

현기는 그대로 전화를 끊어버렸다. 휴대폰을 들고 있는 손이 부들부들 떨렸다. 그는 다른 무엇보다 자신이 거부당했다는 사실로 분노했다. 여은이 자신을 거부했고, 지금은 첫사랑 A/S 상담소인지, 사기꾼 집단인지, 거기서도 자신을 거부했다. 다른 사람 첫사랑은 다 이뤄줄 수 있지만 자신의 사랑은 안 된단다. '너는 안 된다'는 말이 얼마나 큰 상처가 되는

지, 그들은 몰랐다. 자신의 사랑은 왜 늘 이렇게 비루하고 이해받지 못하는지, 현기는 납득할 수 없었다.

도저히 가만히 앉아있을 수 없던 그는 자리를 박차고 일어서서 흔들리는 걸음걸이로 사무실을 벗어나 내려갔다. 그러는 동안 여은을 만나야겠다는 생각이 들었다. 진짜로, 자신에게 오는 것보다 그 불행한 결혼생활을 하는 게 낫다고 생각하는지 직접 물어보고 싶었다.

그는 택시를 잡아탔다. 그리고 여은의 집으로 향했다. 오래전 여은의 집들이에 초대됐던 지선이 현기에게도 전해주었던 주소를, 잊지 않고 있었다.

첫사랑 A/S 상담소는 현기가 택시를 타고 가는 동안 계속 그에게 전화를 걸었다. 상담소의 입장으로만 보면 현기는 진상 고객이었다. 제 욕심만으로 무리한 요구를 해오는 골치아픈 손님이었다. 하지만 그렇다고 해서 내버려 둘 수는 없었다. 많은 사람이 순간의 분노만 다스리면 다시 평온해질 수 있고, 현기도 그런 사람이기 때문이었다.

하지만 현기에게 그 전화는 귀찮기만 했다. 그는 상담소의 전화가 계속되자 수신 차단을 설정하고 대신 여은에게 전화를 걸었다. 여은은 언제나처럼 전화를 받지 않았다. 그녀는 현기의 전화를 제대로 받은 적이 없었다. 미친 듯 여러 번의 전화가 울려야 겨우 받아서는 바쁘다며 끊기 일쑤였다. 그걸 너무 잘 알기에 현기는 지금도 받을 때까지 전화할 작정이었다. 결국 몇 번의 시도 끝에 휴대폰 너머에서 여은의 짜증스러운 목소리가 들렸다.

웬일이야?

평소 같으면 그런 목소리에도 마음이 스르르 녹았을 것이다. 여은이 자신의 전화를 받았다는 것만으로 행복할 것이었다. 하지만 현기는 지금 그렇지 못했다.

"나, 지금 너희 집에 가고 있어. 10분이면 도착할 거야. 나와서 얘기 좀 하자."

현기의 목소리는 몹시 불안정했다. 여느 때와 현저히 다르게 감정이 고조된 목소리였다. 여은도 그것을 눈치채고는 한껏 경계했다.

안 돼. 애가 자고 있어.

"잠깐이면 돼. 1분만 보자."

싫어! 오빠 제발 그만 해. 자꾸 이러는 거 스토킹이야. 한 번만 더 그러면 신고할 거야.

그리고 전화가 뚝 끊겼다. 현기는 휴대폰도 귀에서 떼지 못하고 멈춰 있었다. 스토킹이라는 말이 너무 충격적이었다. 그동안 여은은 제 사랑을 이렇게 받아들이고 있었다. 그저 귀찮은 것에 그치지 않고 범죄처럼 불쾌해하고 있었다. 뭔가 많이 잘못된 것 같았다.

그는 갑자기 부끄러워졌다. 누군가를 괴롭히면서까지 사랑하는 건 그가 원한 일이 아니었다. 오래된 짝사랑에 괴로운 건 자신뿐이라고 생각했다. 여은이 괴로울 거라고는 생각하지 못했다.

공허한 눈동자를 돌리자, 택시 유리창에 비친 제 모습이 보였다. 그 안에 너무 낯설고 이상한 자신이 있었다. 싫다는 사람에게 집착하는, 자신도 이해하기 어려운 자신이었다. 택시 기사는 룸미러로 그를 힐금거렸다. 남들이 보는 자신의 모습이 얼마나 초라할지. 현기는 비로소 알아차렸다. 그에게 커다란 수치심이 몰려왔다.

그러는 동안 택시는 여은의 아파트 입구에 멈췄다. 현기는 일단 택시에서 내렸다. 그러나 이제 어디로 가야 할지 알 수 없었다. 돌아가는 택시를 다시 잡아야 했지만, 그런 생각을 하는 것조차도 몹시 피로했다. 몸이 마디마디 녹아 땅으로 스며드는 기분이었다. 문득 그렇게 세상에서 사라져도 좋을 것 같았다.

하필 여은의 아파트는 작은 호수를 끼고 있었다. 현기의 눈에 야광으로 반짝이는 표지판이 보였고, 호수로 내려가는 길을 가리켰다. 그는 표지판을 따라 걸었다. 발걸음이 마구잡이로 흔들렸다. 만취한 사람처럼 보였다.

그렇게 내려간 호수 주변에는 이른 저녁을 먹은 사람들이 삼삼오오 산책을 나와 있었다. 사람들은 모두 즐거워 보였다. 연인과 가족들이 편안한 미소를 짓고 있었다. 우울할 땐 이상하게도 즐거워 보이는 사람들만 눈에 들어온다. '너 빼고 다른 사람들은 다 행복해'라고 악마가 속삭이듯이.

세상에서 저 혼자만 불행한 것 같은 현기는 그대로 물가로 걸어갔다. 하필 현기가 있는 곳은 안전 가림막이 없는 곳이었다. 그는 한 발만 더 걸으면 바로 호수에 몸을 담글만한 거리에서 출렁이는 물결을 바라보았다.

어느새 날은 어둑해져 있었고, 가로등 불빛을 받은 호수의 표면이 잔물결을 담고 일렁였다. 그것은 마치 뱀 혓바닥 같았다. 가만히 들여다보고 있자니 같이 놀자고 유혹하는 것 같기도 했다. 나쁠 것 없어 보였다. 그 속에서 무얼 해도 여기보다는 행복할 것 같았다. 현기의 상체가 기울여지듯 물가로 향했다.

그때 바지 주머니 속 현기의 휴대폰이 울렸다. 요란한 벨소리가 고막을 때렸다. 그 소리 덕분에 홀린 듯 몽롱하던 현기의 표정이 다시 돌아왔다. 그런데 이상했다. 그는 아까 여은의 전화를 끝으로 휴대폰의 전원을 껐다. 그런데 벨이 울리고 있었다. 이상한 점은 더 있었다. 평소에 현기는 휴대폰을 진동으로 설정해 둔다. 그런데 지금은 벨소리가 대단히 요란하다.

휴대폰이 고장 난 걸까? 어쨌든 벨이 울리고 있어서 그는 휴대폰을 집어 들었다. 그런데 번호가 낯이 익었다. 아까 '당신의 첫사랑은 이룰 수 없다'라며 염장을 지르던 그 번호. 너무 귀찮게 연달아 전화가 오길래 수신 차단을 해놓았는데 이건 또 어떻게 된 일인지.

현기가 푹, 한숨을 쉬었다. 휴대폰이 완전히 망가진 모양이었다. 그는 짜증스러운 얼굴로 전화를 끊고 주머니에 넣었다. 그런데 또 한 번 휴대폰이 울렸다.

"아, 진짜 되게 귀찮게 하네!!"

거듭된 전화에 성질을 부리며 휴대폰을 꺼낸 현기는 의외의 이름을 보았다. 액정에 뜬 발신자는 수란이었다. 가끔 통화를 하긴 하지만 이런 순간에 반가운 전화는 아니어서 수신거부 버튼을 누르려고 했다. 그런데 손가락이 미끄러졌다. 순식간에 통화버튼이 눌러졌다.

"엇!"

당황해서 큰 소리가 나왔지만, 이미 휴대폰에서는 수란이 목소리가 들리고 있었다.

오빠! 뭐 하다 받는 데 그렇게 놀라요?

수란의 목소리는 맑고 경쾌했다. 그 목소리를 듣자, 우울한 대꾸를 할 수 없을 것 같아 현기는 꿀꺽 침을 삼켰다.

"아무것도 아냐. 근데 웬일이야?"

오빠네 회사랑 연결된 세탁소 진짜 좋아요! 내가 아끼는 옷에 얼룩이 생겨서 동네 세탁소 가져갔더니 원상복구 못한다는 거예요. 그래서 혹시나 해서 오빠네 앱 켜고 거기서 얼룩 제거 잘한다고 평가된 세탁소에 찾아갔었거든요. 그랬더니 진짜 감쪽같이 얼룩을 지워준 거 있죠? 대박!

진짜로 신이 났는지 수란은 높은 톤으로 조잘거렸다. 현기가 대답했다.

"당연하지. 너, 우리 회사의 세탁소 선정이 얼마나 까다로운지 아냐? 들어오고 싶어서 줄 선 세탁소가 얼마나 많다고!"

조금 전까지 삶을 마감하려고 했던 현기는 그런 순간과 참 안 어울리는 말을 뱉어놓고서야 비로소 자신을 돌아보았다. 내가 방금 무슨 미친 생각을 했던 건가?

그러자 여은을 중심으로 돌아가던 세상이 다시 자신을 중심으로 돌기 시작했다. 자신이 밤잠 줄여가며 했던 일. 꼭 성공시키고 싶었던 사업. 그리고 함께 일했던 좋은 선배 동준. 또한 세상에서 가장 사랑하는 가족들. 엄마. 아빠. 누나. 자기 삶에서 소중한 것들이 줄줄이 떠올랐다.

수란은 여전히 재잘거리고 있었다. 이번에 성공적으로 세탁된 그 옷이 자신에게 얼마나 소중한 옷이었는지, 무슨 일로 얼룩이 생겼는지, 이전에 갔던 세탁소의 주인이 얼마나 무성의했으며, 퍼블루클린 소속 세탁소의 주인은 얼마나 친절했는지를 줄줄이 다시 한번 읊어주었다. 계속되는 그녀의 칭찬에 현기의 눈동자에 점차 초점이 돌아왔다.

그리고 수란이 말했다.

근데 오빠 지금 뭐 해요? 회사예요?

"어어…. 응."

현기가 곤란해하며 대충 둘러댔지만, 수란은 의심하지 않았다.

아직도? 저녁은 먹었어요?

현기는 완전히 넋이 나간 상태여서 시간을 가늠할 수 없었다. 하지만 '같이 저녁 먹으러 가자'라는 동준과 혜주를 방해하기 싫어 억지로 떠밀어 보낸 기억이 났다. 그러고는 여은을 찾아왔으니 아직 저녁 식사 전이었다.

"아니…. 아직."

그래요? 나도 지금 집에 막 들어와서 아직 안 먹었는데, 그럼, 우리 늦은 저녁이나 먹을까요? 내 옷 세탁 잘 된 보답으로 제가 저녁 살게요. 지금 먹어요.

"지금?"

네, 지금. 제가 오빠 사무실 근처로 갈게요. 20분이면 될 거예요.

"그럴까…. 그럼?"

뒤숭숭한 감정을 달래기 위해 수란을 만나는 것도 나쁘지는 않을 것 같았다. 현기의 대답에 수란은 환호했다.

와! 오빠. 만날 튕기더니 웬일이에요? 빨리 갈게요. 딴소리하기 없어요.

그동안 현기는 수란이 밥을 먹자고 할 때마다 거절했다. 여은이 아닌 여자와 단둘이 만나는 건 어쩐지 내키지 않아서였다. 그러니 번번이 거절당하던 수란으로서는 의외의 일이 벌어진 셈이었다.

조금 뒤 고깃집에서 마주한 두 사람은 돼지불고기에 소주 한 병을 나눠 먹었다. 분위기가 단란하고 좋았다. 현기는 수란이 여은의 얘기를 할까봐 걱정했는데, 다행히 그녀는 퍼블루클린의 앱 얘기와 자기 회사 얘기로 대화를 이끌었다. 그녀의 이야기에 따라가다 보니 어느덧 두 시간이 훌쩍 지나 있었다. 자리를 옮겨 차까지 가볍게 한잔한 뒤, 다시 보자는 약속과 함께 손을 흔들며 헤어진 현기는 가슴이 시원해지는 걸 느꼈다. 오래 묵은 체증이 조금씩 내려가는 기분이었다. 눈을 들어 하늘을 보았더니 도시의 불빛이 아름다웠다. 이 아름다운 불빛을 볼 수 있다는 게 행복했다. 물속으로 뛰어들고 싶었던 어리석은 생각에서 벗어나 소중한 일상을 되찾은 것이 너무나 감사했다.

한편 현기와 밥을 먹고 집으로 돌아간 수란은 제가 한 일이 아직 실감이 나지 않았다.

사실 10년 전 현기가 여은을 마음에 담았던 순간 수란은 현기를 마음에 담았다. 여은이 현기를 하도 돌같이 보길래 현기가 금방 그녀를 포기하지 않을까 기대했지만 기대는 헛되었다. 여은이 결혼을 하고도 현기의 마음은 그녀를 향해 있었고, 수란은 계속해서 벙어리 냉가슴을 앓았다.

그런데 오늘 퇴근 후 저녁을 해먹을까 싶어 냉장고를 열었을 때, 수란에게 문자가 하나 도착했다. '초련보장'이라는 사이트에서 오늘의 운세를 보내온 것이었다. 평소 그녀는 운세 같은 것에는 관심이 없었다. 하지만 마치 회원 서비스라도 하듯 '차수란'이란 이름 석 자를 콕 박아서 온 문자에는 눈길을 주지 않을 수 없었다. 스팸이라고 생각하면서도 저절로 운세의 내용을 들여다보았다.

차수란 님의 오늘 운세는 '실행하면 반드시 얻는다 '입니다. 평소에 하고 싶었던 일이 있다면 오늘은 꼭 도전해 보시기 바랍니다.

이상하게 '평소에 하고 싶었던 일'이라는 문구에서 현기의 얼굴이 불쑥 떠올랐다. 현기와 밥을 먹고, 영화를 보고, 다정하게 하루의 일상을 나누며, 잠자기 직전 굿나잇 통화를 하는 거. 현기와 하고 싶은 그런 일들이 떠올랐다.

"아, 사람 바보 만드네…. 오늘 도전하면 그 일들이 진짜 이뤄진다고?"

하지만 수란은 곧 고개를 저었다. 이런 식으로 사람을 홀려 자기네 사이트에 가입시키는 영업 방식 같았다. 의심은 복잡한 현대사회를 살아가는 사람들에게 최소한의 방어다. 그녀는 바로 문자를 지웠다. 그런데 문자를 지우자마자 바로 다시 문자가 왔다.

차수란 님의 오늘 운세는 '실행하면 반드시 사랑을 얻는다 '입니다. 특히 10년 동안의 짝사랑에 대해 긍정적인 결과를 볼 수 있습니다. 지금 당장 전화해 보십시오.

아까보다 훨씬 구체적인 언급이었다. 그리고 수란을 너무나 잘 아는 것 같은 말이었다.

'내가 10년 동안 짝사랑하는 걸 어떻게 알지?"

눈살을 찌푸리며 생각에 잠겼지만 아무래도 그냥 우연이라고 받아들여야 할 것 같았다. 무작위로 사용한 5년, 10년, 이런 단위에 어쩌다 자신의 경우가 들어맞은 것뿐이라고 생각했다.

그런데 그때 세탁소에서 초인종을 눌렀다. 그녀가 받아든 것은 퍼블루클린 앱에서 추천받은 세탁소를 통해 얼룩을 말끔히 제거한 하얀 실크 블라우스였다. 그 블라우스를 보고 있자니, 이걸 핑계로 현기에게 전화를 해보고 싶었다. 그래서 밑져야 본전이라는 생각으로 전화했는데, 현기가 평소와 달리 밥 먹자는 제안을 거절하지 않았다. 그뿐인가. 밥을 먹는 동안 여은의 얘기는 한 마디도 물어보지 않고 자신과의 대화에 집중했다. 이보다 더 완벽한 시간은 있을 수 없었다. 정말 이렇게 그의 마음을 얻게 되는 걸까? 수란은 이제부터 '오늘의 운세'를 믿어야 할지 고민했다.

수란과 헤어져 집에 돌아온 현기는 외투를 벗자마자 책상 앞에 앉았다. 해야 할 일이 있었다. 여은의 사진을 버리는 것이었다. 그래야 마음이 정리될 것 같았다. 그는 노트북을 켜고 외장하드를 연결했다. 외장하드 속 파일을 열자, 미리보기로 수많은 여은의 얼굴이 떠올랐다. 대놓고 찍은 것도 있지만 다양한 단체 사진과 스냅사진에서 여은만 뽑아 편집한 것들도 많았다. 그동안 여은이 보고 싶을 때마다 현기를 달래주던 사진들이었다. 그러나 이제는 인연이 다했다. 자고로 이별은 상대의 사진을 다 지웠을 때 비로소 시작되는 것이다. 현기는 잠시 주저했지만, 곧 미련을 버리고 여은의 사진을 삭제했다. 수백 개의 사진이 휴지통으로 사라졌다. 휴지통을 비울 때는 팔이나 다리 한쪽을 잃은 것 같은 기분이 잠시 들었지만 그대로 이내 괜찮아졌다.

여은의 사진을 다 지운 그는 옆의 파일도 열어 친구들과 찍은 사진도 살펴보았다. 그 안에도 여은이 곳곳이 자리하고 있었다. 하지만 그 사진들까지 다 지우고 싶진 않았다. 여은 때문에 민수, 지선, 태준, 수란에 대한 추억까지 버릴 수는 없었다. 그래서 고민스럽게 사진을 넘기는데, 어떤 사진 한 장에 눈길이 갔다. 현기의 옆에서 유난히 환하게 웃는 수란이 보였다. 그리고 다시 사진을 넘기자, 이번에는 멀리서 현기를 쳐다보며 웃는 수란의 모습이 있었다.

'수란이가…. 아까도 저렇게 웃었는데….'

현기는 식당에서의 수란을 떠올렸다. 평소답지 않게 높은 톤으로 재잘거리며 농담도 잘하던 수란. 그런 수란을 되새김질하다 보니 '혹시 나를 좋아하나?' 하는 생각이 절로 들었다. 다시 사진들을 넘겼다. 더 많은 사진에서 자신을 향해 있는 애틋한 수란의 눈빛을 발견했다.

갑자기 머리가 혼란스러워진 현기는 자리에서 벌떡 일어났다. 가만히 앉아 있기에는 너무 당혹스러웠다. 그는 정신 사납게 방 안을 거닐었다. 손도 주머니에 넣었다 뺐다, 팔짱도 꼈다 풀었다, 하며 안절부절못했다.

그런데 그 부산한 움직임 때문인지, 주머니에 넣어두었던 휴대폰이 툭 떨어졌다. 현기가 바닥에 떨어진 그것을 집어 들었다. 그리고 습관적으로 전원 버튼을 눌렀는데, 휴대폰이 꺼져 있었다.

'이건 또 왜 이러는 거야."

휴대폰은 아예 고장이 난 모양이었다. 아까 호숫가에서 수란의 전화를 받은 이후 전원을 끈 기억이 없다. 그런데도 전원이 나가 있었다. 그뿐 아니라 오늘 하루 종일 휴대폰이 저 혼자 꺼졌다 켜졌다 했으니, 완전히 망가져버린 게 틀림없었다.

하지만 아니었다. 그때 갑자기 휴대폰의 벨이 울렸다.

"뭐야. 이거?"

현기가 깜짝 놀랐다. 벨이 울린다는 건 전원이 다시 들어왔다는 건데, 휴대폰 전원이 제멋대로 온·오프 되는 경우는 들어본 적이 없어 의아했다.

어쨌든 수신 중인 전화번호는 첫사랑 A/S 상담소였는데, 그제야 현기는 자신이 아까 이곳에 너무 심한 말을 했던 게 떠올랐다. 여은의 일로 이성을 잃는 바람에 사기꾼 취급을 하며 거칠게 굴었던 게 미안해졌다. 그는 사과할 마음으로 얼른 전화를 받았다.

"여보세요?"

그런데 AI의 첫 말이 묘했다.

네, 첫사랑 A/S 상담소입니다. 이제 좀 괜찮으십니까?

이제 좀 괜찮냐니. 자신에게 일어난 일을 다 아는 듯한 말이어서 현기는 미간을 좁혔다. 그런데 자신의 마음을 읽는 듯 더 놀라운 말이 이어졌다.

맞습니다. 홍현기 님께 있었던 일을 다 알고 있습니다. 호숫가에 계실 때는 저도 굉장히 당황했습니다. 그런 선택을 하실 거라고는 미처 생각 못했거든요. 정말 너무 경솔한 행동을 하셨습니다.

그제야 현기는 제 휴대폰이 고장 난 게 아닐지 모른다고 생각했다. 지금도 꺼져 있던 휴대폰이 로딩도 없이 켜지고는 바로 벨이 울렸지 않은가.

"그러면…. 그때 꺼져 있던 휴대폰으로 전화해서 저를 구해주신 건가요?"

말이 안 되는 상황을 접한 현기의 목소리가 떨렸다. 하지만 AI는 더 놀라운 말을 전했다.

아니죠. 홍현기 님을 구한 건 제가 아니라 차수란 님입니다. 아까 홍현기 님이 제 전화를 받지 않으셔서 마음이 급했습니다. 그래서 주변 인물을 찾다가 차수란 님이 홍현기 님께 전화를 드리도록 만들었습니다. 차수란 님의 첫사랑이 바로 홍현기 님이었기에 가능한 일이었죠.

"뭐라고요?"

첫사랑 A/S 상담소가 한 일은 물론이고 수란의 첫사랑이 자신인 것까지, 놀라움의 연속이었다. 현기는 말을 끝맺지 못하고 입을 벌린 채 서 있었다. AI가 부연 설명을 이어갔다.

차수란 님은 10년 전 처음 만났을 때부터 지금까지 홍현기 님을 짝사랑해 왔습니다. 홍현기 님이 이여은 님께 반한 순간, 차수란 님도 홍현기 님께 반한 것이죠. 참 얄궂은 인연이네요.

현기는 여전히 말이 없었다. 추측이 맞았다. 제가 여은을 바라보던 10년 동안 수란은 자신을 바라보고 있었다. 그러고 보니 비로소 수란의 마음이 느껴졌다. 여은이 뾰족하게 굴 때마다 자신을 다독였던 게 수란이었다. 여은이 현기의 질문을 무시할 때 늘 대신 답해주었던 것도 수란이었다. 현기가 하는 말에 무조건 찬성하고, 썰렁한 농담에 크게 웃어주던 수란도 기억났다. 그녀는 언제나 우산처럼 자신을 보호하고 있었다. 그런 수란의 마음을 몰랐다니. 스스로가 너무 바보 같았다. 무엇보다 힘에 부쳤던 제 짝사랑만큼 수란도 힘이 들었을 걸 생각하니 너무 미안했다.

그의 마음을 짐작한 AI가 그를 달랬다.

차수란 님께 미안하시면 지금부터 제가 드릴 제안을 수락하시는 게 어떨까요?

"제안… 이요?"

"네, 저희는 홍현기 님의 첫사랑을 A/S 하는 대신 차수란 님의 첫사랑을 A/S 하려고 합니다. 그런데 이 일은 홍현기 님의 전화에서 비롯되었기 때문에, 즉 차수란 님이 의뢰해 오신 일이 아니기 때문에 결정권이 홍현기 님께 있습니다. 그러니까 고객님이 원하지 않으신다면 차수란 님의 첫사랑은 A/S 되지 않는다는 얘깁니다.

"아…."

자신이 허락하면 수란과 이어진다는 소리였다. 상황을 이해한 현기의 입에서 짧은 탄식이 흘렀다. 하지만 어려운 결정이었다. 머릿속이 하얗게 되어 아무 생각이 들지 않았다. 현기가 입술을 깨물었다.

AI는 그런 그를 가만히 내버려 두지 않았다.

죄송하지만 지금 바로 결정하셔야 합니다. 저희 시스템상 더 많은 시간을 드리긴 곤란합니다.

현기의 눈앞에 수란의 착한 얼굴이 떠올랐다. 그 아이와 함께라면 피폐해진 마음에도 온기가 돌 것 같았다. 당장 오늘 저녁에만 해도 여은 때문에 목숨을 버리려 했던 자신이 마음을 돌이켰지 않았는가.

어느덧 여은의 생각은 머릿속에서 사라지고 없었다. 10년의 사랑이 이렇게 쉽게 정리된다는 게 믿을 수 없을 지경이었다. 그러니 수란을 알아보고 싶기도 했다. 하지만 제 입장만 생각하는 건 너무 이기적인 것 같았다. 현기가 망설임 끝에 입을 열었다.

"수란이와 다시 시작하겠다고 하면 제가 너무 가벼운 사람이 되는 것 같아요. 왠지 그 아이를 이용하는 것 같은 기분도 들고요."

AI는 답답하다는 듯 현기를 압박했다.

저는 아니라고 생각합니다. 인연이 아닌 사람은 빨리 잊는 게 서로에게 좋고, 인연인 사람은 빨리 만나는 게 좋은 거죠. 특히 차수란 님께 미안하다고 생각하신다면 그분의 사랑을 받아주는 게 덜 미안한 일 아닐까요?

"정말 그럴까요?"

그렇습니다.

"…"

그래도 현기는 계속 망설였다. 그러자 AI가 성마르게 말했다.

싫다는 의사를 표현하지 않으시니 동의한 것으로 알겠습니다.

"엇!"

현기가 놀랐지만, AI는 아랑곳하지 않고 밀어붙였다.

죄송합니다만 제가 오래 기다릴 수 없고요. 따라서 차수란 님의 첫사랑을 A/S 하도록 하겠습니다. 홍현기 님은 이제 저희와의 기억을 서서히 잃어 가실 거고요. 저희와의 일을 다른 데 발설하시면 안 됨….

후속 조치에 대한 AI의 설명이 줄줄이 이어지는 가운데, 현기는 졸음이 왔다. 이렇게 자버리면 상담소와의 모든 일을 잊을 것만 같았지만 정신을 차리려 해도 되지 않았다. 그는 침대에 몸을 뉘었고 그대로 깊은 잠으로 빠져들었다.

AI가 반강제로 현기와 수란을 엮는 동안 혜주는 조바심에 몸이 달았다. 현기가 상담소에 전화했는지 안 했는지, 궁금해 미칠 지경이었다. 그러다가 드디어 며칠 만에 같이 밥을 먹을 기회가 생겼다. 동준이 좀 걸리적거리겠지만 어쨌든 사적인 대화를 할 수 있는 절호의 기회였다. 혜주가 먼저 식당에 와서 기다리고 동준과 현기가 사무실에서 오기로 했는데, 어쩐 일인지 동준은 안 보이고 현기가 먼저 들어왔다.

"선배는 전화가 좀 길어져서 나더러 먼저 가라고 했어. 10분 정도면 올 거야. 우리가 먼저 주문해 놓고 있자."

"그래. 그러자."

동준이 늦게 와주는 건 혜주로선 고마운 일이었다. 메뉴를 골라 미리 주문을 해놓고, 날씨부터 회사 생활 얘기까지 빙빙 돌려가며 뜸을 들이다 혜주가 물었다.

"근데…. 오빠, 소개팅할 생각 없어? 오빠한테 잘 어울릴 사람이 있는데."

그런 사람은 없다. 하지만 혜주는 일단 운을 띄웠다. 그러자 현기가 걸려들어 왔다.

"음…. 사실은 새롭게 마음에 들어오는 사람이 있어. 요즘 들어 그 애가 연락을 자주 해오고 나도 그게 좋긴 한데…. 사실 좀 고민이야."

"그게 왜 고민이야?"

"10년 동안 여은이를 못 잊겠다고 궁상 떨어놓고 하루아침에 다른 사람에게 관심을 둔다는 게 웃기잖아."

"그게 뭐가 웃겨. 오히려 잘 된 거지. 그런데 그 사람이 누구야?"

"그것도 문제야. 여은이 친구거든. 여은이를 오래 짝사랑한 걸 알고 있어서 좀 민망해."

"그게 무슨 문제야. 오빠 마음 다 아는데도 그쪽에서 적극적으로 나오는 건 그쪽도 전혀 문제가 아니라고 생각한다는 증거야. 서로 인연인 거지."

혜주의 말에 현기가 갑자기 얼굴을 붉혔다.

"사실 뭔가 알 수 없는 존재가 우리를 자꾸 이어주는 것 같다는 생각도 들긴 해. 결정적인 순간에 그 애한테 전화가 오고, 우연히 마주치기도 하고, 알고 보니 서로 같은 점도 많고…."

알 수 없는 존재? 혜주는 고개를 갸웃거렸다. 그러고는 곧 눈을 크게 떴다. 첫사랑 A/S 상담소가 떠올랐다. 현기와 여은을 이어주는 것은 무리였고, 어찌어찌해서 다른 사람과 이어진 것임을 짐작할 수 있었다. 그렇지 않다면 현기가 하루아침에 새로운 인연에 마음이 들떠 할 리 없었다. 하지만 상담소에 대해서는 얘기할 수 없어서, 혜주는 다른 말로 에둘러 표현했다.

"그런 느낌까지 들면 그게 진짜 운명이네. 이제 진짜 운명의 짝을 찾은 거야. 그러니까 주저하지 마! 절대로! 이 혜수님이 적극 추천한다!"

혜주가 눈을 반짝이자, 현기가 수줍은 듯 웃었다.

"네가 그렇게 말하니까…. 그래봐야겠네."

혜주는 현기가 자신의 조언을 받아들여주어서 기분이 좋아졌다. 이렇게 별것 아닌 몇 마디를 해주는 것으로도 보람이 있는데, 사람들의 사랑을 이어주는 첫사랑 A/S 상담소는 더 보람이 클 것 같았다.

그때 동준이 도착했다.

"미안…. 미안합니다."

때마침 미리 준비해 둔 식사도 도착했다. 세 사람은 기분 좋게 식사를 이어갔다. 혜주가 동준에게 기쁜 소식을 전했다.

"오빠. 현기 오빠, 요즘 썸타는 사람 있다."

"뭐? 진짜야?"

동준이 놀라 밥숟가락을 멈추고 현기를 보았다.

"네, 뭐…. 그런 것 같아요."

"야, 너 나한테는 안 알려주고 혜주한테 먼저 말하기냐?"

동준은 섭섭한 듯 말했지만, 오히려 기쁜 얼굴이었다. 그도 현기의 새로운 시작을 진심으로 응원하고 있었다.

"혜주가 자꾸 다른 사람을 소개시켜 준다고 해서 그랬죠."

현기가 민망한 듯 웃었다.

"좋아. 그러면 내가 너그럽게 이해해 주겠는데, 대신 조만간 그 사람 소개해 줘라. 어떤 분이 징글징글한 첫사랑에서 우리 현기를 구제했는지 보고 싶다."

동준의 말에 현기가 스스럼없이 고개를 끄덕였다.

"그래요. 가까운 시일 내에 자리 만들겠습니다."

"와, 신난다."

혜주도 신이 나서 젓가락을 테이블에 두드렸다.

기분 좋은 저녁 식사를 마치고 혜주와 동준은 공원길을 산책했다. 높은 곳에 있는 공원이라 발 아래로 서울의 야경이 아름다웠다. 한참을 걷다가 멈춰 서서 반짝거리는 불빛들을 내려다보며 혜주가 말했다.

"첫사랑은 다 반짝거리는 건 줄 알았는데, 현기 오빠 첫사랑은 아까 오빠가 말한 것처럼 징글징글해서 참 많이 놀랍더라."

동준이 웃었다.

"첫사랑이 다 반짝일 거라는 건 사람들의 편견 아닐까? 사랑이 수많은 형태를 가지는 것처럼 첫사랑도 마찬가지겠지. 징글징글한 첫사랑도 있고, 후회스러운 첫사랑도 있고…."

그런데 야경을 바라보는 그의 눈동자가 어쩐지 촉촉한 것 같아 혜주는 갑자기 묘한 표정을 지었다. 그러고 보니 그의 첫사랑에 대해 깊이 생각해 본 적이 없었다. 자신만을 사랑하고 자신에게 최선을 다하고 있다는 것을 믿어 의심치 않기에 자신이 그의 첫사랑이든 끝 사랑이든 상관없었다. 그런데 문득 생각해 보니 그에게도 첫사랑이 있을 터였다. 그리고 왠지 자신은 아닐 것 같았다. 만일 그랬다면 말 많은 첫사랑 A/S 상담소의 AI가 '두 분 다 첫사랑을 이루셨네요' 어쩌고 했을 텐데 그런 말을 들은 기억은 분명히 없었다. 혜주는 궁금증을 참지 않았다.

"오빠. 오빠 첫사랑은 어땠어?"

혜주의 물음에 동준이 화들짝 놀랐다.

"응? 처…. 첫사랑? 내 첫사랑은 혜주 너지…."

동준의 얼굴에 거짓말이라고 쓰여 있어서 혜주는 풉, 웃음을 터뜨렸다.

"어디 속일 사람을 속여야지. 나는 못 속여요. 어디서 여친한테 절대로 첫사랑 얘기하는 거 아니라는 소리를 들었나 본데, 추궁하는 게 아니라 그냥 단순히 궁금해서 그러는 거니까 속 시원히 털어놔 봐."

혜주가 살살 달랬지만 동준은 단호히 고개를 저었다. 그러더니 반격을 가했다.

"그러는 너는!"

"나? 내 첫사랑은 당연히 오빠지."

이 양반아. 나는 첫사랑 A/S 상담소의 공증을 받은 몸이라고. 혜주가 입 밖으로 꺼내지 못해 아쉬운 말을 마음에 담았다.

"에이…. 말도 안 돼."

"아니, 뭐가 말이 안 돼. 난 진짜 첫사랑이 오빠라니까?"

"그러니까 나도 첫사랑이 너라니까?"

나 참…. 혜주가 더 이상 할 말이 없어서 입맛을 다셨다. 어떻게 하면 그에게 첫사랑 이야기를 들을 수 있을까? 동준이 입을 열 것 같지 않아서 궁금증이 더욱 짙어졌다. 하지만 동준은 혜주 머릿속에서 첫사랑을 지워내겠다는 듯 어깨를 끌어안았다.

"자, 우리 서로 첫사랑이니까 쓸데없이 의심하지 말고 이제 집에 가자. 늦었다."

어쩔 수 없이 혜주는 동준의 힘에 끌려 걸음을 옮겼다. 그러면서 드는 생각은 첫사랑을 이룬 자신과 달리 동준은 그러지 못했다는 것이었다. 물론 그가 그걸 섭섭해하지는 않을 테지만 아주 약간 미안한 기분이 들었다.

이번에도 마찬가지로 현기의 상담을 끝낸 AI는 본사의 상담 평가를 듣게 되었다.

이번 상담은 저도 매우 가슴을 졸였습니다. 그런 돌발 상황에 연결고리가 있는 차수란 씨를 찾아 대처하다니 순발력이 놀라웠습니다.

저도 어찌나 가슴이 뛰던지 혼이 났네요. 그래도 잘 마무리돼서 정말 다행입니다. 그리고 홍현기 씨와 차수란 씨가 잘 이어져서 무엇보다 감사합니다.

그러게 말입니다. 자신의 인연이 가까이 있는데도 알아보지 못하는 사람들을 보면 참 안타까워요. 다행히 홍현기 씨는 독한 아집을 정리하고 자기 인연을 찾아갔네요.

그런데 사랑이 그렇게 미련해질 수 있다는 건 조금 슬픈 일이더라고요.

무슨 일이든 마찬가지죠. 필요 이상의 고집을 부리면 안 되는데, 자기 모습을 객관적으로 볼 수 없으니 그런 일도 생기나 봅니다. 아무튼 무사히 상담을 종료했으니 이제 좀 쉬세요.

네, 그래야죠. 감사합니다.

곧 삑, 소리가 나며 AI의 상담 평가가 종료되었다. 그런데 종료 벨 소리 뒤로 어린아이의 목소리가 겹쳤다.

"음마~"

이제 겨우 뛈걸음을 걷는 아이 하나가 뒤뚱거리며 뛰어와 AI의 다리에 부딪혔다. AI가 아이를 공중으로 들어 올렸다.

"어이구, 우리 왕자님, 왔어?"

AI의 손에서 하늘 높이 들려진 아이가 까르르, 웃음을 흩뿌렸다.

# 5 우정의 첫사랑

오늘 혜주는 매우 바빴다. 그녀가 다니는 중소 화장품 업체 '레나벨 코스메틱'은 며칠 전 온라인 판매 확장을 이유로 영업팀을 축소했다. 그리고 대표는 빈자리가 보기 싫으니 영업팀 공간을 나눠 회의실로 만들라는 지시를 내렸다.

그건 총무팀의 일이었는데, 오늘도 주식 창에 얼굴을 처박고 있는 총무팀장은 회사에 있으나 마나 한 존재여서, 이 일 역시 조혜주 대리의 차지였다.

회의실을 만드는 일은, 가벽을 세워 공간을 나누고 조명을 재배치하는 등 해야 할 일이 많았다. 혜주는 적합한 인테리어 업체를 여러 군데 골라 견적서를 받아두었다. 오늘은 그것들을 대표에게 보여주고 업체를 결정해야 했다. 그 외에도 내일까지 워크숍 계획서를 만들어야 하며, 오늘까지 처리해야 하는 자잘한 일들도 많아 정신이 없었다.

그때 청량한 목소리가 들렸다.

"언니. 아무리 바빠도 커피 한 잔 드시고 하세요."

혜주를 대리로 만들어 준 단 하나의 부하 직원, 우정이었다. 그녀는 귀엽게 웃으며 아이스 아메리카노를 든 손을 달랑거렸다.

"와, 우리 우정이 최고. 안 그래도 목말랐는데…."

"그럼요. 내 사수는 내가 챙긴다!"

우정이 혜주에게 커피를 건넨 뒤 빈손을 거둬들이지 않고 주먹을 불끈 쥐어 보였다.

"아이고…. 내가 우정이 없으면 어떻게 사니…. 그런데 회사에서는 제발 대리님이라고 불러주면 안 될까?"

혜주가 웃으며 두 손을 기도하듯 모았다.

신입사원을 뽑을 때 그녀는 입사지원서에서 낯익은 학교 이름을 보았다. 혜주가 졸업한 중학교와 고등학교였다. 그 입사지원서를 갖고 입사한 게 바로 우정이었다. 그러니까 우정은 그녀의 학교 후배였다.

함께 일하는 동료와의 관계가 무엇보다 중요한 직장인으로서, 후배를 처음 받게 되었을 때 혜주의 스트레스는 이만저만이 아니었다. '선배 비위를 맞추는 건 열불이 나지만 후배 비위 맞추는 건 천불이 난다'라는 말이 있을 정도로 힘든 일이라기에, 후배를 안 받고 대리도 안 되면 어떨지 하는 생각도 했다.

하지만 다행히 우정은 밝고 싹싹해서 마음에 쏙 들었다.

게다가 학교 이야기를 하며 더 빠르게 가까워졌다. 그렇게 2년 가까이 함께 일하면서 이제 두 사람은 누구보다 마음 잘 통하는 동료가 되어있었다.

우정이 헤헤, 웃었다.

"앗, 죄송해요. 대리님. 자꾸 까먹어서…."

"우리끼리 있을 땐 괜찮지만 다른 사람들 앞에서도 습관처럼 나오면 곤란하잖아."

"네, 알겠습니다. 조혜주 대리님!"

우정이 마치 군인처럼 씩씩하게 대답했다. 그러고는 혜주의 컴퓨터 모니터를 살폈다. 그녀의 모니터에는 여러 견적서가 띄워져 있었다.

"대표님은 회의실 인테리어가 뭐 그렇게 급하다고 성화래요. 워크숍 준비하기도 벅찬데…."

우정이 아랫입술을 쭉 빼물었다. 그녀의 말은 틀리지 않았다. 회의실이야 천천히 만들어도 그만인데 대표는 굳이 다음 주 내로 해결하라고 재촉했다. 하지만 혜주는 대표의 속마음을 알 것도 같았다.

"겉으로는 온라인 판매를 확장하려고 오프라인 영업을 줄인다고 하지만 사실은 회사가 어려운 거잖아. 그걸 뻔히 아는 직원들이 빈자리를 보면 마음이 안 좋을 테니 빨리 조치하는 게 좋지 뭐."

혜주의 말에 우정이 귀엽게 웃었다.

"헤헤. 하여튼 우리 대리님은 참 긍정적이셔."

체구가 작아서 있는 그대로 귀염성 있지만, 우정은 웃을 때 특히 더 귀엽게 보였다. 토끼 같은 앞니 두 개 때문이었다. 다른 치아에 비해 유난히 크고 하얀 앞니 두 개가 웃을 때마다 도드라져서 그녀의 매력 포인트가 되고 있었다. 혜주는 속으로 생각했다.

'이렇게 귀여운 우정이의 첫사랑은 누굴까? 궁금하네.'

첫사랑 A/S 상담소를 알고 난 후, 혜주에게는 습관이 하나 생겼다. 바로 주변 사람들의 첫사랑을 짐작하는 일이었다. 그러고는 혹시 이 사람도 첫사랑 A/S 상담소를 통해 첫사랑을 이뤘을까? 생각해 보는 것이었다. 그런데 우정의 첫사랑을 잠시 궁금해하다 보니 문득 몰랐던 걸 깨닫게 되었다. 몇 달 동안 바빠서 우정에게 신경 쓸 시간이 없었는데, 지금 보니 우정의 옷차림이 몹시 여성스러웠다.

'오늘은 핑크빛이 도는 우아한 그레이 원피스야. 그래. 어제도 민트색 원피스였어. 그것도 무릎 아래로 내려오는 미디 길이에, 허리에 끈을 묶어 강조하는 클래식한 원피스.'

발랄한 성격답게, 우정의 옷차림은 늘 귀여운 쪽이었다. 그러나 요 며칠의 우정은 성숙한 여성미를 풍기고 있었다.

'어라? 냄새가 솔솔 나는데?'

남자건 여자건 옷차림이 바뀌는 이유는 분명하다. 혜주의 촉이 바르르 떨었다. 그녀는 옆자리에 앉은 우정을 조금 더 세심하게 살폈다.

'그러고 보니 귀걸이도 진주에, 헤어도 좀 더 차분한 색으로 바뀌었네. 틀림없다. 사랑에 빠진 여자는 저절로 표시가 나거든.'

혜주는 확신하고 본격적으로 우정을 떠보려 몸을 그녀 쪽으로 기울였다. 그러나 혜주를 방해하는 전화벨이 울렸다. 도로 몸을 돌려 전화를 받으니 성격 급한 대표의 호출이었다. 혜주가 서둘러 인테리어 회사에서 받은 견적서를 정리해서 일어섰다. 그런데 우정이 혜주를 붙잡았다.

"대리님. 바쁘시더라도 2021년 워크숍 자료 주고 가시면 안 돼요? 그땐 제가 입사 전이라, 좀 보고 싶어요."

혜주가 책장에 꽂힌 노란 서류 파일을 가리키며 말했다.

"저기 중에 하나 있어. 찾아봐."

"제가 찾아봐도 돼요?"

"응. 찾아서 봐. 나, 갔다 올게."

혜주가 자리를 뜨고, 우정이 혜주의 자리에 앉았다. 다소 어수선한 자신의 자리와 달리 언제나 깔끔하게 정돈된 자리였다.

"우리 대리님은 깔끔하시기도 하지…."

만담처럼 혜주 칭찬을 웅얼거리며 노란 서류 파일에 손을 데려던 우정은 자기도 모르게 혜주의 모니터 화면을 쳐다보았다. 혜주가 견적서를 프린트하느라 띄워놓은 문서들이 마구잡이로 화면에 올라와 있었다.

'아휴, 하여튼 우리 대표님. 파일로 받아보면 될 걸 일일이 프린트해 오라 하셨나 보네. 대리님은 급해서 정리도 못 하고 가셨어.'

지나가다 누가 보면 일 처리가 깔끔하지 못하다고 할 것 같아서, 우정은 자신이 대신 문서를 닫기 시작했다. 그런데 견적서가 아닌 문서 하나가 눈에 띄었다.

"엥? 이게 뭐지?"

남의 문서인 지라 안 보고 얼른 닫으려 했지만 절로 눈에 띄는 글자들은 어쩔 수 없었다.

첫사랑 A/S 상담소 0770-9876-1234

그녀는 우리가 자기중심적인 배려를 했다고 했다. 그리고 나의 거짓말이 시초가 되어 서로를 오해하게 되었다고 했다. 어느 순간 오빠의 마음이 되어 그를 다 이해할 수 있었다. 오빠도....

모니터 화면에 띄워져 있는 문서에는 꽤 많은 글이 적혀있었다. 우정의 눈이 무의식적으로 글을 훑었다. 그새 양심적인 오른손이 얼른 파일을 닫았지만 이미 봐버린 건 어쩔 수 없었다.

'첫사랑 A/S 상담소? 이게 뭐지?'

고개를 갸우뚱하던 우정은 잠시 생각하더니 천천히 고개를 끄덕였다.

'아아…. 대리님이 웹소설을 쓰실 건가 보다. 하긴 요즘은 직장인들도 많이 쓰니까. 아직 러프한 걸 보니 구상 중이신가 보네. 근데 첫사랑 A/S 상담소라니 진짜 그런 게 있으면 얼마나 좋을까? 사람들이 모두 첫사랑과 이뤄지는 세상. 으흥. 생각만 해도 좋다. 우리도 그렇게 잘 되면 얼마나 좋을까?'

우정이 배시시 웃었다. 입꼬리를 따라 볼이 발그레해졌다. 혜주의 촉대로 우정은 지금 썸을 타는 중이었다. 같은 건물 2층 위의 '봄봄 재단'에서 일하는 정우가 그 주인공이었다.

넉 달 전쯤, 우정은 회사건물의 1층에 있는 커피숍에서 그를 처음 만났다. 우정이 따뜻한 라테를 주문한 뒤 기다리는데, 카운터에서 자신을 부르는 소리가 들렸다.

"우정 고객님. 아이스 아메리카노 한 잔 나왔습니다."

이름은 제 이름이 맞는데 음료는 달랐다. 우정은 주춤거리며 카운터로 갔다. 테이블에는 아이스 아메리카노만 한 잔 덩그러니 놓여 있었다. 종업원은 우정에게 다가와 이름과 메뉴를 확인했다.

"우정 고객님. 아이스 아메리카노 한 잔 나왔습니다."

우정이 갸우뚱거리며 말했다.

"저는 따뜻한 라테 시켰는데요? 뭐가 잘못됐나 봐요."

"네? 잠시만요."

종업원이 카운터로 가서 확인하는 사이에 우정의 옆에 누군가 와서 섰다. 가끔 엘리베이터에서 마주치던 남자. 쌍꺼풀 없이 큰 눈과 이목구비가 유난히 반듯한 얼굴이 인상적인 남자였다. 그도 우정을 알아봤는지 살짝 고개를 숙여 인사했다. 우정도 그에게 답례했다.

그런데 종업원이 따뜻한 라테를 가지고 와 테이블에 올려놓고는 뭔가 헷갈리는 얼굴을 했다.

"저…. 우정 고객님이 아이스 아메리카노…. 아니구나. 라테고. 정우 고객님이 아이스 아메리카네요. 죄송합니다. 제가 두 분 이름이 헷갈려서 잘못 불러드렸나 봐요."

우정과 정우. 서로 거꾸로 된 이름이니 언뜻 보면 헷갈릴 수도 있었다. 이해할 만한 실수였다. 그러나 그 작은 실수가 하필 그 시간 그 커피숍에서, 정반대의 이름을 가진 그들을 만나게 했다.

정우가 아이스 아메리카노를 집어 가며 웃었다.

"괜찮습니다. 제 음료 찾았으면 됐죠."

그는 무안해하는 종업원에게 친절한 웃음을 보이더니 우정을 보고도 웃었다.

"신기하네요. 이름이 반대인 분을 만나다니."

그의 선한 웃음과 예기치 못한 상황에 우정도 웃었다.

"그러게요. 이런 경우는 처음이에요."

"저도 그렇습니다. 이 건물에서 일하시죠? 엘리베이터에서 몇 번 뵌 것 같네요."

정우가 우정을 기억하고 있었다. 우정도 물론 그랬다. 비슷한 시간대에 엘리베이터를 타는 사람들은 서로의 얼굴을 안다. 하지만 굳이 아는 척하고 싶지는 않아서 우정은 시치미를 뗐다.

"아, 그랬나요?"

그녀는 평소 내숭이라곤 찾아볼 수 없이 털털한 성격이었는데, 지금 이상하게도 내숭을 떨고 있었다.

정우는 약간의 농담을 담아 미소를 건넸다.

"네, 그랬습니다."

사실 그는 우정을 눈여겨보고 있었다. 엘리베이터에서 마주칠 때마다 그녀가 궁금했다. 그러던 끝에 이렇게 말을 섞게 되니 가슴이 두근거렸다.

그리고 두 사람이 호감을 키우기에 좋은 상황이 이어졌다. 동선이 겹쳤다. 둘 다 커피숍을 나가 엘리베이터 쪽으로 걸었다. 사무실로 돌아가는 길이었으니 당연했다.

나란히 걷는 길이 어색해서, 우정은 마른침을 삼켰다. 엘리베이터를 기다리는 동안에는 괜히 커피 컵만 만지작거렸다. 우정과 달리 정우는 평온한 표정이었지만 사실 두근거리는 심장과 싸우느라 바빠 정신이 없었다. 드디어 엘리베이터가 오고 탑승했을 때 정우가 물었다.

"4층에 내리시죠?"

"아, 네…. 맞아요."

그는 4층과 6층을 눌렀다. 그리고 다시 말했다.

"레나벨 코스메틱이 여기 건물에서 제일 규모가 크죠? 3층이랑 4층을 다 쓰잖아요."

"아마 그럴 거예요. 두 개 층을 쓰는 다른 회사는 없으니까요."

정우가 자기 직장을 알고 있다는 것에 놀라면서, 우정이 대답했다. 정우가 다시 말을 받았다.

"저는 6층에 있는 '봄봄재단'이라는 곳에 다닙니다. 어린이 환자들을 위한 재단이에요."

우정은 '어린이 환자'라는 말에 반응했다.

"어린이 환자요?"

"네, 형편이 안 좋은 어린이 환자들에게 치료비를 지원하는 재단이에요."

"아…. 자선재단에서 일하시는 분은 처음 봬요. 좋은 일 하시네요."

직장이 범상치 않아서, 우정은 신기한 듯 정우의 얼굴을 쳐다봤다. 정우가 싱긋 웃었다.

"좋은 일은 재단이 하는 거죠. 저는 그냥 월급쟁이인걸요."

정우의 말이 겸손했다. 그런 직장에 다니면 마치 자신이 좋은 일을 하는 것처럼 뽐내기 쉬울 것 같은데 그러지 않았다. 우정은 그가 괜찮은 사람처럼 보였다. 그리고 엘리베이터가 4층에 도착했다.

"그럼 또 뵙겠습니다."

엘리베이터가 열리자, 정우가 인사를 했다. 그런데 우정은 엘리베이터에서 내리지 않았다. 대신 정우에게 말했다.

"우리 회사에서 최근에 남자화장품을 새로 출시했는데, 샘플 좀 드릴까요?"

"아, 정말요?"

"전방위 홍보 중이라 귀찮지 않으면 받아서 써보시고 피드백도 해주시면 감사할 것 같아요."

"물론이죠."

"그러면 잠깐 내리시겠어요?"

엘리베이터가 닫히려 하고 있었다. 정우가 얼른 열림 버튼을 누른 뒤 우정을 따라 내렸다. 그렇게 두 사람의 만남이 시작되었다.

같은 건물에서 하는 연애는 사내 연애 같기도 하고 아닌 것 같기도 했다. 그들은 직장 동료의 눈에 띄지 않도록 건물 구석구석을 돌아다니며 틈틈이 만났고, 출퇴근 시간에도 잠깐씩 얼굴을 보며 시간을 쌓아갔다. 주말에 보는 것도 좋았지만 평일에 그렇게 짧은 시간을 내어 마주하는 것도 나름의 매력이 있어 좋았다.

무엇보다 정우는 우정의 첫사랑이었다. 고등학생 시절 체육 선생님을 짝사랑한 이후로, 그녀는 제대로 된 사랑을 해 본 적이 없었다. 대입 준비에 이은 취업 준비로 친구들 만나기도 바빴다. 소개팅을 몇 번 했으나 번번이 연애로 이어지지 못했다. 그랬으니, 정우와의 연애는 더없이 달콤했다. 시간은 정신없이 흘러갔다.

그런데 두 사람은 곧 예상치 못한 문제에 부딪혔다. 취향이 너무 달랐다. 처음에는 그게 오히려 신선해서 좋았다. 정우는 우정을 따라 그녀가 좋아하는 전시회나 뮤지컬을 접했다. 우정은 정우를 따라 그가 좋아하는 자전거, 암벽등반 등 활동적인 스포츠의 맛을 보았다. 빵순이 우정은 정우에게

'포카치아'나 '브리오슈' 같은 빵을 알려주었고, 반대로 그를 따라 순댓국과 설렁탕을 먹어보았다. 서로의 다른 세계를 탐색하는 것은 신기했고, 그 점이 더욱 호기심을 자극했다.

그러나 스펀지처럼 상대를 빨아 당기는 짧은 시기가 지나자 서로 달라 불편한 점들이 슬슬 고개를 들었다. 가장 먼저 곤란해진 건 음식이었다. 둘의 식성은 크게 달랐다. 정우는 완전히 시골 할머니 밥상 입맛이었는데, 우정은 서양식을 비롯한 세계 각국 음식을 두루 즐겼다.

또한 같은 재료여도 선호하는 조리법 차이가 컸다. 같은 김치를 먹어도, 정우는 막 담근 생김치를 좋아했고 우정은 시어 꼬부라진 김치를 참치에 볶은 것을 좋아했다. 게다가 정우는 익숙한 것만 먹으려 했고, 우정은 새로운 음식에 도전하길 좋아했다. 그러니 식사할 때, 한 사람은 아주 맛있고, 다른 한 사람은 전혀 맛있지 않은 적이 대부분이었다. 둘 다 좋아하는 것으로는 분식이 있었지만, 만날 때마다 분식집 식사를 할 수는 없었다.

그리고 이것뿐이면 얼마나 좋았을까. 서로 다른 점은 식성만이 아니었다. 데이트할 때 매우 중요한 영화 취향도 몹시 달랐다. 우정은 로맨틱 코미디, 정우는 SF 마니아였다. 그러니 둘이 함께 볼 영화를 고르는 것도 쉽지 않았다.

그래도 우정은 정우를 끌고 〈7년째 연인〉이라는 영화를 보러 갔다. 꼭 보고 싶은 영화였는데, 남자친구를 두고 다른 사람과 볼 수는 없었다. 정우도 기꺼이 영화관에 동행했다. 로맨틱 코미디만 보면 졸음이 오지만 여자 친구를 위해서 참아볼 용의가 있었다.

하지만 그는 멀쩡히 두 눈 뜨고 영화를 끝까지 보았음에도 불구하고 이틀 만에 모든 내용을 까먹어버렸다. 영화를 감명 깊게 본 우정이 계속해서 '그때 그 장면'을 되새김질했지만, 정우는 하나도 기억나지 않아 곤혹스러웠다.

기억이 나는 척하는 것도 하루 이틀이라, 결국 정우는 우정 몰래 영화를 다시 보러 갔다. 그런데 하필 영화관에서 우정의 친구와 마주쳤다. 친구의 이야기를 들은 우정은 사나운 얼굴로 정우를 노려봤다.

"오빠 혹시 양다리야? 나랑 본 영화 다른 여자랑 또 보러 간 거야?"

정우는 1인 요금이 찍힌 카드 결제 명세를 보여주고서야 의심에서 빠져나올 수 있었다.

우정은 정우의 사정 이야기를 듣고 두 눈을 질끈 감았다. 로맨틱 코미디 때문에 극심한 스트레스를 받는 남자를 사귀고 있다는 게 실감 나지 않았다.

하지만 두 사람의 기호 차이는 거기서 그치지 않았다. 우정은 짬뽕, 정우는 짜장. 우정은 탕수육 부먹, 정우는 찍먹.

우정은 비냉. 정우는 물냉. 우정은 콜라. 정우는 사이다. 우정은 완숙. 정우는 반숙. 우정은 말랑한 복숭아. 정우는 딱딱한 복숭아. 그리고도 기타 등등. 정반대인 것이 너무 많았다.

작정하고 서로의 취향을 나열해 본 결과 일치하는 것보다는 반대인 게 훨씬 많다는 걸 알게 된 날. 우정은 완전히 자신감을 잃었다.

정우도 어깨를 축 늘어뜨렸다. 마음 같아선 우정에게 다 맞춰주고 싶은데 그러지 못해서 속이 상했다. 그리고 이 불안한 마음을 잠재우기 위해 그는 새로운 방법을 생각해냈다. 바로 제 친구인 기남과 그의 아내를 만나게 해주는 일이었다. 그들도 사실 어지간히 안 맞는 커플이었다. 여자는 조용하고 남자는 활동적이었다. 음식, 음악, 영화의 취향이 다 다르고 심지어 음식 간도 안 맞았다. 여자는 싱거웠고, 남자는 짰다.

하지만 여자에게 첫눈에 반했던 남자는 그녀에게 모든 걸 맞췄다. 오직 결혼이 목표였고, 그 목표를 향해서 전진하는 동안 그는 자신을 모두 버리고 잊었다. 그 결과, 만난 지 6개월 만에 결혼에 성공했다. 정우와 우정의 입장에서는 모범사례라 할 수 있으니, 기남과 채아 부부를 만나면 우정도 스트레스를 좀 덜 받을 거라는 게 정우의 계획이었다.

그리고 드디어 그날. 정우와 우정은 기남의 아파트에서 그들 부부와 마주 앉았다. 채아는 매우 우아하고 여성스러운 분위기를 지닌 미인이었다. 말할 때도 나긋나긋했고, 웃을 때는 입을 가리고 조용히 웃었다. 우정은 정우로부터 기남이 죽자 살자 쫓아다녔단 얘기를 들었는데, 채아를 보니 매우 당연하다는 생각이 들었다.

정우와 집주인 커플은 뭐가 그리 즐거운지 담소를 나누며 계속 웃어댔다. 하지만 우정은 머리가 좀 아파져 왔다. 정우가 곧 우정의 상태를 알아차렸다.

"왜 그래? 얼굴이 안 좋아 보인다."

"응…. 두통이 있어."

그 말에 채아가 얼른 일어섰다.

"두통약 있어요."

우정은 손을 내저었다.

"아니에요. 약을 먹을 정도까지는 아니에요."

하지만 채아는 종종걸음으로 방에 들어가 두통약을 가지고 왔다. 그런데 약을 우정에게 주는 대신 자기가 살펴보더니 기남에게 말했다.

"기남 씨. 이거 유통기한이 다 됐다. 얼른 가서 새 걸로 하나 사와."

기남이 채아에게 다가가 약을 살폈다.

"유통기한 많이 지났어?"

"아니, 이틀 정도 남았는데 그래도 안 좋을 것 같아."

"에이, 그 정도 남았으면 먹어도 돼. 약 같은 건 유통기한 조금 지나도 상관없어. 음식도 유통기한 바로 지난 건 먹어도 아무렇지 않잖아."

기남은 대수롭지 않다는 듯 웃었다. 기분이 좋아서 홀짝홀짝 마신 술이 살짝 올라와 있어서 채아의 말이 더 가볍게 들리기도 했다. 그러나 채아는 정색했다.

"아냐. 난 찜찜해. 내가 유통기한에 얼마나 민감한지 잘 알면서 그래."

그러고는 기남을 향해 눈을 흘겼다.

"게다가 우정 씨는 손님인데 이런 걸 줄 순 없잖아. 얼른 나가서 사 와."

어느새 채아의 표정은 매우 굳어졌고, 그래서인지 '얼른 나가'라는 말은 꼭 명령처럼 들렸다. 하지만 기남은 미처 그런 분위기를 파악 못 하고 천진하게 말했다.

"유통기한 그거 아무것도 아니라니까 또 고집부린다."

우정은 그들을 그냥 놔두면 안 될 것 같은 데다가 진짜로 약을 먹고 싶은 마음이 없어서 조심스럽게 말했다.

"저기…. 저 정말 약 먹을 정도는 아니에요. 사러 가실 필요 없어요."

정우도 우정의 편을 들었다.

"네, 참을 만한가 봐요. 그냥 두시죠."

하지만 채아가 야무지게 그들의 말을 무시했다.

"아니에요. 저도 두통이 자주 와서 그게 얼마나 힘든 건지 잘 알아요. 그러니까 약 먹고 조금 쉬시는 게 좋을 거예요. 기남 씨. 얼른 가서 사 오라니까."

채아의 태도가 더 강경해졌지만, 기남은 여전히 말을 듣지 않았다.

"아니, 우정 씨가 안 먹는다잖아. 그리고 그거 그냥 먹어도 괜찮다니까."

순간 채아의 얼굴이 싸늘해졌다.

"기남 씨. 나 잠깐 봐."

그녀가 찬바람을 일으키며 방 안으로 들어갔다. 그러자 기남이 비로소 상황을 파악했다. 그가 골치 아프다는 듯 손으로 제 머리를 짚었다. 정우가 그에게 조심스럽게 속삭였다.

"채아 씨 화난 것 같은데?"

하지만 기남도 화가 나는 건 마찬가지였다.

"미안한데 잠깐만 기다려 줘."

그도 식식거리며 채아를 따라 들어갔다.

우정은 그새 머리 아픈 걸 싹 잊어버렸다. 그만큼 이 상황이 황당했다.

"뭐야. 이 분위기. 둘이 싸우는 거야? 내가 싸움 만든 거야?"

우정이 울상을 지었다. 그리고 정우야말로 이 자리를 만든 게 자신이어서 몹시 곤란했다.

곧 방 안에서는 다투는 소리가 들려왔다. 먼저 채아의 고성이 들렸다.

"그냥 사다 주면 되잖아. 그게 그렇게 어려워?"

하지만 기남의 목소리도 만만치 않게 컸다.

"내 친구들도 와 있는데, 자기가 꼭 그렇게 나한테 시켜 먹어야겠어? 자기는 항상 나를 종 부리듯 하지. 내가 맞춰주니까 만만해? 한 번만이라도 나한테 맞춰주면 덧나?"

그 소리를 듣자, 정우는 '저 녀석이 미쳤나?' 싶었다. 그동안 기남이 채아에게 얼마나 잘했는지 알기 때문이었다.

채아도 같은 생각인 듯 보였다. 다시 그녀의 높은 소리가 들렸다.

"요즘 기남 씨 이상해. 예전에는 나 하자는 대로 하더니 요즘은 왜 이렇게 사사건건 반대야? 내가 그렇게 우스워? 결혼하고 나니까 이제 내 얘기는 귓등으로도 안 들려?"

채아의 목소리는 깨진 그릇처럼 날카로웠다. 그리고 기남의 고성도 만만치 않았다.

"내가 그동안 자기한테 맞춰주느라 얼마나 애썼는지 몰라? 그걸 알면 인제 그만 좀 해야 하지 않아? 어떻게 자기는 사사건건 다 자기 마음대로 해야 하냔 말이야."

거실의 우정과 정우는 안절부절못하고 서로를 쳐다보기만 했다. 그들을 내버려 두고 나가버릴 수 없고 매우 난감했다. 그러는 사이 몇 번의 고성이 더 오가고 드디어 기남이 방을 나와 방문을 쾅 닫았다.

정우가 서둘러 그를 데리고 베란다로 갔다.

"자식아. 너 미쳤어? 너답지 않게 왜 그래?"

그는 기남의 등짝을 냅다 내리쳤다. 매운 손맛에 몸을 움츠릴 법도 한데 기남도 어지간히 화가 났는지 잔뜩 인상을 쓰며 말했다.

"정우야. 하필 우정 씨까지 왔을 때 이런 모습 보여서 미안한데, 진짜 한 번은 터질 일이었어. 내가 얼마나 노력하고 맞춰주는지 저 사람은 하나도 모른다니까."

그는 한숨을 푹 내쉬었다. 너무 무겁게 느껴지는 한숨이어서, 정우는 그동안 기남이 느꼈을 부담감의 크기를 짐작했다.

그리고 기남의 목소리만큼이나 정우의 마음도 무거웠다. 오늘 이 집에 우정을 데리고 온 목표가 완전히 사라져 버렸다. 서로 다른 취향을 맞춰가며 잘 사는 친구 부부의 모습을 보여주는 게 목표였지만 오히려 그 반대의 모습을 보여주고 말았다. 친구에게 벌어진 일도 심각하지만 제 사정도 만만치 않아서, 정우는 어깨가 축 처졌다.

상대에게 맞춰주는 게 그렇게 어려운 일일까. 그가 힘없는 목소리로 물었다.

"채아 씨가 원하는 대로 맞춰주는 게 그렇게 힘드냐?"

"말도 마. 이래서 서로 잘 맞는 사람끼리 결혼해야 하는 건가 봐."

억울함을 담았기에, 기남의 목소리가 꽤 컸다. 그 목소리가 거실에 있는 우정의 귀에까지 들렸다.

우정은 심장이 철렁했다. 행복한 줄 알았더니 아니구나. 억지로 맞추다 보면 이렇게 되는구나. 기남과 채아 부부에게 생긴 균열이 꼭 자신과 정우 사이에도 생길 것만 같았다. 그 마음을 읽었는지, 깊은 곳에 숨어있던 마음속 악마가 정체를 드러내고 쏘아붙였다.

'너희들도 저렇게 될 거야!'

마음이 약할 땐 누구나 악마에게 지는 법이다. 우정도 서서히 백기를 올리고 있었다.

집에 돌아온 우정은 어두운 거실에 앉아 휴대폰으로 정우와의 사진을 훑어보았다. 그동안 행복했던 추억이 새록새록 떠올랐지만, 앞으로의 추억도 그렇게 만들어 갈 수 있을지는 자신없었다.

그깟 취향 차이. 그렇게 생각한 적이 있다. 하지만 지금은 아니다. 취향은 자신을 표현하는 방법이다. 자기 취향을 자꾸 거부당하다 보면 존재를 부정당하는 기분이 들 것이다. 노력으로 극복하기에는 너무 어려운 일이다. 이제 조금 편해지고 싶다. 요즘 들어서 자신의 눈치를 심하게 보는 정우도 조금 편하게 해주고 싶었다. 우정의 눈에서 눈물이 뚝 떨어졌다.

다음 날부터 우정은 정우를 피했다. 헤어지자는 말은 차마 나오지 않아서 용기가 생길 때까지 피해 다니기로 했다. 정우도 우정의 신호를 받아들였다. 우정이 전화를 받지 않자 더 이상 재촉하지 않고 그녀에게 메시지를 보냈다.

네가 무슨 생각을 하고 있는지 알아. 하지만 나는 그래도 너를 사랑하고 너와 잘해보고 싶어. 우리 좀 더 노력하면 안 될까? 일단은 너에게 시간이 필요한 것 같으니 네 마음이 편해질 때까지 기다릴게.

노력하자는 말에 마음이 흔들렸지만, 우정은 결심을 되돌리지 않았다. 뻔히 보이는 파국의 길을 걸어갈 필요는 없었다. 그리하여 우정은 늘 둘이 보냈던 주말을 처음으로 혼자 보내게 되었다.

그런데 주말이 문제다. 주중에는 일을 하느라 외로움이 덜

했는데, 주말에는 허전함을 피할 길이 없다. 세상이 온통 망사같이 허술하고 쓸쓸했다. 시간도 너무 많이 남았다. 친동생, 친구, 지인 등 주변 사람들에게 전화해 시간을 보냈지만 그래도 시간은 쉽게 가지 않았다.

지루한 마음으로 침대에서 뒹굴뒹굴하던 우정은 문득 혜주를 떠올렸다. 혜주는 회사 일로 어려움을 겪을 때마다 늘 차분히 가르쳐주고 바른길을 안내해 주던 선배였다. 그녀에게 상담을 해보면 어떨까. 월요일에 출근하면 조언을 들어보는 것도 나쁘지 않을 것 같았다.

혜주의 따뜻한 얼굴을 생각하며 마음이 조금 편해지던 우정은 갑자기 소리를 질렀다.

"맞다!!"

그녀의 컴퓨터 모니터에서 본 전화번호가 생각난 것이었다. 0770-9876-1234. 중간 숫자의 배열이 거꾸로였을 뿐 순서 대로여서, 한 번 눈여겨보는 것만으로도 금방 외워졌던 번호였다. '첫사랑 A/S 상담소'라는 이름도 잊기 어려워서 단박에 기억났다. 그것을 처음 봤을 때는 혜주가 웹 소설을 쓰기 위해 만들어 낸 번호라고 확신했지만 지금 정우와 헤어질 위기에 놓여 있자니 진짜 이런 곳이 있으면 얼마나 좋을까 싶었다.

우정은 휴대폰을 만지작거리다가 의미 없이 그냥 전화번

호를 눌렀다. 생각에 잠긴 채 종이에 낙서를 끄적이는 움직임 같은 것. 그냥 부질없이 어디라도 기대보고 싶은 마음이었다. 그런데 통화음이 들렸다. 놀란 마음에, 우정은 전화를 끊으려고 했다. 그런데 벌써 휴대폰 너머에서 소리가 들리고 있었다.

네, 첫사랑 A/S 상담소입니다.

엄마야…. 이게 무슨 일이래? 놀란 우정은 입도 벙긋 못 하고 휴대폰만 잡고 있었다. 반면 머리는 바쁘게 상황 파악에 들어갔다. 아…. 이거 무슨 게임 같은 건가 보다. 전화로 하는 신종 게임. 혜주 언니가 신기해서 메모해 놓은 거 아닐까? 아니면…. 그래 맞다. 우리 곧 워크숍이 있는 데 거기 가서 할 단체게임인가 보다. 첫사랑이라니 단체게임 치고는 안 어울리지만.

우정이 머릿속으로 퍼즐을 맞추느라 분주한데, 저쪽 상대가 먼저 말을 걸어왔다.

안녕하십니까? 27세 한우정 님. 31세 고정우 님과 4개월째 연애 중이신데, 첫사랑이시네요. 이 첫사랑을 A/S 하고 싶으신가요?

우정은 정신이 없는 가운데 겨우 한 마디를 뱉었다.

"혜주 언니예요? 장난치는 거죠?"

그녀는 혜주가 이미 자신의 연애를 다 알고 있는 거로 생각했다. 숨긴다고 숨겼지만 같은 건물 아래 있으니 자기도 모르게 들켰나 싶었다. 하지만 휴대폰 너머의 소리는 분명한 기계음이었다.

저는 조혜주 님이 아닙니다. 여기는 첫사랑 A/S 상담소입니다.

혼란스러운 우정에게, AI는 차분히 상황을 설명했다. 누구나 연결되는 곳은 아니며, 첫사랑의 부족한 부분을 고쳐준다는 말들이 이어지자, 우정도 서서히 자신이 처한 현실을 받아들였다. 꿈속인 것처럼 희미한 기분이었지만 그럭저럭 대화를 이어갈 수는 있었다.

"제 그럼 제 사랑도 수리해 주실 수 있어요? 저 요즘 너무 힘들거든요."

우정의 목소리는 간절했다.

음.... 그런데....

우정의 기대와 달리 AI의 반응은 조금 이상했다.

잠시만요. 조금 기다려 주십시오.

AI는 한참 동안 말이 없었다. 우정은 불길한 느낌에 사로잡혔다. 우린 정말 인연이 아닌 걸까?

그러나 의외의 대답이 들려왔다.

그게 아니고요. 제가 살펴본 결과 두 분의 사랑은 문제가 없습니다. 그래서 A/S를 해드릴 견적이 나오지 않습니다.

"예? 그게 무슨 말씀이세요?"

두 분의 사랑은 지극히 정상적이고 바람직하게 진행되고 있어서 저희가 개입할 필요가 없다는 뜻입니다.

"네? 그럴 리가요. 저희는 하나부터 열까지 정말 사사건건 맞는 게 하나도 없어서 헤어질 걸 고민하고 있단 말이에요."

네, 헤어질 생각을 하고 계신 건 파악했습니다. 하지만 왜 그러시는지 잘 모르겠네요. 다시 말씀드리지만, 두 분은 매우 정상적인 연애를 하고 계십니다.

"아니, 이게 어떻게 정상적인 연애일 수 있어요? 저희는 음식, 음악, 영화, 생활 습관 등등 몽땅 안 맞는다고요. 몽! 땅!"

우정이 '몽땅'이란 단어에 있는 대로 힘을 주었다.

"우리는 진짜 뇌 구조가 완전히 반대예요. 이쪽이 빨간색이면 저쪽은 파란색. 이쪽이 하얀색이면 저쪽은 검은색. 너무너무 피곤해요. 밥도, 둘이 같이 만족스럽게 먹은 적이 없다고요. 한쪽이 맛있다고 하면 다른 한쪽은 억지로 먹는 건데 그게 어떻게 피곤하지 않겠어요."

힘드신 건 알겠습니다. 하지만 두 분에게는 서로 다른 취향이 큰 문제가 되지 않습니다. 오히려 서로를 알아가는 데 흥미진진한 과정이 되기도 하겠네요.

AI의 말에 우정은 연애 초기의 일들이 생각났다. 서로가 신기해서 재미있었지만, 그 시간은 매우 짧았다.

"그게 얼마나 가겠어요. 그런 재미보다는 서로 다른 점이 너무 신경 쓰여서 벌써 이렇게 지치는걸요."

왜 그렇게 조급하십니까? 주변을 둘러보시죠. 다들 짧게는 수년, 길게는 수십 년씩 서로 맞춰가며 삽니다. 두 분은 이제 겨우 4개월이 되셨을 뿐입니다.

"물론 몇 년씩 사귄 사람들에 비하면 짧지만요. 그래도 다른 사람들은 4개월 정도 되면 어느 정도 편한 연애를 할 거예요. 하지만 우린 안 그렇단 말이에요. 정말 하나에서부터 열까지 모두 다 달라서, 뭘 하려고 하면 상대방 눈치부터 본다니까요. 얼마나 살 떨리는데요. 저는 이런 연애 말고 눈빛만 봐도 마음이 통하는 연애를 하고 싶어요."

취향이 그렇게 중요한 문제입니까?

"그럼요. 안 중요한 사람도 있을지 모르지만 저는 중요해요. 다른 나라 사람을 만나서 언어소통이 안 되는 것보다 같은 나라 사람이라 마음대로 얘기할 수 있는 게 좋잖아요. 저한테 취향이란 언어 같은 거란 말이에요."

언어가 다른 사람들도 사랑합니다.

"그렇긴 하지만…. 얼마나 힘들겠어요."

계속해서 열정적으로 자신의 고통을 호소하던 우정은 이제 지친 듯 무거운 목소리를 내었다. AI가 잠시 침묵하더니 말했다.

제가 보기엔 취향 차이를 극복해야 할 대상으로 생각하는 게 문제인 것 같습니다. 극복하면 행복해질 수 있고, 극복 못 하면 행복할 수 없는 장애물쯤으로 생각하니까 더 불편하고 싫어지는 겁니다.

"그럼 어떻게 생각해야 해요?"

안고 간다고 생각하시면 어떨까요? 세상의 모든 커플은 문제를 안고 살아갑니다. 다만 그때그때 문제를 해결하려고 노력하는 것뿐이죠.

세상의 모든 커플이 문제를 안고 살아간다고? 우정은 AI의 말을 조용히 곱씹었다. 그건 맞았다. 자기 부모님을 비롯한 수많은 부부와 커플을 봐왔지만 완벽한 예는 없었다. 비단 남녀 사이뿐 아니라 다른 일도 다 마찬가지였다. 친구 사이에도, 동료 사이에도 언제나 문제가 있지만 그 문제를 잘 해결하면 더 돈독해질 수 있었다.

그런 깨달음이 생기자, 우정은 갑자기 가슴이 따뜻해져 오는 것 같았다. 심장에서 따뜻한 김이 모락모락 나고, 그 온기가 손끝과 발끝에 가서 닿는 느낌도 들었다. 형용할 수 없는 기분이었다.

그런데 문득 우정은 기분이 이상해졌다. 지금 자신이 들은 말은, 주변 사람들에게 조언을 구할 때마다 들었던 말이었다. 그런데 그동안 전혀 공감하지 못하다가, 놀랍게도 AI의 말을 들으니 몹시도 감동적이었다. 마치 입자가 훨씬 고운 말이어서 가슴 속으로 더 깊게 파고드는 것처럼 느껴졌다.

AI가 다시 말했다.

아무튼 두 분 같은 분들은 헤어질 가능성이 거의 없습니다. 진짜 헤어지는 커플은 자신의 취향을 강요할 뿐 상대에게 맞출 생각을 안 하는 사람들입니다.

그 말에 우정은 기남 부부가 생각났다. 집들이에 가서 본 그들의 모습이 꼭 그랬다. 하지만 이런 생각 자체가 악담인 듯 죄스러워서 얼른 생각을 지우고 그들도 문제를 잘 해결하길, 짧게 빌었다.

그러는 동안 AI가 또 말을 걸어왔다.

검토해 보니, 제가 선물을 하나 드릴 수는 있겠습니다.

"선물이요?"

네, 근처에 작은 봉투가 하나 보일 겁니다. 지금 열어보지 마시고 나중에 고정우 씨를 만났을 때 함께 열어보십시오.

AI의 말대로, 앉아있던 침대를 둘러보니 옆쪽에 손바닥만 한 카드 봉투가 하나 놓여 있었다. 우정이 그것을 집어 들었다. 열어보지 말라고 했지만 궁금해서 봉투 뚜껑을 손가락으로 슬쩍 건드려 보았는데, 풀로 붙인 듯 단단히 고정돼 있었다.

"이걸 나중에 정우 오빠랑 열어보라는 말씀이죠?"

그렇습니다. 그것으로 두 분이 같은 생각을 한다는 걸 아실 수 있을 겁니다.

그 말에 우정의 눈이 커졌다.

"우리의 같은 점을 알 수 있게 된다고요?"

그렇습니다. 저의 작은 선물이니 기분 좋게 받아주시고요. 두 분은 헤어질 가능성이 현저히 적으니, 앞으로도 지금처럼 서로 존중하고 사랑하면서 결실을 보시기 바랍니다.

AI가 끝까지 자신과 정우가 헤어질 운명이 아니라고 강조하자, 우정의 기분이 눈에 띄게 좋아졌다. 쉽게 믿기진 않았지만 그래도 자신의 사랑에 이렇게 장밋빛 청사진을 내놓은 건 이 AI가 유일했기 때문에, 그 말을 믿고 싶어졌다. 급격하게 기분이 좋아진 우정은 발설금지 등의 후속 조처에 대한 AI의 설명을 귓등으로 흘리면서 비실비실 웃었다. 그리고 AI가 유난히 친근하게 느껴져서 하고 싶은 말을 참지 못했다.

"세상엔 참…. 믿지 못할 일들이 많이 일어나나 봐요. 세계의 7대 불가사의. 사라진 대륙. 외계인, 이런 거 거짓말 아니라 다 있는 거죠? 그렇죠? 웹소에 나오는 이세계나 평행세계. 이런 것도 다 존재하는 거 맞죠? 그러니까 제가 첫사랑 A/S 상담소를 만났죠. 어디 가서 제가 이런 상담소를 만났다고 하면 누가 믿겠어요? 따순 밥 먹고 헛소리한다고 그러겠죠."

저기 조금 진정을....

AI는 당황스러웠다. 우정이 혹시 계속 이렇게 들떠서는,

전화를 끊자마자 여기저기에 무용담처럼 상담소 이야기를 할 것 같아 걱정스러워졌다.

하하.... 저를 이렇게 당황시키는 고객님은 처음인데.... 아무튼 비밀 유지는 절대적으로 지켜야 한다는 것만 꼭 주지해 주시기 바랍니다. 아시겠죠?

"그럼요. 그럼요…."

진짜 아무 데도 말씀하시면 안 됩니다. 평생 후회하실지 모릅니다.

"알았다니까요. 제가 바본가요?"

우정은 바보가 아니라면서, 실제로는 바보 같은 웃음으로 해롱거렸다. 세상 사람들은 다 모르는 특별한 세계를 경험했다는 즐거움, 아니 그보다는 정우와의 사랑이 문제없다는 기쁨으로 한껏 상기되어 있었다. AI만 '이 철없어 보이는 아가씨가 부주의하게 누군가에게 말을 흘리다 애먼 사랑을 깨뜨리면 어쩌나?' 싶어 진땀을 뺐다.

잠시 뒤, 첫사랑 A/S 상담소와의 전화를 끊은 우정은 고개를 이리저리 돌려 방안을 살펴봤다. 제가 경험한 일이 꿈결 같으면서도 너무나 명확하게 느껴져서 기분이 묘했다. 특히 침대 위의 작은 카드봉투가 방금의 일이 현실이었다는 것을 증명하고 있었다. 통화를 했던 휴대폰을 보니 상담소와의 통화기록은 남아있지 않았지만, 통화를 하느라 휴대폰에 열이 올라 있는 것은 느껴졌다. 방금의 일은 꿈이 아니다. 그러나 그런 것은 다 중요하지 않았다. 지금 해야만 할 중요한 일은 따로 있었다. 그녀는 정우에게 달려갔다.

우중충한 주말을 보내던 정우는 집 앞으로 온다는 우정의 전화를 받고 깜짝 놀라 버스정류장으로 마중을 나갔다. 우정의 목소리가 밝아서 좋은 이야기를 가져오는 걸까 싶었지만, 요 며칠간 우정의 상태를 보아서는 헤어지자는 통보를 하려는 걸 수도 있어 마음이 싱숭생숭했다.

초조한 마음으로 버스정류장을 오가던 그의 눈에 버스 한 대가 들어오고 우정이 내렸다. 그녀는 버스에서 내리자마자 정우의 손을 잡고 뱅글뱅글 돌았다. 정우는 영문을 모르고 함께 강강술래를 돌았다. 걱정하던 것과는 달리 우정이 매우 환하게 웃고 있어서 마음은 놓였다. 한참을 방방 뛰던 우정이 드디어 숨을 골랐다.

"오빠랑 나는 아주 잘 어울리는 커플이고, 그래서 앞으로도 잘 될 거래. 서로 다른 점이 많지만 배려해 가면서 잘 살 수 있을 거래."

"갑자기 무슨 소리야. 누가 그래?"

얼떨떨한 얼굴로 묻는 정우에게 우정이 귀엽게 눈웃음을 쳤다.

"음…. 꿈에서 산신령을 만났다고나 할까?"

다행히 우정은 AI가 말한 비밀 유지 약속을 잊지 않았다. 정우는 여전히 고개를 갸우뚱거렸다.

"그게 무슨 소리야…?"

우정은 정우의 팔에 다정하게 팔짱을 꼈다.

"그냥 내가 깨달음을 좀 얻은 것 같아. 원효대사가 동굴에서 해골 물 먹고 큰 깨달음을 얻듯 문득 취향 차이가 아무 문제도 아니라는 생각이 들었어. 지금처럼 서로 이해하고 조정해 가면 되는데 그냥 내 마음이 자꾸 문제를 부각시켜서 자신을 스스로 괴롭혔던 거지."

"원효대사? 해골물? 얘가 점점 이상한 소릴 하고…. 너 괜찮아?"

정우는 우정의 이마를 짚었다.

"열은 없는데…."

우정이 제 이마에서 정우의 손을 떼어냈다.

"열 같은 거 없어. 그나저나 우리 이거 좀 같이 보자."

그녀가 주머니에서 작은 카드 봉투를 꺼냈다. 첫사랑 A/S 상담소가 준 그것이었다. 단단히 봉해져 있던 것이라 어떻게 열어야 하나 싶었는데, 신기하게도 손톱으로 밀자 뚜껑이 열렸다. 그 안에는 작은 쪽지가 들어있었고, 이렇게 쓰여 있었다.

두 분의 가장 중요한 사람 취향을 알아보겠습니다. 이 질문에 '나'와 '너' 둘 중 하나로 대답해 보십시오. 아침에 눈을 뜨면 가장 보고 싶은 사람이 누구입니까? 힘들 때 가장 생각나는 사람이 누구입니까? 그리고, 당신이 가장 사랑하는 사람은 누구입니까?

우정과 정우가 똑같이 합창했다.

"너! 너! 너!"

정우가 빙긋, 웃었다.

"그러니까 우리는 서로 상대의 취향이다, 이거네. 너는 내 취향, 나는 네 취향."

우정은 감동했다. 사소한 일상의 취향이 다르면 어떤가. 서로가 서로에게 가장 완벽한 사람이라는데. 상담소가 알려주는 소중한 사실 앞에서 그녀는 환하게 웃었다.

"우와! 신난다!"

그리고 혼자서 또 빙글빙글 맴을 돌았다.

그런 우정의 상태가 너무 달떠 보이고, 이 야무진 말장난을 제공한 사람이 누구인지 궁금했지만, 정우는 더 이상 캐묻지 않았다. 어쨌든 우정이 해맑은 얼굴로 두 사람의 미래를 긍정하고 있다. 그거면 됐다. 헤어질 뻔한 위기가 넘어갔고 다시 한번 노력할 기회를 얻었다. 그거면 충분했다.

모처럼의 행복한 데이트를 즐기고 집에 들어와서, 우정은 지난 하루가 신기하기만 했다. 그리고 비로소 혜주 생각이 났다. 첫사랑 A/S 상담소의 번호를 알게 된 건 혜주 때문이었다. 그렇다면 혜주도 상담소를 이용했을 가능성이 높았다. 그녀도 현재 행복한 연애 중이니까. 그리고 컴퓨터에 적어놓았던 문서는 자기 경험이 틀림없어 보였다.

우정은 혜주와 같은 경험을 했다는 게 기분 좋았다. 상담소에 대해 발설하지 말라는 당부만 없었다면 함께 신나게 수다를 떨었을 텐데 아쉬웠다. 그리고 무엇보다 아쉬운 건 고마운 마음을 직접 전할 수 없다는 것이었다. 하지만 직접적으로 전할 수 없으면 간접적으로 전하는 방법이 있다. 그렇게 생각한 우정은 다음날 작은 선물을 준비했다. 이전에 두 사람이 함께 점심을 먹고 근처 화장품 로드샵에 들렀을 때, 혜주가 마음에 들어 하던 향수였다. 물론 마음 같아서야 백화점에서 명품 향수를 집어 오고 싶었으나, 그러면 혜주가 놀랄 것 같아 적당한 선에서 골랐다. 그리고 점심시간이 끝나기 전, 차를 마시며 창밖을 내다보고 있는 혜주에게 선물을 내밀었다.

"대리님. 이거요."

혜주가 얼떨결에 선물을 받아들었다.

"이게 뭐야?"

곱게 포장된 것이 특별한 선물 같았다. 우정이 배시시 웃었다.

“선물이에요. 저번에 로드샵 매장 들렀을 때 이 향수 마음에 든다고 하셨던 거 생각나서 준비했어요. 평소에 대리님이 저한테 너무 잘해주시는데 한 번도 감사 표시를 못 해서요.”

“그걸 기억하고 있었어? 아무튼 고맙긴 한데 좀 놀랍네. 내가 잘해준 것도 딱히 없는데….”

혜주는 여전히 영문을 몰라 어리둥절했다. 우정이 아까보다 수줍게 웃으며 말했다.

“사실 대리님 덕분에 좋은 일이 생겼거든요.”

“좋은 일? 무슨 일?”

혜주는 딱히 떠오르는 기억이 없어 골똘히 미간을 모았다. 우정은 어색하게 웃었다.

“음…. 대리님이 요즘 연애 기운이 좋으시잖아요. 그게 저한테까지 옮겨오는 것 같아요. 사실 저도 만나는 사람이 있는데, 조금 어렵다가 극적으로 좋아졌거든요. 그게 왠지 대리님의 좋은 연애 기운을 받아서 그런 것 같아요.”

우정이 만나는 사람이 있다고 고백해 오자 혜주의 눈이 동그래졌다가 다시 가늘어졌다.

“그래…. 어쩨 수상하다 했더니 남친 생긴 거 맞았네. 언제 만났어? 어떻게 만났어? 근데 왜 어려웠어? 싸웠어?”

우정은 수줍게 웃었다.

"제가 나중에 자세히 알려드릴게요."

"하긴, 지금 회사라 얘기하기 좀 그렇지? 좋아. 내일 점심 때 꼭 얘기해 주는 거다."

"네, 그럴게요. 그럼 저는 외근 다녀오겠습니다."

난데없이 선물을 들이밀고 남자친구가 있다는 고백까지 했더니 민망한 기분이 되었고, 무엇보다 더 있다가는 자기도 모르게 상담소 얘기를 할 것 같아서, 우정은 급히 자리를 떴다. 그리고 복도로 걸음을 옮기며 생각했다.

'어휴. 그냥 입이 간질간질해 죽겠네. 상담소 얘기가 목구멍까지 나왔다 들어갔어. 근데..'

신나게 걸어가던 우정이 갑자기 멈칫했다. 이상하게 머릿속이 하얘진 것 같았다. 조금 전까지 하고 있던 생각이 떠오르지 않았다. 그녀는 두 눈을 끔벅거리며 장승처럼 서 있었다.

'내가 조 대리님한테 무슨 말이 하고 싶었던 거지? 어? 이상하다. 분명히 하고 싶은 말을 참았는데…. 엄청나게 참았는데…. 화장실 참은 것처럼 진짜 배에 있는 힘을 주고 참았는데….'

우정은 제 자리에 꼼짝하지 않고 서서 고개만 갸웃거렸다. 그러나 아무리 생각해도 혜주에게 하고 싶었던 말이 생각나지 않았다. 우정은 홀린 듯이 다시 뒤를 돌아 혜주를 찾아갔다. 혜주는 혼이 빠진 얼굴로 다시 돌아오는 우정을 보고 의아해서 물었다.

"왜? 무슨 일 있어?"

우정이 대답 대신 흐릿한 눈으로 물었다.

"대리님. 제가 조금 전에 선물 드리면서 뭐라고 했어요?"

조금 전 일을 물어보다니. 평소에도 가끔 엉뚱하지만, 오늘도 그렇네. 실소가 나왔지만, 혜주는 일단 대답을 해주었다.

"나 때문에 좋은 연애 기운 받은 것 같아 고마워서 로드샵에서 내가 마음에 들어 하는 향수 골라봤다고."

"연애 기운이요?"

"응. 남친하고 어려웠는데 나한테 좋은 기운 받아서 좋아졌다고 했잖아. 기억 안 나?"

"그러게요. 왜 방금 전 한 말이 생각 안 날까요? 뭔가 갑자기 중요한 기억을 잃어버린 기분이 드네요."

"뭐야…. 어디 아픈 거 아냐?"

혜주가 걱정스러운 얼굴을 하자 우정은 다시 밝게 웃었다.

"좀 피곤한가 봐요. 헤헤. 이상하게 바보 된 기분이네요. 안 되겠어요. 가서 커피라도 진하게 타 먹고 정신 차려야지."

우정은 부리나케 탕비실로 갔다. 그러고는 커피 믹스 두 봉을 타서 들이켰다. 하지만 그래도 멍한 기분이 가라앉지 않았다. 또한 혜주에게 하고 싶었던 말도 생각나지 않았다.

게다가 잠시 후 탕비실에서 나올 때는 혜주에게 하고 싶은 말이 있었다는 사실도 모조리 잊어버렸다. 우정은 새로 부팅된 컴퓨터처럼 지난 기억을 모두 까먹었다.

한편 혜주는 우정이 주고 간 숙제를 풀고 있었다.

"촉이 간질간질한데…. 뭐지?"

영혼을 도둑맞은 듯 멍한 우정의 얼굴이, 그녀에게 범상치 않은 일이 일어났다는 걸 말해주고 있었다. 성긴 망으로 깨알을 훑듯 잡히지 않는 뭔가를 잡으려고 애쓰다가, 문득 혜주의 눈이 커졌다.

'그래. 기억을 잃은 것 같다고 했지. 그게 흔한 일은 아닌데…. 내가 아는 범위에서 그건 첫사랑 A/S 상담소랑 관계가 있는데…. 그렇다면 우정이도 상담을 받은 건가? 그럴 수 있겠다. 남친이랑 어렵다가 다시 좋아졌다는 것도 수상하잖아.'

그러고 보니 떠오르는 것이 더 있었다. 회의실 공사를 위해 인테리어업체로부터 받은 견적서를 대표에게 보고하러 갔던 때. 혜주는 분명 여러 견적서를 모니터에 띄워놓고 갔다. 그런데 다녀오니 깨끗하게 문서들이 닫혀 있었다. 어찌 된 일일까 궁금해서 우정에게 물어봤더니, 다른 사람이 볼 것 같아 자신이 정리했다고 말했다. 그래서 고맙다는 인사로 마무리했는데, 지금 와서 생각해 보니 그 당시 모니터에 띄워져 있었던 건 견적서 문서만이 아니었다. 첫사랑 A/S 상담소에 대해 찔끔찔끔 적어놓았던 문서. 그것도 함께 띄워져 있었다.

'그렇구나. 우정이가 그것도 봤어. 그리고 전화했고, 상담을 받은 뒤 기억을 잃은 거야. 그래서 나한테 고맙다고 한 거였어. 어머. 깜찍한 우리 우정이 좀 봐. 표시도 안 내고 연애를 한 데다 상담까지 했어!'

감쪽같이 속았다는 생각이 들긴 했지만, 기분은 나쁘지 않았다. 우정에게 좋은 선물을 한 것 같아 흐뭇하기만 했다. 혜주의 얼굴에 미소가 커다랗게 번져나갔다.

# 6

# 첫사랑 A/S 상담소의 제안

첫사랑 A/S 상담소 본사와 이번 상담에 대한 평가를 진행 중인 AI는 우정을 떠올리며 웃었다.

기억이 빨리 지워져서 다행이었습니다. 한우정 씨가 우리 상담소에 대해 발설할까봐 무척 조마조마했거든요.

저도 그랬습니다. 럭비공처럼 어디로 튈지 모르겠더군요. 급한 성격인 것 같기도 하고요. 그래서 조급하게 서로가 잘 안 맞는다고 판단하고 사랑을 포기할 생각을 한 것 같아요.

네, 그런 것 같습니다. 하지만 밝은 성격이라, 앞으로는 자기 사랑을 긍정적으로 잘 가꿔갈 수 있을 것 같습니다.

그러길 바라야죠. 아무튼 잘 마무리가 되었으니 상담 평가는 이렇게 정리하겠습니다. 그리고 본사에서 조혜주 씨 건에 관한 결정을 내렸습니다. 이제 전화를 걸어 제안을 해보시죠.

정말요?

네, 우리는 또 한 분의 훌륭한 상담사가 탄생할 거라 믿고 있습니다.

알겠습니다. 제가 꼭 연결해 보겠습니다.

기쁨에 겨운 AI의 목소리 뒤로, 삑, 하는 기계음이 둘의 대화가 종료되었음을 알렸다. 그리고 AI는 곧바로 혜주의 전화번호를 눌렀다.

그때 혜주는 여유로운 토요일 아침을 보내고 있었다. 쉴 틈 없이 바쁜 업무가 이어지느라 지난 일주일간 제대로 휴식을 취하지 못했는데, 오늘은 모처럼 늦잠을 자고 일어나 기분이 상쾌했다. 배가 고파 식빵을 하나 토스터에 넣어놓고 커피를 내리는데 휴대폰이 울렸다. 첫사랑 A/S 상담소였다.

"어? 또 무슨 일이지?"

그녀는 잠시 휴대폰에 떠올라있는 전화번호를 바라보았다. 문득 새봄과 현기, 우정에 이르기까지 많은 사람의 사랑이 이뤄지고, 그들이 모두 기억을 잃는 동안 자신의 기억은 여전히 생생하게 살아있는 게 낯설게 느껴졌다.

지금쯤이면 이 번호는 까맣게 잊혀서 '토요일 아침에도 스팸을 보내냐?'고 화를 내며 통화 거절 버튼을 눌러야 할 것 같은데 말이다.

'진짜 신기한 일이란 말이야.'

혜주는 중얼거리며 통화버튼을 눌렀다. 어쨌거나 첫사랑 A/S 상담소는 고마운 곳이고, 언제라도 통화가 되면 반가운

곳이어서 혜주의 목소리는 활기찼다.

"안녕하세요?"

안녕하십니까? 잘 지내셨나요?

"그럼요. 잘 지냈죠. 상담사님도…."

혜주는 '상담사님도 잘 지냈냐'고 물어보려다 주춤했다. AI에게 안부를 묻는다는 게 좀 이상했다. 하지만 AI는 혜주의 말뜻을 금방 알아듣고 사람처럼 대답을 해왔다.

저도 잘 지냈습니다. 그런데 그동안 참 많은 일을 하셨더군요.

"많은…. 일이요?"

아…. 그제야 혜주는 제 입장이 떳떳하지 못하다는 것을 깨달았다. 현기에게는 상담소의 전화번호를 슬쩍 노출했고, 우정에게는 본의 아니게 기록을 보여주고 말았다. AI가 이를 다 알고 질책을 해오는 것 같았다. 그녀가 서둘러 변명했다.

"하하…. 제가 작정을 하고 그런 건 아니고요…. 그게…. 어떻게 된 거냐면. 그냥…. 좀…."

하지만 미처 준비하지 못했기에 변명할 거리가 생각나지 않았다. 그녀가 당황한 채 말을 더듬는 동안, AI는 다시 말을 건네 왔다.

어쩌면 그렇게 한결같이 남의 사랑에 진심인지 대단합니다.

AI의 뉘앙스가 어째 자신을 힐난하는 것 같지 않았다. 혜주는 슬쩍 마음이 놓였다.

"사랑하는 일은 좋은 거잖아요. 그래서 저는 세상의 모든 사랑이 다 이뤄졌으면 좋겠어요."

맞습니다. 저도 그렇게 생각하고요. 그래서 조혜주 님께 제안을 하나 할까 합니다.

"제안이요?"

혜주의 귀가 갑자기 솔깃해졌다. 현기와 우정의 일로 경고를 받을 줄 알았는데 제안이라니?

조혜주 님께 저희 첫사랑 A/S 상담소의 상담사가 되어주십사 제안합니다. 사실 저는 AI가 아닙니다. 조혜주 님과 같은 사람이고 조혜주 님처럼 상담받고 행복한 첫사랑을 이뤘습니다. 그리고 저도 제의를 받았습니다. 첫사랑 A/S 상담소에서 일해보지 않겠냐고요. 그렇게 일을 한 지 3년이 넘었네요. 현재 상담소에는 저 같은 상담사가 일곱 명 있고요. 더욱 원활한 상담을 위해 상담사 확충 작업을 진행 중입니다.

"말도 안 돼."

이건 또 무슨 꿈인가 싶어 혜주가 제 머리를 콩 때렸다. 하지만 때려놓고 보니 너무 아파서 '아이고' 소리가 나왔다. AI, 아니 이제는 '상담사'라고 불러야 할 저쪽의 존재가 소리 내 웃었다.

후후. 저도 처음엔 조혜주 님처럼 똑같이 제 머리를 때렸습니다. 그때 생각이 나네요.

"지, 지금…. 웃으셨네요."

어느새 기계적인 리듬에서 완전히 벗어난 여자의 목소리가, 혜주는 여전히 믿을 수 없었다. 하지만 휴대폰 너머의 존재는 훨씬 자연스럽게 말했다.

네, 전 사람이니까 웃을 줄 압니다. 그동안 기계인 척 한 건 상담소의 방침 때문이었고요. 기계음은 휴대폰에 걸려있는 이펙터 프로그램 때문입니다. 이제 이펙터를 해제해 보겠습니다. 어떠신가요? 이게 제 목소리입니다.

차분하고 울림 좋은 목소리가 흘러나왔다. 아…. 그런 거였구나. 이제야 상황이 조금 파악된 혜주는 조용히 귀를 기울여 설명을 들었다.

상담사가 되면 상담소가 제공하는 전용 휴대폰 앱을 설치해야 하는데, 이를 통해 고객의 전화를 받고 첫사랑 정보 등을 얻을 수 있다. 상담사가 할 일은 앱에서 주는 정보와 지침을 순발력 있게 파악해 고객에게 적용하면 되는 것이다. 또한 상담 시간은 상담사가 편한 시간 아무 때나 가능하며, 전화를 받는 동안은 필요에 따라 시간이 정지될 수도 있으니, 사회생활에 불편함은 없게 된다. 다만 일에 대한 보수는 전혀 없었다.

순수하게 다른 이의 첫사랑을 이뤄준다는 보람만으로 일해야 한다는 게 약간의 어려움이기는 하죠.

상담사는 보수에 대해 얘기하며 미안한 목소리였다. 하지만 혜주는 고개를 저었다.

"보수가 문제가 아니라…. 저는 다른 게 두렵네요. 다른 사람의 사랑이 제 손에 달린다는 게 너무 부담스러워요."

자신이 잘못하면 누군가 첫사랑을 잃을 수 있다는 생각이 들자, 겁이 덜컥 난 것이다. 하지만 상담사는 문제없다는 듯 말했다.

아까 제가 앱에서 제공하는 정보를 순발력 있게 적용해야 한다는 말씀을 드렸죠? 이 순발력이 바로 상담사를 선정하는 가장 큰 기준인데요. 조혜주 님처럼 사람들의 사랑에 관심이 많고 세상의 모든 사랑을 응원하는 사람이 아니면 기준을 통과하지 못합니다.

"그런가요?"

그렇습니다. 상담소에서는 상담사의 적합도도 분석해 주는데, 제 적합도는 88점입니다. 조혜주 님은 몇 점인 줄 아시나요? 92점입니다. 누가 뭐래도 조혜주 님은 훌륭한 상담사가 될 겁니다.

"제가 92점이나 된다고요? 그게 감사하기는 한데…. 저는 아무래도…."

혜주는 계속 소극적이었다. 그래도 상담사는 지치지 않고 계속 설득을 해왔다.

그럼 이런 얘기는 어떨까요? 우리 상담소에 의뢰해 왔던 다른 고객들은 모두 빠르게 기억을 잊었습니다. 조혜주 님만 오래 기억이 있었던 이유는 무엇이었을 것 같습니까?

"설마…. 저를 처음부터…."

맞습니다. 상담소는 애초에 조혜주 님을 상담자 후보로 내정하고 있었습니다. 그래서 다른 사람에게서는 빠르게 회수해 갔던 기억을 오롯이 남겨드린 겁니다.

혜주는 놀라서 숨을 짧게 들이쉬어 멈췄다. 상담소가 처음부터 그렇게 큰 그림을 그리고 있을 줄은 짐작 못 했다. 그리고 자신이 상담사의 조건에 그렇게 크게 부합한다는 것도 의외였다. 그녀는 찬찬히 마음을 가라앉혔다.

물론 그녀는 언제나 사람들의 사랑이 순조롭게 이뤄지길 바랐다. 사랑하는 사람들의 따뜻한 마음은 세상을 환하게 밝힌다. 그러니 누군가의 사랑을 이뤄주기 위해 격려하고 응원하는 것에 언제나 진심이었다. 그런 태도를 높이 평가한 거라면 자신도 자격이 있다고 생각되었다.

하지만 그녀는 이곳에서 다루는 게 '첫사랑'이라는 점이 부담스러웠다. 첫사랑은 꽃잎 위에 앉은 작은 물방울처럼 조심스럽게 다뤄야 할 것 같았다. 조금만 잘못해도 흩어져 버리거나 깨져버려서 다시는 원래대로 돌이키지 못할 텐데, 그런 첫사랑에 자신이 큰 영향력을 행사하게 된다는 게 아무리 생각해도 두려웠다.

혜주는 고심 끝에 답을 내렸다.

"죄송해요. 저는 아무래도 자신이 없어요."

혜주의 거절에 상담사는 낙심한 목소리가 되었다.

이렇게 적합한 분이 상담사를 하지 않으면 세상에 이 일을 할 사람이 없어요.

"그래도…. 전…. 못할 것 같아요. 죄송해요."

혜주가 거듭 거절하자 상담사는 조용히 한숨을 쉬었다. 하지만 그녀는 완전히 포기하지는 않았다.

좋습니다. 그러면 생각할 시간을 좀 더 드리겠습니다. 일주일 후에 전화를 드리죠. 그때까지 생각해 보시기 바랍니다.

그녀의 목소리가 너무 간곡해서, 혜주는 차마 거절하지 못했다.

"그럼 한번 심사숙고 해볼게요."

저희가 원하는 대답을 듣길 기대하고 있겠습니다.

상담사는 끝까지 희망을 놓지 않겠다는 듯 강조해 말하며 전화를 끊었다.

잠시 후 휴대폰을 내려놓은 혜주는 여전히 얼떨떨한 기분이었다. 상담사가 사람이라니. 그리고 내가 그 상담사가 되는 제안을 받다니. 첫사랑 A/S 상담소에 처음 연결되었을 때처럼 믿기 어려웠다.

자신을 좋게 보아주는 상담소가 고맙기도 했다. 하지만 아무리 생각해도 누군가의 사랑에 깊이 개입한다는 건 부담스러웠다. 가끔은 첫사랑 A/S 상담소의 일이 매우 보람 있어 보이기도 했지만, 자신이 할 수 있는 일은 아닌 것 같았다. 그녀는 고장 난 인형처럼 계속 고개를 저었다.

한편 상담사는 혜주 건으로 본사와 상담 중이었다.

일단 일주일의 시간을 주었는데요. 혹시 일주일 뒤에도 거절하려고 하면 제 정체를 밝혀도 될까요?

음.... 그러면 우리가 원하는 대답을 얻을 수 있을까요?

가능성이 좀 더 있을 것 같아요.

좋습니다. 그러면 그렇게 하십시오. 저도 조혜주 씨가 우리 팀이 되면 참 좋겠습니다.

감사합니다. 거절해도 제가 최대한 설득해 보겠습니다.

네, 수고해 주십시오.

전화를 끊은 상담사는 슬며시 혼자 웃었다. 제 정체를 알면 놀랄게 틀림없는 혜주의 표정이 그려져서였다.

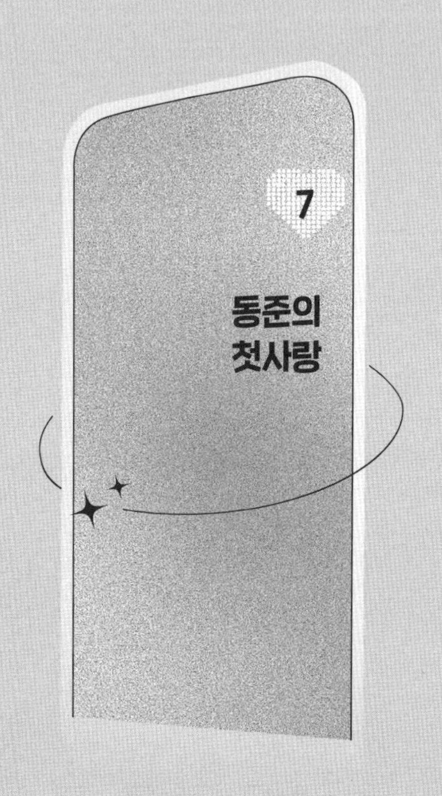

# 7 동준의 첫사랑

우아한 클래식 선율이 흐르는 고급스러운 레스토랑. 혜주와 동준은 미숙을 만나고 있었다. 혜주는 중학교 1학년 때 교통사고로 엄마를 여의었다. 세상이 모두 끝난 것 같던 시절, 그녀를 따뜻하게 보듬어 안아주었던 선생님이 바로 미숙이었다.

담임이었던 미숙은 학교에서 세심하게 혜주를 살피는 것에 그치지 않고 주말에도 그녀를 집으로 불러 음식을 해먹이곤 했다. 덕분에 혜주는 엄마의 빈자리를 크게 느끼지 않고 사춘기를 지날 수 있었다.

그렇게 이어진 인연은 그 뒤로도 계속되었다. 혜주가 고등학교에 진학하고, 미숙이 임신과 동시에 퇴직을 한 뒤에도 그들은 서로 연락하며 가깝게 지냈다. 그 때문에 혜주는 누구보다 미숙에게 동준을 소개하고 싶었다.

그런데 함께 보자고 했던 선생님의 남편, 재성이 오지 않았다. 미숙의 집에 들락거리면서 그의 남편과 아들도 모두 잘 아는 사이라 함께 대접하고 싶었는데 말이다.

"김 사장님이랑 같이 나오시라니까 왜 혼자 오셨어요?"

미숙은 뚱하게 대답했다.

"뭘 그 사람까지 챙겨. 귀찮게 그럴 필요 없어."

"왜요…. 제 남자친구가 정식으로 인사드리려는 자린데요."

"네, 저도 김 사장님 뵙고 싶었습니다."

혜주의 말 뒤에 동준도 살갑게 동의의 말을 붙였지만, 미숙의 표정은 여전히 편하지 않았다.

"내가 오늘 만나는 거 얘기 안 했어. 괜히 따분한 훈계 같은 거나 해서 재미없는 자리 만들까봐. 혜주 남자친구한테 안 좋은 인상 남길 거 뭐 있어. 그냥 우리 남편은 나중에 봐."

두 분이 다투셨나…. 혜주가 미숙의 불편한 기색을 눈치채고 더 이상 묻는 걸 자제했다.

"알겠어요. 그러면 우리 뭐 먹을까요? 여기 스테이크 좋아요."

혜주가 화제를 음식으로 돌리자, 미숙이 비로소 미소를 보였다.

"그래? 그러면 그거 먹어야지. 아유…. 내가 우리 혜주가 서른이 넘었는데도 남자친구가 없어서 걱정이 많았는데, 이렇게 멋진 남자친구를 데리고 올 줄이야. 진짜 너무너무 좋다. 밥 안 먹어도 배부르겠어."

미숙은 흐뭇한 얼굴로 동준을 보았다. 동준은 부끄러운 듯 웃었다. 혜주의 아버지께는 일찌감치 좋은 점수를 받아두었지만, 어머니나 마찬가지인 미숙에게는 어떨지 싶어 긴장했던 마음이 스르르 풀어졌다.

이후 세 사람은 맛있게 식사하고 즐겁게 대화를 나누었다. 미숙은 동준의 모든 것이 다 마음에 든다는 듯 애정 어린 눈길로 바라보았고 덕분에 훈훈한 자리가 완성되었다.

"정 선생님이 좋아해 주셔서 한시름 놓았다. 그런데 남편분을 못 뵈어서 섭섭하네."

미숙과 헤어진 직후 동준이 말했다. 혜주는 걱정스러운 얼굴이 되었다.

"아무래도 두 분 냉전 중이신 것 같아. 원래 사이가 좋진 않으신데 어째 더 안 좋아지신 것 같네. 그런데 참 안타까워. 두 분도 서로 사랑해서 결혼하셨는데, 시간이 지나면서 왜 저렇게 사이가 안 좋아지셨을까? 선생님 부부뿐 아니라 중년 부부들 보면 대부분 다 그런 것도 이해하기 어렵더라."

"그러게 말야. 우린 그러지 말고 평생 지금처럼 사이 좋았으면 좋겠다."

"맞아. 우린 꼭 그렇게 살자."

두 사람은 약속을 다짐하듯 잡은 손에 힘을 주었다.

그리고 그들은 다음 일정을 수행하러 갔다. 오늘은 바쁜 날이다. 동준의 대학 때 친구들을 저녁에 만나기로 했다. 아까와는 달리 이번에는 혜주가 긴장했다. 그의 친구들을 가끔 보기는 했지만 짧은 만남이었고, 오늘은 다섯 명이나 되는 친구들과 긴 술자리가 예정되어 있었다.

잠시 후 그들은 멕시칸 레스토랑에서 친구들과 이야기꽃을 피웠다. 격식 없는 식당 분위기와 서글서글한 성격의 친구들 덕분에 혜주의 긴장감은 금세 누그러졌다. 모두 즐겁게 대화를 이어갔다.

"두 사람 진짜 잘 어울려요."

"잘 어울리긴 뭐가 잘 어울려. 혜주 씨가 아깝지."

"왜? 우리 동준이가 어때서! 일벌레인 거 빼면 아주 괜찮지."

"바보야. 그게 문제인 거잖아. 연애라는 게 뭐냐? 같이 노는 거야. 그런데 동준이는 일하느라 같이 노는 시간이 부족하다 이거지."

"아니, 혜주 씨가 괜찮다는데 왜 네가 야단이야."

"다들 뭘 모르는구먼. 동준이가 혜주 씨 만나고 사람 됐다고. 얘, 이제 예전처럼 일 많이 안 해."

"진짜? 정말이야?"

사실 혜주는 별로 말할 틈이 없었다. 티키타카가 잘 맞는 친구들이라 잠시도 쉴 틈 없이 대화가 오고 갔기 때문이다.

혜주는 동준에게 화장실에 가겠다는 눈짓을 한 뒤 자리에서 일어섰다. 맥주를 연거푸 마셨더니 얼굴이 달아올라 조금 식혀야 할 것 같았다. 화장실에서 찬물에 식힌 손으로 얼굴의 열감을 좀 달래고 화장까지 고치자, 기분도 훨씬 산뜻해졌다. 자, 이제 다시 대화에 끼어볼까? 즐거운 마음으로 자리로 돌아오는데 코너에 서자 동준 친구들의 대화가 들렸다.

"야, 이동준. 너 오 선배 소식 들었어?"

"오 선배?"

"그래. 오연희 선배. 너는 그렇게 쫓아다녀 놓고 '오 선배' 라고 그러면 딱 알아들어야지 뭐냐?"

낯선 여자 이름 뒤로 낯선 이야기가 이어지자, 혜주의 발걸음이 멈췄다. 그녀는 본능적으로 코너 뒤에 몸을 밀착했다. 동준과 친구들은 계속 대화를 이어갔다.

"그게 언제 적 일인데…. 그리고 내가 뭘 그렇게 쫓아다녔다고 그래…."

"어라? 옛날 일이라고 오리발이네. 울고불고 야단칠 땐 언제고…."

"야, 그건 철모르는 1학년 때였잖아. 그때 정석이 너도 도연이 때문에 울고불고 안 했어?"

"내가 언제!!"

"시끄럽고. 오 선배가 왜?"

"오 선배가 동창회도 안 나오고 연락이 완전히 끊겼잖아. 그런데 남편이랑 사별하고 아들 하나 키우면서 상봉사거리에서 휴대폰 대리점을 한다더라."

"정말?"

"강우가 그 대리점에 들어갔다가 오 선배를 만나서 직접 들었대. 나도 그 소식 듣고 완전 깜짝 놀랐어."

"그래…."

잠시 동준과 친구들 사이에 침묵이 흘렀다. 친구 하나가 동준의 팔을 툭 쳤다.

"첫사랑이 그렇게 돼서 안타깝냐?"

동준은 선뜻 대답하지 못하고 생각에 잠겼다. 그러더니 이내 씩, 웃었다.

"아니. 오 선배는 씩씩한 사람이라 그래도 잘 지낼 것 같아. 학교 다닐 때도 당차고 멋있어서 내가 좋아한 거잖아."

"하긴 그래. 그 선배가 좀 시원시원했지."

"시원시원하기로는 태화 선배가 최고였지."

"맞아. 태화 선배는 진짜 여장부였어."

대화는 금세 다른 이야기로 넘어가 왁자해졌다. 혜주는 여전히 벽에 붙어 동준의 표정을 상상했다. 그의 목소리가 들리지 않는 걸로 봐서, 그는 여전히 오 선배에게 벗어나지 못한 것 같았다.

'첫사랑이 연상이었단 말이지? 게다가 울고불고하면서 쫓아다녔다고? 정말 모두 의외네.'

동준의 비밀스러운 역사에 왠지 기분이 묘했다. 누군가를 알아간다는 건 참 끝이 없구나 싶었다.

하지만 기분이 나쁘지는 않았다. 첫사랑을 이루는 것도 좋은 일이지만 여러 번의 사랑을 거쳐 성숙해지는 것도 좋은 일이다. 동준이 앞선 사랑을 겪고 성숙해졌기에 자신이 그에게 빠질 수 있었던 것일지 몰랐다. 덕분에 첫사랑을 이루는 행운이 자신에게 돌아온 것일지도.

다만 그의 첫사랑이 사별했다는 사실은 충격적이었다. 자기 마음이 이러면 동준의 마음은 어떨까, 그가 안쓰럽기도 했다.

모임을 끝내고 돌아가는 길. 혜주는 동준에게 자신이 들은 이야기를 하고 싶어 입이 간질거렸다. 하지만 끝내 말을 꺼내지는 못했다. 왠지 동준의 첫사랑을 지켜주고 싶었다. 대신 그의 어깨가 조금 처진 것 같아서 말없이 어깨를 두드려

주었다. 또한 동준의 첫사랑 그녀가 다시금 새로운 사랑과 행복을 찾을 수 있길 빌었다.

그리고 문득 '모든 사랑은 첫사랑'이라는 말이 떠올랐다. 사랑하는 사람들은 모두 서로에게 처음일 수밖에 없다. 다른 사랑의 경험이 있더라도, 지금 곁에 있는 사람과는 처음일 수밖에 없다. 그러니 누가 누구를 만나서 사랑하더라도 그것은 첫 번째 사랑일 것이다.

처음 눈 뜬 사랑이 아니어도 모든 사랑이 첫사랑이라고 생각하니, 혜주는 세상이 더 아름답게 느껴지고 사랑이 더 소중해지는 것 같았다. 그래서 첫사랑뿐 아니라 세상의 모든 사랑이 다 행복하게 이루어지길 기원했다. 그리고 조용히 혼잣말했다.

"오연희 씨에게도 다시 첫사랑이 찾아오길 바라요."

8
미숙의
첫사랑

다음날 혜주는 근무 시간에 미숙의 전화를 받았다. 어제 동준과의 만남 이후, 잘 들어가셨는지 확인까지 하고 마무리를 했는데 또 무슨 일일까. 게다가 급한 일이 아니면 업무시간에는 전화하지 않는 미숙이라 혜주는 조금 놀라며 통화버튼을 눌렀다.

"네. 선생님."

...혜주야.

그녀의 목소리는 떨리고 있었다. 혜주는 직감적으로 그녀에게 큰 일이 생긴 걸 알았다.

"선생님! 무슨 일 있어요?"

혜주야.. 나.... 이혼할까 봐.

"네에? 뭐라고요?"

다짜고짜 이혼이라니. 혜주는 제가 잘못 들었나 싶었다.

나 이혼하고 싶어.

미숙의 목소리는 계속 떨렸지만, 그 안에서 단호함이 느껴졌다. 혜주는 말을 잇지 못했다. 요즘 아무리 이혼이 흔하다지만 선생님의 입에서 이혼 얘기가 나올 줄은 몰랐다. 두 분의 사이가 안 좋은 건 알고 있었지만, 오랫동안 비슷한 상태였다. 이혼 이야기가 나올만한 전조증상 같은 것도 듣지 못했다. 혜주는 너무 황당했다. 그녀는 저녁에 집으로 찾아가겠다며 일단 미숙을 달랬다.

무슨 정신으로 회사 일을 했는지 모를 시간이 지나고, 혜주는 퇴근 후 미숙의 집을 찾았다. 거실에서 마주 앉은 미숙의 얼굴에는 그늘이 가득했다.

"도대체 무슨 일이세요?"

혜주가 조용히 묻자, 미숙이 주저하며 입을 열었다.

"김 사장하고는 도저히 못 살 것 같아."

"두 분이 다투셨어요?"

"아니."

"그럼 무슨 일이에요? 말씀해 주세요. 저 이 이야기 못 들으면 오늘 잠 못 자요. 내일 회사 출근해서도 일 못할 것 같아요. 그러니까 솔직하게 다 말씀해 주세요. 선생님이 이혼하겠다고 하시면 그럴만한 이유가 있는 거잖아요."

혜주가 계속 설득하자 미숙은 그제야 어렵사리 말을 꺼냈다.

"올해 내 나이가 쉰이 되잖니. 그래서 내 생일에 기념으로 같이 해외여행을 가자는 거야. 둘이서만 10박 12일로."

으응? 이게 무슨 소린가? 혜주는 자기 귀를 의심했다.

평소 재성은 기념일을 전혀 챙기지 않았다. 결혼기념일도, 아내의 생일도 까맣게 잊어버린 채 지나갔다. 자기 생일은 스스로 챙겼다. 생일을 맞으면 친한 친구들과 해외 골프 여행을 가곤 했다. 그래서 언제부터인가 미숙도 그런 것에 대해 일절 얘기하지 않았다. 그 집에서는 단지 아들 지승이의 생일만이 기념일이었다.

그런데 그런 그가 아내의 쉰 번째 생일을 챙기겠다는데, 기뻐할 일이 아닌가?

"여행을 가자고 해서 이혼하고 싶다는 거…. 맞아요?"

멍하니 놀란 얼굴을 한 혜주를 보고, 미숙은 한숨을 폭 내쉬었다.

"황당하지? 내가 생각해도 황당한데 너는 오죽하겠니. 하지만 정말 너무너무 가기 싫어. 그 사람이랑 열흘이나 같은 방을 쓰며 붙어있을 걸 생각하니까 숨이 막힌다. 그게 무슨 여행이야. 고문이나 다름없지."

그렇게 말하니 이해가 전혀 가지 않는 건 아니었다. 마음 맞지 않는 사람, 좋아하지 않는 사람과의 여행은 고문일 수 있다. 돈 쓰고, 시간 쓰고, 감정 낭비하고. 그렇게 어리석은 일이 없다. 그러나 상대는 남편이지 않은가. 밉든 곱든 같은 집에서 생활하는 가족이기도 하고.

혜주가 조금 어이없어하며 물었다.

"그래도 남편이고 가족이잖아요. 제일 가까운 사람."

"껍데기만 가까우면 뭘 해. 마음은 제일 먼 데."

미숙이 퉁명하게 내뱉었다. 그 말도 이해는 갔다. 혜주도 그들 부부가 각방을 쓴 지 오래되었다는 것을 알고 있었다. 중학교 2학년인 지승이에게 무슨 일이 생기면 그에 대한 의논만 잠깐 하는 것이 그들 대화의 전부였다. 그러니까 무늬만 부부고 가족이었지 사실상 남이나 다름없었다. 하지만 그래도 완벽히 납득되지는 않았다. 여행이 싫을 정도라면 그동안 어떻게 한집에 사셨을까.

그런데 혜주의 생각을 짐작한다는 듯, 미숙이 비장한 표정으로 말했다.

"너는 내가 어떻게 살았는지 모르니까 이해하기 힘들 거야. 창피하지만 이제 너한테만은 내 속 얘기를 하고 싶구나. 내 얘기 좀 들어볼래?"

그렇게 미숙의 이야기가 시작되었다.

2008년 순우중학교 기간제 사회 교사였던 정미숙은 서른

넷의 나이에 김재성을 만났다. 딱히 결혼 생각이 없었지만, 암으로 투병 중인 어머니의 소원이 그녀의 결혼이었기에 마음을 달리 먹었다.

미숙보다 아홉 살이 연상이었던 재성은, 규모는 작지만 속은 알찬 중소기업 대표의 외아들이었고 그 회사 실장으로 일하던 중이었다. 30대 중반에 파혼한 뒤로 결혼에 뜨뜻미지근했던 재성은 미숙을 마음에 들어 했고 그녀에게 선물 공세를 퍼부었다. 미숙을 만나 비로소 사랑을 알게 되었으며 이전에 했던 사랑은 사랑이 아니라는 말도 스스럼없이 하곤 했다.

그의 말과 행동을 온전히 믿은 건 아니었지만 그래도 자신에게 정성을 보인다고 생각했고, 무엇보다 병환 중인 어머니가 마음에 들어 하시기에, 미숙은 다음 해 결혼했다. 결혼 뒤에는 바로 임신했는데 유산의 조짐이 심했다. 나이도 적지 않았기 때문에 유산을 하면 큰 부담이 될 것이었다. 그 때문에 시댁에서도 친정에서도 학교를 그만두고 아이에게 전념하길 바랐다. 기간제 교사로 몇 년 일하면서 직업에 대한 애정이 떨어져 가던 미숙도 결심이 어렵지 않았다. 그런데 그 때쯤이었다. 재성의 태도가 눈에 띄게 변한 것은.

결혼한 지 1년이 지났을 때, 그녀는 잔뜩 부른 배를 붙잡고 집안일을 하고 있었다. 학교를 그만두고 매일 같이 집안일에 파묻혀 지내다 보니 그녀의 손은 습진에 걸려 울긋불긋해졌다. 하지만 임신 중이라 독한 약을 바를 수도 없어 좀처럼 낫지 않고 있었다.

미숙은 거실에서 신문을 보고 있는 남편에게 투덜댔다.

"습진이 낫질 않아요. 난 아무래도 당신한테 속아서 결혼한 것 같아요. 결혼하면 손에 물 한 방울 묻히지 않겠다더니 이게 뭐예요."

그러자 재성이 무심하게 말했다. 눈은 신문에 고정한 채, 미숙의 손은 쳐다보지도 않았다.

"에그…. 그 말을 믿었어? 사람 참 미련하네…. 결혼 전에야 무슨 말인들 못 해?"

"뭐라고요? 그럼 결혼하려고 거짓말했던 거예요?"

"거짓말이 아니라 다 그렇게 하는 거야. 좋은 미끼를 던져야 고기가 무니까."

미숙의 가슴이 철렁 내려앉았다. 결혼하면 손에 물 한 방울 묻히지 않겠다는 말은 현실 불가능한 이야기여서 애초부터 믿지 않았다. 그러나 적어도 그렇게 해주고 싶은 마음은 있을 것이라고 생각했다.

잡은 고기에 미끼를 주지 않는다는 말 역시 대부분의 남자가 하는 농담인 걸 모르지 않았다. 하지만 고생하는 사람에게 당연하다는 듯 그런 말을 할 수 있을 거라고는 생각 못 했다. 졸지에 미련하게 잡혀버린 물고기가 된 미숙은 가슴에 커다란 구멍이 생겨 찬바람이 새어드는 것 같았다.

그래도 미숙은 자신을 스스로 달랬다. '사랑한다'라는 전제로 했던 결혼이니 조금 더 참고 그를 믿어보려 했다. 말만 그렇게 하지 남편은 자신을 아끼고 있다고, 언젠간 자신의 노고도 알아주리라 생각했다.

하지만 그녀는 머지않아 자신이 재성에게 진짜로 '잡은 고기' 신세였다는 걸 알게 되었다. 사냥해서 내 것이 되면 그것으로 끝이었고, 새로운 관심사는 '집 밖에 있는, 아직 잡지 못한 모든 것'으로 옮겨 간다는 걸 실감했다.

실제로 재성은 곧 다른 고기를 낚았다. 대상은 회사 대표인 아버지의 비서였다. 빈 사무실에서 둘이 부둥켜안고 있는 것을 미숙이 보았고 집안이 발칵 뒤집혔다. 하지만 재성은 당당하게 소리쳤다.

"네가 바람을 피우게 만든 거잖아. 아무리 임신했어도 그렇지. 몸에 손가락 하나 못 대게 하니까 내가 별수 있어?"

그제야 미숙은, 재성이 오로지 육체적인 만족을 위해서만 결혼한 것이 아니었을까 의심했다. 물론 육체적인 결합이 결혼의 큰 목적이기는 하나 그게 전부일 거라는 생각을 못 했기에 그녀는 황망했다.

하지만 이미 뱃속에는 어린 생명이 자라고 있었고, 속상한 마음을 주변에 털어놓아도 '한 번의 실수이니 참고 살라'는 조언이 더 많았다. 이혼을 생각하지 않은 건 아니었지만 직장을 다시 구하기도 어려울 것 같았고, 일을 하며 아이를 키우는 건 더 힘들어 보였다.

어쩔 수 없이 미숙은 꾸역꾸역 참고 살았다. 하지만 재성은 몇 년 뒤 다시 바람을 피웠다. 이번에는 근처에서 작은 맥줏집을 하던 여자였다. 미숙은 도대체 어떤 여자인지 궁금해서 얼굴이라도 보려고 가게를 찾았다.

가기 전에는 머리채라도 잡고 싶었으나 막상 그녀를 보자 손발이 덜덜 떨렸다. 겨우 '나 김재성 씨 안 사람이에요.' 이 한마디를 했다. 그런데 여자는 경기를 일으키며 경찰을 부르겠다고 난리를 쳤다. 미숙을 쫓아내고 문까지 걸어 잠갔다. 황당한 마음으로 돌아와 재성과 마주했는데 그가 오히려 화를 냈다.

"남편도 없이 애 하나 키우면서 혼자 사는 불쌍한 여자한테 꼭 그렇게 함부로 해야 했어? 당신은 집도 있고, 남편도 있고, 애도 있고, 다 가졌으면서, 사람이 인정머리가 그렇게 없어? 그렇게 살면 안 돼!"

그날 들은 말은 너무 어이가 없어서 단 한 글자도 잊히지 않았다. 하지만 그래도 이혼은 못 했다. 재성이 빠르게 그 여자를 정리했고, 눈에 넣어도 안 아플 아들은 아직 어렸다. 그녀는 아이가 다 자랄 때까지 기다리기로 결심했다. 자식을 위해 못 할 일이 무엇인가. 그렇게 생각했다.

그러고 나니 내성이 생겼다. 재성이 벌이는 어지간한 일에는 크게 동요하지 않을 수준의 내공을 갖게 되었다. 여자 문제만 일단락되었을 뿐 재성은 다른 문제를 계속 터뜨렸기 때문에 그 내공은 꽤 빛을 발했다.

일단 시아버지의 건강이 나빠지시자 그가 사업을 이어받았는데 바로 회사가 내리막길로 곤두박질쳤다. 결국은 생활비 한 푼 못 줄 상황이 되어, 미숙이 여기저기 급전을 구하러 다녀야 했다. 그 와중에 주식이며 보증이며, 소소한 도박까지. 하루가 멀다고 속을 썩였다.

집에 돈이 마르자 미숙은 일자리를 구했고, 마침 아는 사람이 가사도우미 일을 소개해 주었다. 하지만 재성은 극렬히 반대했다.

"조금만 기다리면 내가 돈 벌어다 줄 텐데. 나 망신시키려고 일부러 파출부 다니는 거지? 애 하나 키우는 데 무슨 돈이 그렇게 많이 든다고 남의 집에 파출부를 나가? 당장 그만둬!"

미숙은 그 말을 한 귀로 듣고 한 귀로 흘렸다. 붙잡고 말을 섞기도 입이 아플 것 같았다. 그러고는 허리가 휘도록 일을 했다. 아내가 힘든 일을 하러 다니면 백수 재성이 집안일이라도 도왔으면 얼마나 좋았을까. 그는 언제나처럼 손 하나 까딱하지 않았다. 집에 들어오면 아무 데다 옷을 벗어놓는 것은 물론이고, 밥을 먹은 다음에는 식탁 위에 반찬통과 그릇들을 그대로 둔 채 제 몸만 빼내 TV 앞에 누웠다. 잔소리하면 그때뿐이니 어느 때부터인가 잔소리도 하지 않게 되었다. 그리고 몇 년 뒤, 재성의 사업이 조금씩 활기를 띠었다. 그러더니 재성이 다시 돈 봉투를 던져주었다.

"거봐. 내가 기다리라고 했지? 뭐 한다고 그렇게 궁상을 떨면서 남의 집 파출부를 다니고…."

재성은 혀를 끌끌 찼다. 그동안 고생해 온 미숙에게는 '고맙다'라는 말 한마디가 없었다. 미숙은 돈 봉투를 집어던지고 싶었으나 그럴 기운도 없어서 조용히 받아들였다. 방을 따로 쓰기 시작한 것도 그즈음인데, 혼자만의 공간을 갖자 삶이 조금 정돈되는 것 같아 좋았다. 그리고 세월이 흘러 지금에 이르렀다.

그러니까 미숙의 이혼 결심은 여행 때문이 아니었다. 오랫동안 곪은 상처가 터진 것이었다. 어떻게 해도 막을 수 없고, 언젠가는 터지고 말 일이었다.

제 살아온 이야기를 다 털어놓았어도 아직 남은 한이 많아서, 미숙은 울먹였다.

"혜주야. 내가 이러고 살았다. 이제라도 이혼해서 마음 편히 살면 안 되겠니? 물론 지승이가 걸리기는 하는데…. 그래도 이제 많이 컸으니, 엄마를 이해해 주지 않을까?"

여태 참아온 건 아들 때문이었는데, 이제는 아들도 그녀의 결심을 막을 수 없는 듯했다.

"하지만 그래도 대화를 먼저 해보시면 어떨까요? 이혼은 생각보다 복잡한 문제일 것 같아요. 무조건 이혼을 생각하시는 것보다는 김 선생님이랑 차분히 이야기를 해보시는 게 좋을 것 같은데요."

혜주는 미숙의 마음이 충분히 짐작 갔으나 그렇다고 무조건 이혼에 동조할 수는 없었다. 주변의 이야기를 들으면, 이혼이라는 것이 말처럼 쉬운 것이 아니다. 일단 양가 집안에 알리는 문제도 골치가 아플 것이다. 또한 목돈을 가지고 있지 않은 상태로 재산분할이 빨리 이뤄지지 않는다면 당장 경제적인 문제와 주거 문제도 해결해야 한다. 걸리는 것이 한둘이 아니다.

하지만 미숙은 단호했다.

"이혼하면 저 사람 빨래 안 해도 되고, 저 사람 식사 준비 안 해도 되잖아. 나는 더 이상 저 사람한테 뭐 하나 해주고 싶지 않아. 솔직히, 그냥 이혼만 하면 뭐든 잘될 것 같은 기분이야."

임계점을 뚫고 나온 분노는 쉽게 가라앉지 않을 모양이었다. 그녀는 오히려 혜주가 자신의 마음을 알아주지 않는다며 울먹였다.

"내가 쉽게 이런 결심을 했겠니? 김 사장이 얼마나 싫으면 이러겠어. 내 마음을 좀 헤아려 줘."

난감한 혜주가 입술을 깨무는데, 그때 현관문의 잠금장치 누르는 소리가 들렸다. 미숙이 얼른 안방으로 몸을 피하며 말했다.

"지승이는 학원 갔다가 9시에 오는데, 김 사장이 들어오나 보다."

미숙의 말대로 현관문을 열고 들어선 건 재성이었다. 어디서 한잔했는지 적당히 취기가 오른 그의 손에는 일식집 종이 가방이 들려있었다.

"어, 혜주가 와 있었네? 선생님 아프다니까 온 거야?"

재성은 아직 아내의 상태를 모르는 것 같았다. 여행 이야기를 듣기 싫은 미숙이 아프다고 핑계를 댔는데 그걸 믿고 있는 모양이었다. 혜주가 떨떠름한 기분으로 고개를 숙여 그에게 인사를 건넸다.

"네, 잘 지내셨죠?"

그러자 재성이 종이가방을 내밀었다.

"저녁 먹었냐? 안 먹었으면 이거 선생님이랑 같이 먹어라. 저 사람이 계속 밥을 못 먹는 것 같아서 초밥 사왔어."

혜주가 종이가방을 받아들자 재성은 자기 방으로 쑥 들어가 버렸다. 혜주는 초밥을 들고 안방의 미숙에게로 갔다.

"선생님, 이거 선생님 드시라고 사 오셨다는데요?"

하지만 미숙의 표정은 냉랭했다.

"누가 가져가라고 줬나보네. 남이 준 거 갖고 들어와서 생색내는 덴 뭐 있어."

"아니에요. 선생님이 계속 밥을 못 먹는 것 같아서 사왔다고 하셨어요."

"말만 그렇게 하는 거야."

미숙은 듣기도 싫다는 듯 인상을 찌푸렸다. 결국 혜주는 초밥을 냉장고에 넣어놓고 미숙의 집을 나섰다.

그런데 집으로 돌아오는 내내 머릿속에는 초밥을 건네주는 재성의 모습이 떠올랐다. 남자들이 나이 들면 가정적이 된다던데 재성도 그런 듯 했다. 평생 안 챙기던 쉰 번째 생일을 챙기겠다고 하는 것도 그런 맥락인 듯 보였다. 하지만 이제 겨우 가정과 아내에게 관심을 가지기 시작한 재성과 달리, 미숙은 재성에 대한 애정이 전혀 남아있지 않은 것 같았다. 그 엇갈림이 무척이나 안타까웠다. 재성이 조금 더 빨랐다면, 미숙이 조금 더 느렸다면 서로를 붙잡을 기회가 있지 않았을까.

그리고 다음 날 점심시간. 혜주는 재성과 마주 앉아 있었다. 점심시간 직전 재성으로부터 문자가 도착했다. '혜주야. 나 너희 회사 앞이다. 점심이나 먹자'라고. 그가 혜주를 따로 보자고 한 건 처음이었다. 집에서 뭔가 일이 있었던 게 틀림없었다.

혜주는 근처 식당에서 묵은지 김치찌개를 시켜놓고, 밥숟가락 뜰 생각도 없이 앉아 있었다. 재성이 미적거리며 먼저 이야기를 꺼냈다.

"아침에 일어나보니까 내가 어제 갖고 온 초밥 있잖니? 그게 냉장고에 그대로 있더라고. 그래서 이거 왜 안 먹었냐고 했더니 화를 내는 거야. 누가 이런 거 사 오라고 했냐고. 그러더니 대뜸 이혼하자는 거야. 아침부터 대판 싸웠다. 내가 진짜 얼마나 어이가 없었는지."

황망했던 아침의 감정이 다시 일어나는 지, 재성은 낮게 헛웃음을 웃었다.

"어이가 없으면서도 내가 물었다. 왜 그러냐고. 그런데 그냥 나랑 살기가 싫대. 이게 도대체 무슨 상황이니? 어제 너 선생님하고 무슨 얘길 했어?"

"그게…. 별다른 얘기는 없었어요."

여행 가기 싫어서 그런다는 말은 차마 나오지 않았다.

“그러지 말고 속 시원히 말을 좀 해 봐라.”

혜주는 곤란해서 얼굴이 빨개졌다. 그런데 얼굴이 익은 혜주를 빤히 보던 재성이 목소리를 낮춰서 물었다.

“혹시 그 사람…. 바람났니?”

무슨 이런 상상을. 선생님은 김 사장님 같은 사람이 아니에요. 혜주가 펄쩍 뛰었다.

“어휴, 참!!”

“그럼, 빚보증 섰니? 아님. 곗돈을 날렸니?”

재성은 자신의 전적을 고스란히 미숙에게 투영시켜 말하고 있었다.

“다 아니에요.”

“그러면 뭐야…. 뭔데 여태 잘 살다가 다 늙어서 갑자기 이혼하재?”

“선생님이랑 직접 얘기하시는 게 좋을 것 같아요. 두 분 사이의 일에 제가 끼기가 좀….”

혜주가 비협조적으로 나오자, 재성은 실망한 표정이 역력했다. 그리고 어차피 듣고 싶은 이야기를 듣지 못할 바에는 넋두리나 해야겠다 싶어 주절주절 이야기를 늘어놓았다.

“이 사람이 요새 왜 그러는지 모른다. 아주 이상해졌어. 며칠째 살림살이는 다 내팽개쳐 두고 만날 아프다고 누워만 있어. 그래서 내가 요즘 계속 밖에서 밥 사서 먹느라 아주 지겨워 죽겠다. 그리고 오늘은 입을 옷이 없어서 보니까 빨래가 세탁기에 꽉 차게 들어있더라. 나 원 참. 이게 무슨 짓인지 몰라."

평생 아내 손에 살뜰한 보살핌을 받다가 하루아침에 찬밥 신세가 된 기분은 짐작이 갔다. 하지만 모두 자업자득이다 싶어, 혜주는 위로할 마음이 들지 않았다.

재성은 계속 변명을 늘어놓았다.

"그래. 내가 좀 속을 썩이긴 했어. 보증서서 돈 날리고, 주식 사서 날리고, 바람도 피운 적 있지. 그건 인정해. 그런데 사실 사업하는 남자들 다 그렇다. 나만 그런 게 아니라고. 그리고 지금은 얼마나 살기 좋아? 좋은 아파트에, 좋은 옷에, 음식에, 생활비도 그 정도면 충분하고. 걱정 없이 살게 해주잖아. 내 주위 사람들이 나를 얼마나 칭찬하는지 알아? 사장님 같은 남편 있으면 걱정이 없겠대. 한두 사람한테 들은 얘기가 아니라고. 그런데 이 여자는 왜 그런 걸 모르니…."

재성의 표정에 자부심이 어렸다. 진심으로 자신이 좋은 남편이라고 생각하는 듯했다. 하지만 미숙이 살아온 이야기를 아는 혜주는 공감하기 어려워 굳은 표정을 풀 수 없었다. 그 표정을 보자 재성은 살짝 언성을 높였다.

"이혼하면 여자만 손해라고. 남자는 돈 있으면 얼마든지

젊고 예쁜 여자 만나서 새장가 들 수 있는 거야. 난 이혼해도 그만인데, 그 사람은 아냐. 그걸 알아야지."

그 말에, 혜주는 급히 인상을 찌푸렸다. 여자와 남자를 달리보다 못해서 여자는 남자의 부속품이라고 생각하는 지극히 가부장적인 태도가 나쁜 냄새처럼 훅 끼쳐왔다. 그러고는 제가 미숙이 되어 재성으로부터 이런 말을 듣는 것처럼 불쾌해졌다. 그래서 결국 하고 싶은 말을 하고 말았다.

"죄송하지만 요즘 시대에 맞지 않는 말씀이네요."

그래도 재성은 자기 입장을 고집했다.

"아무리 세상이 바뀌어도 우린 옛날 사람이야. 옛날 사람들은 결국은 다 옛날식으로 살게 돼있다. 어쩔 수 없는 거야."

쉰이 뭐가 많다고. 재성의 나이도 이제 겨우 쉰아홉인데, 뭐가 많다고 저렇게 조선시대 같은 말씀을 하시나. 결국 혜주는 한마디를 더 했다.

"그렇게 생각하시니까 선생님이 서운해하시는 거예요."

"그 사람이 그러디? 여태 먹여 살려주니까 서운하다고? 나 원 참…. 나야말로 마누라 예뻐서 산 거 아니라고. 마음에 안 들어도 애 엄마니까 참고 살았다고. 이거 원 적반하장도 유분수지."

재성이 눈을 흘겼다. 선생님은 저런 말을 얼마나 들었던 것일까. 혜주의 마음이 쓰라렸다. 그녀는 더 이상 앉아 있고 싶지 않았다. 더 있다가는 하고 싶은 얘기를 다 쏟아낼까 무서워졌다. 그래서 얼른 일어섰다.

"저는 일이 있어서 이만 가봐야 할 것 같아요. 두 분이 차분히 대화할 기회를 마련해 보시는 게 좋겠어요."

못마땅해하는 재성의 눈길을 뒤통수로 느끼면서 식당을 나선 혜주는 고개를 저었다. 저런 남편과 남은 생을 보내고 싶지 않아 하는 선생님이 너무나 이해되었다. 어제 집에서 본, 초밥을 사 들고 들어온 다정한 남편의 모습이 과연 재성의 본심이었을까 싶었다. 미숙의 말대로 연출이었을 것 같았다.

집에 돌아온 혜주는 늦은 저녁 식사를 챙기려 했지만, 도무지 입맛이 돌지 않았다. 결국 밥 한술을 뜨는 둥 마는 둥 치워버린 그녀는 식탁 앞에 넋을 놓고 앉아 있다가 무심코 중얼거렸다.

"누가 우리 선생님 상황 좀 정리해 줬으면 좋겠네."

마음 같아서는 제가 나서고 싶기도 한데, 재성이 자식도 아닌 자기 말을 귀 기울여 들어줄 리 없어 용기가 나지 않았다.

그런데 혜주는 곧 그 일을 해줄 수 있는 존재가 생각났다.

첫사랑 A/S 상담소. 혜주가 알기로 미숙의 첫사랑은 재성이 맞았다. 재성의 말을 다 믿을 수는 없지만, 그의 첫사랑도 미숙이라고 들었다. 그러니 조건은 되었다. 물론 이미 결혼했지만, 상황이 엉망인 만큼 A/S를 받을 수 있을 것 같았다.

하지만 그러려면 일단 미숙이 첫사랑의 수리를 의뢰할 마음이 있는지 알아봐야 했다.

다음날 그녀는 미숙을 찾아갔다.

"사장님이랑은 어떠세요?"

"어젯밤에도 대판 싸우고, 오늘 아침에도 싸웠지. 뭐. 눈만 마주치면 서로 기분이 나쁘니까 어쩔 수 없는 것 같아. 그러니까 더 빨리 이혼해야 할 것 같아. 그래서 나, 이혼서류 준비 중이야. 아니, 근데 미성년자녀가 있으면 3개월 동안 숙려기간이 있다고 하네. 뭐 그렇게 질질 끄는지."

"지승이한테는 얘기하셨어요?"

"이제 말해야지."

말은 그렇게 하면서도 미숙의 표정이 어두워졌다. 차마 아들 앞에서는 입이 떨어지지 않는 것이었다.

"그러지 말고 천천히 생각해 보세요."

"아니야. 말 나온 김에 해치울 거야. 내 평생소원인데."

"어휴, 선생님. 이혼이 평생소원일 것까지야…."

농담인 듯하면서도 묵직한 아픔이 전해져 와 혜주가 쓰게 웃었다. 그러면서 머릿속으로는 어떻게 그녀를 떠볼까, 생각이 분주했다. 그런데 미숙이 화제를 돌려 며칠 전 만난 친구들 이야기를 늘어놓았다.

"나는 이렇게 이혼이 소원인데, 어떤 친구는 다시 태어나도 자기 남편이랑 결혼하겠다는 거 있지? 나 포함해서 다른 친구들이 다 기함했다니까."

이때다. 혜주가 미숙의 이야기에 꼬리를 물었다.

"선생님도 만약에 사장님이 지금 같지 않고, 가정적이면 얘기가 달라지겠죠? 그렇다면 다시 결혼하겠다는 생각이 들지 않겠어요?"

혜주는 당연히 '그렇다'라는 대답을 기대했다. 하지만 미숙은 정색을 했다.

"아니. 천만에. 난 절대 안 해. 김 사장이 세상에서 제일 가정적인 사람이어도 안 해."

"왜요?"

"김재성은 아주 지긋지긋하거든."

"그래도…. 사장님이 첫사랑이시잖아요."

"첫사랑이 뭐 별거니? 첫사랑이고 마지막 사랑이고…. 사랑이라는 말도 다 귀찮다."

미숙이 생각만 해도 싫다는 듯 입술을 씰룩였다. 사랑과 결혼이라는 것 자체에 거부감이 드는 것 같았다. 손톱만큼의 틈도 없는 그녀에게 첫사랑 A/S 상담소에 전화를 걸게 만들 방법은 없어 보였다. 혜주의 얼굴이 실망으로 물들었다. 이대로 포기해야 하나, 재성에게 가봐야 하나, 다시 머리가 복잡해졌다.

결국 그녀는 상담소에 전화를 걸었다. 그냥 지금, 이 상황을 솔직하게 털어놓고 도움을 청해볼 작정이었다. 상담사는 상냥하게 전화를 받았다. 이미 기계가 아닌 정체를 다 드러내서 그런지 이펙터 효과도 없이 본 목소리를 내었다.

안녕하십니까? 조혜주 님.

"네, 잘 지내셨어요?"

덕분에 잘 있었습니다. 아직 일주일이 안 되었는데 전화를 주셨네요. 혹시 좋은 소식을 미리 전해주려고 그러시나요?

상담사의 목소리에 반가움이 잔뜩 배어있었다. 그녀는 상담사 제안에 대해 희소식을 기대하고 있는 것이었다. 혜주는 조금 난감해졌다. 일주일 동안 생각해 보겠다고 했지만 이미 마음에서는 안 하기로 한 지 오래였기 때문에, 상담사가 이렇게 애타게 기다리고 있을 줄 미처 예상 못 했다.

"아아…. 죄송해요. 그것 때문에 전화를 드린 게 아니에요."

그런가요? 그러면 무슨 일인가요?

혜주가 미안한 마음으로 조심스럽게 이야기를 꺼냈다.

"사실은 제가 정말로 사랑하고 존경하는 선생님께서 지금 이혼하겠다고 하세요. 남편 분과는 서로 첫사랑인 걸로 아는데, 첫사랑끼리 결혼하면 행복할 줄 알았는데 그게 아니어서 옆에서 지켜보기가 참 힘드네요."

상담사는 별다른 거부 없이 혜주의 이야기를 받아들였다.

첫사랑끼리 결혼한다고 해서 무조건 행복하리란 보장은 없습니다. 같은 물건이어도 사람에 따라 사용법이 다르듯 첫사랑도 마찬가지죠. 많은 사람이 첫사랑의 소중함을 잊지 않고 아름다운 사랑을 완성해 가지만요. 반대로 어떤 사람들은 그 귀한 사랑을 가지고도 행복을 일구지 못합니다. 지금 정미숙, 김재성 님의 이야기를 하시는 거죠? 본사에서 그런 메시지가 와있네요.

"네. 맞아요."

그분들의 사랑이 이뤄졌으면 좋겠다고 생각하십니까?

"그럼요."

잠시만 기다려 보십시오. 네.... 정미숙 님에게 김재성 님이 첫사랑이신 건 맞네요.

혹시 미숙의 첫사랑이 재성이 아닐까봐 조마조마한 마음으로 기다리던 혜주가 마음을 놓았다. 하지만 뒤이은 상담사의 말은 혜주의 기분을 축 가라앉혔다.

하지만 정미숙 님은 김재성 님께 좋은 감정이 남아있지 않으십니다. 지금까지는 가정을 지키기 위해 희생하셨지만, 이제는 그런 마음도 없으시네요. 그래서 이혼을 생각하시는 겁니다.

역시 상담소의 분석은 정확했다.

"맞아요. 하지만 오래 애써 지켜온 가정을 깨는 게 선생님께 슬픈 일일 것 같아요."

조혜주 님의 생각일 뿐입니다. 정미숙 님은 이 결혼에 미련이 없으십니다. 김재성 님과의 관계에 대해서 오로지 도망가고 싶을 뿐이네요.

역시나 그랬다. 남자라면 지긋지긋하다며 고개를 젓던 미숙의 모습이 혜주의 눈앞에 선명하게 떠올랐다. 하지만 그래도 이렇게 포기할 순 없어서 그녀는 힘을 냈다.

"그럼 혹시 반대로 남편분이 원하면 어때요? 그분의 첫사랑도 선생님일지 모르는데, 한 번 알아봐 주실 수 없나요?"

혜주는 마음속으로 재성의 첫사랑이 미숙이길 빌었다. 그런데 상담사는 이상한 말을 했다.

김재성 님이 원한다고 해도 소용없겠네요. 이분께는 첫사랑이 없으니까요.

"네?"

김 사장님한테 첫사랑이 없다고? 혜주는 제 귀를 의심했다. 재성의 첫사랑이 미숙이 아닐 수는 있다. 하지만 그렇다면 다른 첫사랑이 있어야 했다. 예순이 다 되어가는 사람이, 게다가 미숙을 만나기 전 결혼할 뻔하다 파혼했고, 바람도 두 번이나 피운 사람이 첫사랑이 없다는 게 말이 되는가? 이번만큼은 상담소가 뭔가 잘못 짚은 게 아닐지 싶어 고개를 갸우뚱거렸다. 하지만 상담사는 흐트러짐 없이 말을 이었다.

제가 처음에 조혜주 님 상담해 드릴 때 했던 말을 기억하시나요? 첫사랑은 자기 자신보다 더 소중하게 여긴 첫 번째 사람이라고 말씀드렸는데요. 김재성 님은 그런 사람이 없는 겁니다.

"아아…."

혜주가 비로소 상담사의 말을 이해했다.

김재성 님은 자기 자신만 사랑할 줄 알았지, 다른 사람은 진심으로 사랑한 적이 없습니다. 본인은 사랑을 했다고 착각할 수 있지만, 아닙니다. 이런 분들은 짙은 호감이나 관심을 사랑이라고 믿습니다. 또는 단순한 육체적 호기심이나 끌림을 사랑이라고 믿기도 하죠.

혜주는 잠시 말을 잃었다. 사랑을 모르는 재성의 인생이 서글퍼 보이는 한편, 그런 사람과 평생을 함께한 미숙도 불쌍했다. 복잡한 마음인 혜주에게 상담사는 더 놀랄 말을 던졌다.

사실 김재성 님 같은 분들, 세상엔 꽤 많습니다. 불행히도 상당히 많은 사람이 사랑을 모릅니다.

그녀의 말에 떠오르는 기억들이 있었다. 재성과 비슷한 남자들이었다. 할머니가 무거운 짐을 들고 있어도 '어떻게 여자의 짐을 들어주냐?'며 외면하던 할아버지도 떠오르고, '집에는 돈만 갖다주면 된다'라던 옛 직장의 상사도 떠올랐다. 단편적인 장면 하나로 그들이 모두 사랑을 모르는 사람들이라 단언할 순 없지만, 그들 중에는 분명히 사랑을 모르는 사람이 있을 것 같았다.

남자들만 그런 건 아닙니다.

그것도 맞는 말이었다. 남자를 애태워야 사랑이 오래간다며 남친 속을 지지리 썩이던 친구도 있었고, 남편을 돈 벌어오는 기계 취급하던 여자도 본 적 있었다.

하지만 그들만을 탓할 일은 아닐 겁니다. 대부분은 사랑하는 방법을 배우지 못해서 그런 거니까요. 그들의 부모도 사랑 없이 살았고, 그래서 사랑을 배우지 못한 경우가 상당히 있거든요.

"불행한 일이네요."

혜주가 길게 한숨을 쉬었다. 그리고 어쨌든 그 불행 속에 미숙 부부가 있었다. 혜주는 이제 그들에 대해 완전히 체념했다.

하지만 혜주와 달리 상담사는 갑자기 희망을 제시했다.

다만 방법이 전혀 없지는 않습니다. 제가 경험한 바로는, 나이가 더 들었을 때는 오히려 첫사랑을 이뤄드리기 수월했습니다. 어떤 부부들은 서로 지긋지긋하게 싫었던 기간이 지나면 인간적인 연민을 느끼고요. 그것이 돌덩어리처럼 맺힌 원망을 조금씩 녹입니다. 굳었던 것이 풀어지는 것이죠. 그러면 상대를 새로운 눈으로 보게 됩니다. 정미숙 님도 나이가 들면 김재성 님을 다시 생각할 수도 있다는 것이죠. 그때가 되면 첫사랑의 수리를 의뢰하실 수도 있을 것 같습니다.

혜주가 두 눈을 끔벅였다. 알 것 같기도 하고, 모를 것 같기도 한 얘기였다. 지금은 이렇게 밉고 싫어서 아무리 첫사랑이어도 다시 떠올리기 싫다면서, 나중에는 마음이 바뀔 수도 있다고? 사랑이란 도대체 몇 가지의 얼굴을 하고 있으며, 얼마나 넓은 스펙트럼을 갖고 있는 것일까?

그래도 가능성이 전혀 없지는 않다는 말에 혜주의 마음이 모처럼 밝아졌다. 재성이 자기 잘못을 인정하고 따뜻하게 변한 뒤, 미숙도 두 사람의 관계에 대해 긍정적으로 생각하는 시나리오가 머릿속에서 그려졌다. 그렇게 되면 무슨 수를 써서라도 미숙이 첫사랑 A/S 상담소에 전화하게 만들겠다고 다짐했다.

그렇게 장기 계획을 세우는 혜주에게, 상담사는 큼큼 헛기침을 해왔다.

그런데 제가 저번에 드렸던 제안 말입니다. 아직 생각하실 시간이 좀 남아있기는 하지만 어떤 쪽으로 정리되고 있는지 몹시 궁금하네요.

그녀가 다시 이야기를 꺼냈다.

혜주가 머뭇거리며 다시 한번 거절 의사를 밝혔다.

"죄송해요. 저는 아무래도 자신이 없어요. 제안해 주신 건 정말 감사하지만 그 일을 하기에 저는 너무 부족한 것 같아요."

그러자 상담사는 잠시 침묵하더니 말했다.

처음부터 내 정체를 밝힐 것 그랬나? 그랬으면 네가 결심하기 좀 편했을지도 모르겠다.

혜주는 갑자기 반말로 다가오는 상담사 때문에 잠시 당황했다. 상담사가 다시 말했다. 목소리에는 어느덧 촉촉한 감동이 서려 있었다.

혜주야. 나 양혜리야. 순우고등학교 1학년 3반 24번 양혜리.

양…. 혜리…. 혜주가 숨을 멈췄다. 오래 잊고 있던 이름이었다. 중학교 때 알게 되어 고등학교 1학년을 함께 보내고 전학을 갔던 혜리. 전학 후에도 몇 번쯤 소식을 주고받았지만, 대입을 준비하면서 연락이 끊겼던 친구였다. 깊이 잠들어 있던 기억을 꺼내 올리느라 아직 잠잠한 혜주 대신 혜리가 다시 입을 떼었다.

설마 기억 안 나는 건 아니지?

"그럴 리가…. 정말 혜리…. 맞아?"

후후. 기억난다니 다행이네. 난 또 까맣게 날 잊은 줄 알았지.

"도대체 어떻게 된 거야? 네가 첫사랑 A/S 상담소 상담사라니…. 그러면 네가 내 첫사랑을 A/S 해준 거야?"

내가 했다기보다는 상담소가 한 거지. 너도 상담사가 되면 누군가의 첫사랑을 이뤄줄 수 있어.

"아니, 지금 상담사가 문제가 아니고…. 너를 다시 만났다는 게 너무 놀랍다."

나도 처음에 네 전화 받았을 때, 얼마나 깜짝 놀랐는지 몰라. 동명이인인가 했는데, 너더라고.

"와…. 양혜리. 어떻게 지금까지 시치미를 뚝 떼고…."

미안. 너도 알잖아. 첫사랑 A/S 상담소는 좀 비밀스러운 곳이라는 걸.

두 사람은 오래 이야기를 주고받았다. 그동안 어떻게 살아왔는지, 해야 할 이야기가 너무 많았다. 하지만 아무리 이야기해도 부족할 것 같았다. 그래서 혜주가 이렇게 말했다.

"전화로 이러지 말고 우리 만나자. 보고 싶다."

소중한 시절을 함께 보낸 친구는 지금 어떤 모습일까. 혜주는 이 순간, 다른 무엇도 생각나지 않았고 오로지 혜리가 몹시 보고 싶어졌다.

♥♥♥

혜주와의 전화를 끊은 혜리는 곧바로 본사의 상담 평가를 받았다.

정미숙 님 건은 정식 상담은 아니었지만, 혹시 나중에라도 저희와 연결될 수 있으니, 별건으로 분류해 두겠습니다. 그나저나 정말 안타깝네요. 사랑을 이뤄드릴 수 있으면 좋았을 텐데 말입니다.

그러게요. 사랑의 빛이 바랜다는 게 어떤 건지 실감해서 슬펐습니다. 또, 첫사랑이 없는 분들을 만나면 더 속상하던데, 이번에도 그랬네요.

첫사랑 없는 분들을 더는 안 만났으면 좋겠는데, 참 어렵군요. 그건 그렇고, 조혜주 씨를 직접 만나신다고요?

네, 만나서 제가 잘 설득해 보겠습니다.

알겠습니다. 좋은 결과, 기대하겠습니다.

그 말을 끝으로, 여느 때처럼 혜리의 휴대폰에서 삐, 소리가 울렸다.

# 9

# '사랑해자매'의 추억

3일 뒤 토요일 12시. 혜주는 고속버스터미널에서 혜리를 기다렸다. 그녀는 현재 지방에 살고 있었고 돌이 갓 지난 아들을 키우고 있어서 외출이 자유롭지 않았다. 주말에 남편에게 아이를 맡기고서야 움직일 수 있었고, 오랜만에 서울 구경을 하고 싶다며 고속버스터미널을 약속 장소로 정했다.

주말 고속버스터미널에는 오고 가는 인파들이 인산인해를 이뤘다. 혜리에게 하차 장소를 미리 전해 들은 혜주는 약속 시간보다 30분이나 일찍 그곳에 도착해 서성였다.

믿어지지 않았다. 벌써 헤어진 지 13년이 되었다. 포슬포슬한 곱슬머리에 앙증맞은 인디언 보조개가 잡히던 소녀는 지금 얼마나 변해있을까. 그녀의 눈에 자신은 또 얼마나 변해 보일까. 마음이 설레다 못해 심장이 몸 밖으로 튀어나올 지경이었다.

드디어 그녀를 실은 버스가 플랫폼에 들어서자, 혜주의 가슴은 더 콩닥거렸다. 잠시 후 13년 전과 별로 변한 것 없는 얼굴 하나가 버스에서 내렸다. 혜리도 혜주를 금방 알아보았다. 그녀가 반가운 얼굴로 다가와 혜주의 손을 잡았다.

"와. 조혜주. 그대로네."

"무슨 소리야. 너야말로 하나도 안 변했다. 애 엄마가 이렇게 고등학생 같으면 어떡해?"

"고등학생 같다니. 말도 안 돼. 애 키우느라 눈가에 주름이 자글자글해졌다."

그녀가 양손으로 눈가를 쭉 펴서 늘였다. 그 모습이 고등학교 때와 똑같았다. 주름 하나 없이 팽팽한 피부였던 시절에도 웃으면 눈가 주름이 파인다며 걱정하던 양혜리가 그대로 혜주 앞에 서 있었다.

혜주는 그녀를 깊이 끌어안았다.

"반가워. 진짜 반가워…."

"이렇게 만나게 된다니. 신기하다."

혜리도 혜주의 등을 토닥였다.

잠시 후 두 사람은 순우중고등학교 주변을 걷고 있었다. 13년 동안 살아온 이야기를 하며 밥을 먹은 뒤, 혜리가 '학교에 가보고 싶다'라고 한 것이었다. 혜주도 졸업한 뒤 한 번도 그곳에 가본 적이 없었다. 그 주변 번화가에서 약속이 있었던 적이 몇 번 있지만 학교가 있는 곳까지 들어가 보지는 못했다.

그리하여 그들은 학창 시절을 함께 보낸 순우중고등학교를 찾았다. 주말을 맞은 학교는 커다란 문을 다소곳이 닫고 정적에 싸여 있었다. 혜주와 혜리는 학교 담장을 따라 나란히 걸었다. 그러다가 혜리가 갑자기 걸음을 멈췄다.

"여기서 성원이가 담 넘어보겠다고 애썼던 거 기억 나?"

혜주도 생각이 났다. 다른 곳과 달리 이곳은 안쪽과 바깥쪽 모두 지면이 둔덕처럼 올라와 있어서 상대적으로 담이 낮았다.

"맞아. 성원이가 사귀던 남자친구가 자기네 개교기념일이라 학교 안 간다고 여기 오는 바람에 성원이가 담 넘어가겠다고 난리를 쳤었지."

"우리도 그 남자애 얼굴 보고 싶어서 같이 담 넘으려고 했어."

"그러게…."

두 사람은 얼굴을 마주 보고 웃었다. 별일 아닌 것에 한 없이 진지했던 그 시절이 떠올라 웃지 않을 수 없었다.

"그때 우리 '사랑해자매'였잖아. 성원이도 우리한테 그 남자친구 상담 엄청나게 했는데. 바람둥이 같다고 말이야."

"맞아, 그랬네."

혜리의 이야기에 혜주의 머릿속에는 잊고 있던 학창 시절의 기억이 선명해졌다.

'사랑해자매'는 그들이 중학 시절부터 고등학교 1학년 때까지 친구들에게 불렸던 별명이었다. 혜주와 혜리는 중학교 때부터 친구들의 연애 상담을 자처했고, 쉬는 시간이면 그들의 책상에는 짝사랑과 첫사랑에 대한 고민, 남자친구에 대한 상담 거리를 적은 쪽지가 쇄도했다.

두 사람은 머리를 맞대고 고민 상담에 돌입했고, 제법 그럴듯한 해결책과 따뜻한 위안을 담은 쪽지를 되돌려주었다. 그래서 친구들은 '혜주'와 '혜리'에 공통으로 들어가는 '혜'를 '해'자로 치환해 '사랑해자매'라는 별명을 안겨주었다.

"성원이는 그 남자애가 첫사랑이라며 꼭 결혼하겠다고 했는데, 진짜 결혼했을까?"

"그랬으면 좋겠다."

혜주가 빙긋, 웃었다. 어린 시절 풋풋했던 친구들의 사랑 이야기가 떠오르자 저절로 마음이 몽글몽글해졌다.

"그러고 보니까 우리가 새봄이, 현기 오빠, 우정이 사랑을 다 이뤄준 셈이 됐네. 어릴 때 너랑 내가 알던 사람들이 이렇게 연결되다니 정말 놀랍다. 물론 나는 아주 작은 역할만 하고 너의 첫사랑 A/S 상담소가 상담한 거기는 하지만."

혜주는 그동안의 일이 신기했다. 하지만 혜리는 고개를 갸웃거렸다.

“새봄이는 같은 고등학교여서 아는데, 홍현기 씨나 한우정 씨를…. 내가 알아?”

혜주가 어이없다는 듯 웃었다.

“너, 하나도 기억 안 나는구나? 혹시 정미숙 선생님도 기억 안 나?”

“정미숙 씨도 내가 아는 분이야?”

혜리는 약간 충격을 받은 표정이었다.

혜주가 이번엔 좀 더 까르르 웃었다.

“우리 중학교 때 선생님이시잖아. 우리한테 연애 상담도 했던….”

“아아…. 너 많이 챙겨주시던 그 선생님 성함이….”

혜리는 그제야 기억나는 듯했다.

2008년. 중학교 2학년이던 그들이 점심시간을 이용해 등나무 밑 벤치에 앉아 친구들의 상담 쪽지를 읽고 있을 때였다. 미숙이 그녀들에게 말을 걸었다.

“너희들 여기서 뭐 하니?”

작년 겨울 엄마를 잃은 혜주를 늘 눈여겨보던 미숙은 지금도 혜주를 살피다가 다가온 것이었다. 혜주가 반갑게 미숙을 맞았다.

"친구들이 보내준 쪽지 읽고 있었어요."

미숙이 혜주 옆에 앉아 아이들 앞에 놓인 쪽지를 힐긋 보았다. 무슨 사정들이 그리 많은지 깨알 같은 글씨가 촘촘히 박혀있는 가운데, 남자, 연애, 사랑 같은 단어들이 눈에 띄었다. 미숙이 장난스럽게 웃었다.

"그래. 맞아. 너희가 그 유명한 연애 박사들이지?"

혜주는 펄쩍 뛰었다. 그건 오해였다.

"연애 박사, 아니에요. 저희 둘 다 남친도 없는걸요."

사실이었다. 그들은 직접적인 연애 경험으로 상담을 해주고 있는 게 아니었다. 사람의 심리를 보는 눈과 상황을 분석하는 눈이 있었기에 한 번 두 번, 친구들의 고민에 조언을 해주다가 더 많은 의뢰가 들어오고, 그러면서 노하우가 쌓인 것뿐이었다. 물론 당시 유행하던 인터넷 소설에 빠져 밤을 새워 읽었던 것이 기초적인 자양분이 되기도 했다.

미숙이 다시 말했다.

"대단하네. 그런데도 친구들 연애를 상담해 주다니. 그러면 선생님 연애도 상담 좀 해주나?"

무심하게 툭 던진 말에 아이들이 깜짝 놀랐다.

"선생님! 연애하세요?"

"그럼. 선생님 나이가 벌써 서른넷인데…. 연애 좀 해야 하지 않겠니?"

"와…. 선생님 얘기, 들려주세요."

혜주와 혜리는 눈을 반짝였다. 덜 익은 듯한 풀냄새 같은 친구들 사랑 얘기와는 질적으로 다를, 짙은 장미 향기처럼 느껴지는 어른들의 연애 이야기를 들을 기회라니. 심장이 팔딱팔딱 뛰었다.

미숙은 아이들이 귀여워서 자신이 사귀는 중인 재성의 이야기를 살며시 꺼냈다. 잘해주기는 하지만 나이 차이가 커서 마음이 그렇게 쏠리지는 않는다고.

그때 혜리가 말했다.

"제가 책에서 읽었는데요. 나이 차이는 문제가 될 수 없대요. 서로 사랑하는 마음이 중요한 거 아니겠어요?"

또래답지 않게 성숙한 답변에 미숙이 놀라며 말했다.

"어이구. 우리 혜리는 아주 어른이구나. 너희, 친구들 연애 상담 해줄 자격 있다. 인정."

미숙의 칭찬에 혜리는 뿌듯하게 가슴을 활짝 폈다.

"헉. 그 선생님이 정미숙 씨였어?"

드디어 숨은 기억을 꺼낸 혜리가 눈가를 붉혔다. 그때의 곱던 선생님이 어느새 50대가 되었다는 것이, 행복한 결혼생활을 하지 못하고 이혼을 생각한다는 것이 마음 아팠다.

"우리가 상담을 잘못해 드렸네. 그때 결혼하시지 말라고 할 걸….”

혜리의 말에 혜주는 조용히 대답했다.

“이렇게 될 줄 알았나. 미래는 아무도 못 보는 거잖아. 아무튼 옛날 생각 하니까, 앞으로는 선생님이 행복하게 사셨으면 좋겠다는 마음이 더 커지네.”

“그러게. 방법을 한번 찾아봐야겠다. 내가 본사랑 연락해 볼게. 그리고, 홍현기 씨랑 한우정 씨도 내가 아는 사람이라고?”

혜리는 남은 궁금증을 마저 꺼냈다. 혜주가 웃었다.

“현기 오빠는 내 동네 친구 오빠였어. 우리 다 같이 신당동 가서 그 오빠한테 떡볶이 얻어먹은 거 기억 안 나?”

“아아…. 그래. 어렴풋이 기억난다.”

“그리고 우정이는 우리 학교 후배야. 우리 고등학교 1학년 때 중1이었고, 같은 교정을 쓰긴 했지만, 중학생이랑 마주칠 일은 없었는데, 어느 날 중학생이 우리한테 연애 상담하러 와서 놀랐잖아. 걔가 걔야.”

“맞아. 체육 선생님 짝사랑한다고 했던 애. 나도 생각나. 그 애 이름이 우정이었구나. 그런데 너무 신기하다. 어떻게 걔가 또 너의 회사 직원이 됐니?”

“그것보단, 우리가 아는 사람들이 첫사랑 A/S 상담소 고객이 된 게 너무 놀랍지 않아?”

“그래. 그것도 놀랍네.”

두 사람 다 묘한 인연을 느끼며 말이 없었다. 첫사랑 A/S 상담소가 모두를 하나로 묶어주었다는 것이 신비하고 경이로웠다. 마치 보이지 않는 운명이 13년을 건너뛰어서 그들의 학창 시절과 지금의 순간을 이어주고 있는 것 같았다. 두 사람은 한참을 말없이 걸었다.

그러는 동안 그들 앞에는 익숙한 골목이 나타났다. 친구들과 떡볶이를 먹던 분식집, 아기자기한 팬시용품을 사던 문구점, 멋진 대학생 오빠가 일하는 바람에 여학생들이 바글대던 자전거 대리점이 그 자리에 그대로 서 있는 골목이었다.

"와…. 여기, 하나도 안 변했네."

혜주가 연신 감탄사를 날렸다. 혜리는 그런 혜주를 보며 말했다.

"너도 하나도 안 변했어. 너는 지금도 옛날처럼 다른 사람들 사랑에 진심이야. 네가 왜 새봄이나 현기 오빠, 우정이 사랑을 이뤄주는 데 그렇게 행복해했겠어. 정미숙 선생님 사랑에는 왜 그렇게 안타까워했고 말이야. 너는 지금도 여전히 예전처럼 사람들의 사랑에 진심이기 때문이야. 이런데도 상담사를 안 하겠다고?"

내내 옛 친구 혜리이던 그녀의 목소리가 갑자기 첫사랑 A/S 상담소 상담사처럼 들렸다. 혜주는 그녀를 빤히 보았다.

"어휴…. 너 나 보고 싶어서 만난 거 아니고, 상담사 설득하려고 만난 거야?"

"둘 다야. 혜주야. 나는 물론이고 상담소도 너의 능력을 아까워하고 있어. 그러니까 상담소를 믿어. 너도 알다시피 우리의 판단은 틀리지 않아."

첫사랑 A/S 상담소의 판단이 틀리지 않다는 말에는 전적으로 동의하지만, 그래도 혜주는 여전히 자신이 없었다.

"사실 나는 내가 누군가의 소중한 첫사랑을 망칠까 봐 부담스러워. 내가 조금이라도 잘못하면 그 고객은 첫사랑을 이루지 못하는 거잖아."

"너 때문에 첫사랑을 이루지 못하는 사람보다는 이루는 사람이 훨씬 많을 거야. 열 명을 상담하면 한 명쯤 사랑에 실패하는데, 그래도 아홉 명은 성공하잖아. 그런데 네가 이 일을 하지 않으면 그 아홉 명은 기회도 얻지 못한 채 이루고 싶은 첫사랑을 잃게 되는 거야."

혜리가 혜주의 손을 잡아 끌어당겼다.

"나도 잘하고 있으니까, 너도 틀림없이 잘할 수 있어. 우리, '사랑해자매'의 완전체를 이뤄야지."

'사랑해자매'의 완전체. 어쩐지 가슴이 뜨거워지는 말이었다. 어린 시절 어설픈 상담으로 친구들의 풋사랑을 함께했던 그들이 이제 성숙해진 모습으로 세상의 더 많은 사랑을 상담하게 된다는 것이 믿을 수 없는 일이기도 하면서 한편으로는 마음 벅찼다. 조용히 감동하던 혜주가 드디어 혜리에게 잡힌 손에 힘을 주었다.

"네가 그렇게 말하면…. 한 번 해볼게."

그녀의 승낙에 혜리가 환하게 웃었다.

"잘 생각했어. 첫사랑 A/S 상담소에 온 걸 환영해."

두 사람이 마주 보고 웃었다. 그 순간 어쩌면 두 사람은 어린 시절의 꿈을 이룬 것일지도 몰랐다. '우리가 친구들의 사랑을 다 이뤄주고 싶다'라고 생각했던 그 시절의 바람은 싱그럽지만 조금 설익은 듯했다. 그러나 이제는 훨씬 더 단단하게 갖추어진 마음과 태도로 그 바람의 마침표를 찍게 되는 것 같았다.

이후로 일은 일사천리로 진행되었다. 혜주는 곧바로 본사의 오리엔테이션을 받았다. 본사 매니저의 말을 따라 'Fist Love After Service'라는 앱을 깔았고, 프로그램을 통해서 모의전화를 받았다. 혜주는 앱이 주는 고객의 나이, 직업, 첫사랑 상대 등을 파악해 성공적으로 상담을 마쳤다. 상담이 끝나자, 매니저가 손뼉을 쳤다.

타고난 학습 능력입니다. 저희가 탐낼 만했어요.

실습하는 동안 잔뜩 굳어있던 혜주의 어깨가 비로소 스르르 풀어졌다.

"휴…. 힘들었네요. 그런데 기분이 좋아요. 되게 보람이 있어요."

그녀가 함박웃음을 지었다.

누군가의 사랑을 이뤄주는 거, 엄청나게 보람 있는 일이죠. 여기 중독되면 못 빠져나갑니다.

매니저의 기분 좋은 농담에 혜주의 웃음은 더욱 커졌다. 그리고 이제 한 단계를 마쳤으니, 매니저는 다음 단계를 예고했다.

자, 실습을 성공적으로 마쳤으니 첫 테스트에 들어가겠습니다. 이제 후배님은 첫 번째 고객을 주변에서 찾아서 상담해야 합니다. 원래 우리는 걸려 오는 전화를 받는 게 원칙이지만 극히 예외적으로 우리가 걸기도 하고요. 특히 상담사의 첫 번째 고객은 상담사가 선택하게 되어있습니다. 아시다시피 우리는 '처음'을 중요하게 생각하는 곳이니까 후배님과 첫 인연을 맺는 분을 스스로 선택한다는 의미가 있는 것이죠. 하지만 성공 여부는 크게 중요하지 않습니다. 부담 없이 선택하셔도 되고요. 다만 최선을 다해 상담하셔야 합니다. 그리고 주의점이 하나 있는데요. 후배님을 잘 아는 지인은 안 됩니다. 전혀 모르는 분이어야만 합니다. 이 점이 좀 곤란할지 모르지만 어렵지 않게 찾을 거라 예측됩니다. 걱정하지 말고 찬찬히 찾아보세요.

"테스트라고 하니 좀 긴장되지만, 열심히 해보겠습니다. 저와 첫 인연을 맺을 분을 정성껏 찾아보겠어요."

네, 좋은 결과 기대하겠습니다. 힘내십시오.

그렇게 전화가 끊겼다. 하지만 혜주는 휴대폰을 바로 내려놓지 못했다. 제 핸드폰에 설치된 FLAS앱이 눈길을 사로잡았다. 아까 실습할 때 보라색으로 반짝이던 앱은 지금 비활성화되어 회색으로 가라앉아 있었다. 그녀는 앱을 한참동안 바라보았다. 문득 모든 것이 꿈결 같았다. 첫사랑 A/S 상담소를 만나고 동준과 화해하고 친구와 지인들을 연결한 그 모든 순간이 현실이 아닌 것만 같았다. 하지만 지금, 이 앱은 그 비현실적인 일이 모두 진짜였다고 알려주고 있었다.

상담소에서 일하게 되었다는 설렘도 잠시. 혜주는 다음날 아침부터 미숙의 호출을 받았다. 그녀는 서둘러 미숙의 집으로 걸음을 옮겼다. 미숙은 그녀를 보고 여유롭게 웃어 보였다.

"혜주야. 너, 내가 대책 없이 이혼하는 것 같아 걱정했지? 네가 그렇게 생각하는 것 같아서 내가 계획을 좀 세워봤어."

미숙이 혜주 앞에 종이를 내밀었다. '이혼계획서'라고 쓰인 종이였다. 살펴보니, 앞으로의 계획이 빽빽했다. 일단 전공을 살려 방과 후 교사로 취업함으로써 경제적인 독립을 이루고, 재산분할로 받은 돈은 당분간 은행에 예금해 두고 장기적인 투자 계획을 세울 거라고 쓰여 있었다. 그뿐만 아니라 이혼 후 하고 싶은 여행과 운동에 대한 계획도 촘촘하게 세워져 있었다.

혜주가 놀라 물었다.

"선생님이 다 쓰신 거예요?"

"응. 인터넷 카페에 들어가 보니 이혼 선배들이 많더라. 그리고 이렇게 하라고 가르쳐줬어. 상당히 유용한 조언이더라고."

미숙이 부드럽게 웃었다. 그 표정을 보니 막무가내로 이혼하겠다던 선생님이 온데간데 없어져서, 혜주의 마음이 한결 놓였다.

"선생님. 멋있어요."

그녀가 엄지손가락을 올려 보였다.

"그렇지?"

혜주는 이제 그녀를 진심으로 응원할 수 있을 것 같아 흡족했다.

그런데 그때 도어락에서 버튼 누르는 소리가 들렸다. 재성이었다. 혜주는 미숙이 또다시 재성을 피해 방으로 들어갈 거로 생각했다. 그리고 그편이 혜주에게도 좋을 것 같았다. 요즘 눈만 마주치면 싸운다고 들었는데, 혹시라도 자기 눈앞에서 둘이 다투면 얼마나 곤란할 것인가.

하지만 미숙은 꼼짝도 하지 않고 소파에 앉아있었다. 재성과 마주치는 것에 대한 초조함도 전혀 없었다. 오히려 혜주가 긴장하고 벌떡 일어섰다. 재성의 눈에 미숙이 보이지 않도록 제 몸으로 가리기라도 해야 하나 고민하는 순간, 재성이 문을 열고 들어왔다.

"혜주 왔구나."

재성은 혜주에게만 인사를 건네고 자기 방으로 들어갔다. 그러는 동안 미숙은 제 계획서만 들여다보았다. 잠시 후 옷을 갈아입은 재성이 방에서 나와 말없이 화장실로 들어갔다. 혜주는 미숙에게 속삭였다.

"요즘은 두 분이 잘 지내시는 거예요?"

미숙은 긴장한 표정의 혜주를 보고 웃었다.

"나이 들어서 그런지 매일 싸우는 것도 힘들더라. 며칠 전부터는 그냥 서로 모른 척 살고 있어."

"그래도 다행이네요. 그러면 서로 대화를 좀 해보시는 건 어때요?"

"사실 난 대화 같은 건 기대도 안 했는데, 김 사장이 며칠 전에 나한테, 뭐가 그렇게 섭섭했냐고 물어보더라. 그래서 내가 한 시간이나 붙잡고 얘기를 하기는 했어. 하지만 소용없더라고. 저 사람은 몰라. 내가 얼마나 힘들었고 뭐가 섭섭한지 말해도 몰라."

미숙은 못마땅하다는 듯 입술을 깨물었지만, 혜주는 그래도 두 사람이 한 시간이나 대화를 나눴다는 것이 놀라웠다.

"그래도 대화가 되시네요…."

"벽창호하고 말하는 것 같은데 뭘. 그래도 서로 악다구니는 안 하니까 마음은 편하고 좋다. 게다가 나 요즘 살림도 안 해. 서로 각자 먹고, 각자 치우고, 빨래도 각자 하거든. 참. 여행 얘기도 쏙 들어갔고."

미숙의 얼굴에 계속 옅은 미소가 돌았다. 이혼하고 싶은 남편 이야기를 이렇게 미소 지으며 한다는 게 이해되진 않지만 그만큼 둘 사이에 이전과는 다른 기류가 흐른다 싶어, 혜주의 마음이 훨씬 가벼워졌다.

"잘 됐어요. 정말 잘 됐어요."

두 사람 사이에 오랜 세월 동안 겹겹이 엉킨 감정을 풀어낼 실타래의 끝이 잡힌 기분이었다. 두 분의 대화가 잘 이어진다면 그 결론이 이혼이 되어도 나쁠 게 없어 보였다.

집으로 돌아오는 길. 그녀는 첫사랑 A/S 상담소 본사의 전화를 받았다.

"네, 매니저님. 저 아직 상담자를 못 찾았어요."

혜주는 매니저가 첫 번째 고객 찾는 일을 궁금해한다고 생각했다. 하지만 아니었다.

그게 아니라 정미숙 님과 김재성 님 일에 저희가 약간 개입했다는 걸 알려드리려 전화를 드렸습니다.

"네에?"

놀란 혜주가 걸음을 멈췄다.

두 분이 너무 감정적이어서 상황이 자꾸만 나빠질 것 같더군요. 그래서 감정을 좀 빼고 이성을 넣어드렸습니다. 이제 침착하게 서로를 마주 보실 수 있을 겁니다. 후배님도 너무 걱정하지 마세요.

"그게 어떻게 가능해요?"

정미숙 님과 김재성 님께 전화를 드렸죠. 다행히 저희 전화를 받으셨고, 몇 마디 하면서 서비스 해드렸습니다.

며칠 전 미숙은 낯선 전화를 받았다. 모르는 번호였는데, 혹시 택배기사인가 싶어 전화를 받았더니 '이 전화를 받는 순간 당신은 이성의 도움을 받게 됩니다.' 하는 소리가 흘러나왔다. 그제야 미숙은 자신이 스팸 전화를 받았다고 생각해서 얼른 전화를 끊었다.

재성도 똑같은 전화를 받았는데, 그는 함께 있던 친구에게 이렇게 말했다.

"허허, 어디서 전화를 거는 건지, 내가 여자들한테 인기가 많은 줄 다 알고 있네. 내가 '이성의 도움'을 받는대. 기분 좋은 일이지만 내가 요즘은 마누라 때문에 다른 여자들한테 신경 쓸 정신이 없다고."

재성은 '이성'을 다르게 받아들인 것이었다.

어쨌거나 두 사람은 그 전화로 첫사랑 A/S 상담소의 마법에 빠졌다.

"고맙습니다. 정말 감사해요."

혜주는 연신 인사를 전했다. 성난 불처럼 서로 맞붙던 미숙과 재성이 흐르는 물처럼 유유히 서로를 대하게 된 것이 상담소의 도움 때문이었다니, 생각지 못한 결과였다.

그간의 이야기를 전해준 매니저는 몇 마디를 덧붙였다.

양혜리 상담사가 그러더군요. 무슨 회사든 직원 혜택이라는 게 있는 법이니까, 조혜주 상담사의 어머님과 같은 정미숙 님께 서비스 넣어달라고 말입니다. 그 건의를 접수한 것이니 기쁘게 받으시면 되겠습니다. 그리고 첫 번째 고객은 천천히 찾아도 됩니다. 그럼 건투를 빌면서 이만 전화 끊겠습니다.

툭, 전화가 끊어지고 혜주의 볼이 발그레하게 물들었다.

'역시 사람은 직장을 잘 얻어야 해. 그리고 친구도 잘 얻어야 하고.'

첫사랑 A/S 상담소의 상담사가 된 것도, 혜리와 같은 일을 하게 된 것도 모두 마음 깊숙이 기뻤다. 또한 선생님 부부의 일도 평화롭게 정리될 것만 같아 더욱더 흡족했다.

# 10

# 연희의 첫사랑

“

앗! 깜짝이야!!"

탕비실에서 커피믹스를 타던 혜주는 뜨거운 물에 손을 델 뻔했다. 생각에 잠겨있느라 뜨거운 물이 종이컵을 타고 넘치기 직전까지 물을 받고 있었다.

"첫 번째 고객 모시기가 참 어렵구먼…."

누구와 첫 인연을 맺어야 할까. 그 생각으로 온통 머리가 꽉 차 있었다. 아니, 한 사람이 생각나기는 했는데 그가 적합할지 고민이 되었다.

그 사람은 바로 동준의 첫사랑 오연희였다. 남편과 사별하고 홀로 아들을 키우고 있다는 그녀. 그녀에게 첫사랑처럼 새로운 사랑이 찾아오는 것도 좋지만 혹시라도 이루지 못한 첫사랑이 있다면 그걸 다시 이어주는 것도 좋을 것 같았다. 그런데 동준의 첫사랑이다 보니 지나친 오지랖일 것 같아 망설이며 시간을 보내게 되었는데, 그래도 자꾸 마음이 그쪽으로 기울었다.

“에라, 모르겠다.”

결국 혜주는 마음을 굳혔다. 그리고 그녀를 찾아 나섰다. 상봉사거리에서 자기 이름을 건 휴대폰 대리점을 한다는 그녀를 찾는 건 어렵지 않았다. 사거리에 서자 ‘연희 핸드폰 백화점’이라고 큼지막하게 쓰인 간판을 발견할 수 있었다. 매장에 들어가자, 그녀의 명함이 테이블 위에 꽂혀있어서 전화번호 얻는 것도 어렵지 않았다.

혜주는 집으로 돌아와 떨리는 손으로 휴대폰을 집어 들었다. 내 손으로 만드는 첫 번째 상담이었다. 잘 하고 싶었다. 쿵쾅대는 가슴을 진정하기 위해 크게 심호흡을 한 뒤 FLAS 앱을 열어 그녀에게 전화를 걸었다.

여보세요?

드디어 연희의 목소리가 들렸다.

“안녕하십니까? 여기는 첫사랑 A/S 상담소입니다.”

연희와 전화가 연결되자마자 앱 화면에, 그녀에 대한 정보가 우르르 올라왔다. 그런데 눈에 띄는 정보가 있었다. 그녀가 최근, 아직 미혼인 첫사랑과 재회했다는 것이었다. 이렇게 기가 막힌 우연이 있나. 혜주가 감탄했다.

하지만 그 옆으로 급하게 경고 메시지가 떴다. 그녀가 전화를 끊을 생각 중이었다. 상담소를 처음 접하는 사람들이 다 그렇듯 그녀도 이 전화가 스팸이나 보이스 피싱이라고 생각하는 모양이었다. 혜주는 그녀가 통화 종료 버튼을 누르지 않게 하려고 서둘러 말했다.

"전화 받으시는 분은 오연희 고객님. 38세이고요. 현재 41세인 최상혁 님이 첫사랑이십니다. 그리고 얼마 전 버스에서 우연히 재회하셨습니다. 저는 두 분의 사랑을 이뤄드리기 위해 전화를 드렸습니다."

빠르지만 정확한 발음으로 간결한 설명을 마치자, 예상대로 연희는 전화를 끊지 않고 띄엄띄엄 물어왔다.

..여기.... 뭐 하는 곳인가요? 저와 최상혁을 아신다고요?

이렇게 물어보면 첫발은 잘 뗀 것이다. 연희는 이제 홀린 듯이 첫사랑 A/S 상담소에 빠져들 수밖에 없다. 혜주가 차분하게 대화를 이끌었다.

"여기는 고객님의 첫사랑을 이뤄드리는 곳입니다. 첫사랑이 깨졌던 부분을 수리하실 수 있게 도와드리죠. 방법은 여러 가지가 있지만 두 분이 최근 다시 만나셨으니, 이제부터 만남을 잘 이어가실 수 있게 도와드리고 싶습니다."

혜주의 안정적인 상담 덕분에 연희가 혜주의 이야기 안으로 깊이 끌려 들어왔다.

그게 가능하다고요? 그 사람이.... 아직 혼자라고요?

연희의 가슴이 설레는 게 혜주에게도 느껴졌다. 새로운 가능성을 찾아 두근대는 가슴이었다. 하지만 연희는 선뜻 입을 열지 못했다. 혜주는 그녀가 자신을 스스로 정리할 시간이 필요하다고 느꼈다.

"잠시 고객님의 사랑에 대해 저에게 설명해 주시겠습니까? 함께 되돌아보는 시간이 필요할 것 같습니다."

네. 알겠어요.

연희가 조용히 호흡을 가다듬는 소리가 들렸다.

15년 전. 스물셋, 대학 4학년의 연희는 친구들과 모처럼 바람을 쐬러 대학로에 갔다. 취업 준비로 바빴지만, 친구 소영이 연극 티켓을 얻어 와서 네 명의 친구들끼리 모처럼 연극을 보러 나온 것이었다. 연극뿐 아니라 사람 북적이는 거리를 즐기는 것도 오랜만이라, 그들은 왁자지껄 기분 좋게 수다를 떨며 거리를 누볐다. 그런데 한 남자가 친구들의 앞을 막았다. 상혁이었다.

"학생들. 우리 연극 보러 와요."

그가 전단을 내밀었다. '도트 프린터. 당신의 사랑을 점찍어 드립니다.' 이런 글귀가 쓰인 전단에는 아련한 표정을 한 배우 네 명의 사진이 있었는데, 그중 하나가 상혁이었다.

"오오…. 배우님이 직접 홍보하러 다니시네요. 하지만 우린 다른 거 보러 왔어요."

소영이 웃으며 거절했다.

상혁이 실망한 표정을 과장해서 지어 보였다. 눈썹이 심한 팔자로 누웠다.

"정말요? 뭐 볼 건데요?"

"원더풀 러브"

"앗, 그렇게 뻔한 연극을! 도트 프린터가 훨씬 재미있는데."

이번엔 다른 친구 예진이 웃으며 말했다.

"남의 연극이라고 흉보는 거예요?"

그러자 상혁이 눈을 동그랗게 뜨며 말했다.

"당연하죠. 우린 우리 연극이 최고니까. 거기서도 우리 흉 볼걸요?"

연희의 또 다른 친구 도연도 웃으며 거들었다.

"치열하구나. 이 동네."

그 말에 상혁이 크게 고개를 끄덕였다.

"물론이죠. 연극판이 얼마나 치열한데요."

다시 소영이 말했다.

"와. 너무 솔직하시다."

상혁이 짓궂은 어린 아이처럼 웃었다.

"농담이고요. 원더풀 러브, 재미있어요. 재미있게 보시고, 나중에 우리 것도 보러오세요. 거짓말 안 보태고 원더풀 러브보다 다섯 번은 더 웃을 수 있을 거예요."

상혁이 연희와 친구들에게 전단을 나눠주고 사람들 틈으로 사라졌다. 그의 뒷모습을 바라보던 친구들이 호들갑스럽게 말했다.

"와.. 목소리 엄청 좋아. 성우인 줄. 대박."

"얼굴도 훈훈하고 성격도 좋아 보여."

"다들 반한 거?"

"야, 끼는 네가 제일 많이 부렸어. 아주 대놓고 웃었으면서!"

"내가 언제!"

친구들 말처럼 상혁은 누구에게라도 호감을 받을만한 스타일이었다. 그리고 그 '누구' 중에 연희도 있었다. 친구들이 상혁과 짧은 대화를 나누고 시시덕거리는 동안 혼자 얼굴을 붉히던 연희가.

그리고 며칠 뒤 연희는 '도트 프린터' 관람석 맨 앞자리에 앉아있었다. 친구들에게 말하지 않고 왔기 때문에 혼자였다. 게다가 혼자여서 운 좋게도 맨 앞에 하나 남은 빈 좌석을 차지할 수 있었다. 무대가 아주 가까웠다.

연극이 시작되고, 무대 위에서는 오래된 도트 프린터를 매개로 남녀의 얽히고설킨 사랑 이야기가 애틋하면서도 코믹

하게 그려졌다. 그리고 연극을 위한 과한 분장 속에서도 상혁은 매우 멋있었다. 연희의 눈길은 노골적으로 상혁을 향했고, 결국 그녀의 시선을 느낀 상혁이 연희에게 눈길을 주었다. 연희를 본 그는 잠시 멈칫했지만 그대로 대사를 소화했다. 하지만 유연하게 상황에 대처한 상혁과 달리 연희는 얼음처럼 굳어있었다. 호흡까지 멈춘 시간이 지나고 나서야 그녀는 비로소 자기가 뭘 하고 있는지 알아차렸다. 그것은 '구애'였다.

'내가 미쳤나 보다. 왜 이러니?'

부끄러웠다. 상혁이 자기 마음을 눈치챘을 것 같았다. 하지만 당장 뛰쳐나가기엔 너무 앞자리에 앉아있었다. 그녀는 연극이 끝나길 기다렸다. 하지만 연극이 끝나도 바로 자리를 뜨는 건 불가능했다. 소극장의 입구는 하나였고, 출입구 반대편 맨 앞자리에 앉은 연희는 마지막 순서일 수밖에 없었다. 연희는 도로 자리에 앉아 초조한 얼굴로 사람들이 빠져나가길 기다렸다.

그때 뒤에서 그새 익숙해진 목소리가 들렸다.

"어때요? 원더풀 러브보다 우리 연극이 재미있죠?"

상혁이 서 있었다. 아직 분장을 지우지 않은 상태였다. '원더풀 러브' 이야기를 한다는 건 연희를 기억하고 있다는 것이었다. 연희의 얼굴이 붉어졌다. 그러고 싶지 않은데도 얼굴이 화끈거렸다. 조명이 어두운 게 다행이었다.

"네, 재미있게 잘 봤어요. 안녕히 계세요."

연희는 얼른 인사를 하고 자리를 빠져나오려 했다. 하지만 상혁의 다음 말이 그녀의 발걸음을 붙잡았다.

"혹시 무대 뒤에 분장실 보고 싶지 않아요? 많이들 보고 싶어 하던데. 아, 물론 아무한테나 막 보여주는 건 아니에요."

분명히 연희에게 호감을 전해오는 말이었다. 거절할 이유는 없었다. 그녀는 상혁을 따라 대기실로 들어갔다. 작은 극장이라 대기실이 곧 분장실이었다. 배우들이 분장을 지우고 그들의 지인이 꽃다발을 들고 서 있는 그곳이, 매우 낯설면서도 흥미로웠다. 상혁은 그녀를 자기 옆의 의자에 앉히고 익숙한 손놀림으로 분장을 지우면서 말했다.

"금방 지워요. 차나 한잔하고 가세요."

그들은 그렇게 서로를 알아가기 시작했다. 상혁은 지방에서 학교와 군대를 마친 뒤, 어쩌다 본 연극에 빠져 무작정 서울로 상경했다. 이곳저곳 헤매다 자리를 잡은 곳이 극단 '별자리'. 거기서 3년이 지났고 두 번째로 올린 연극이 '도트 프린터'였다. 경력에 비해 연기가 제법 좋았고, 두 무리 선배가 다툰 끝에 한 무리가 극단을 빠져나가면서 무대에 설 기회가 빨리 찾아왔다. 하지만 늘 외로웠다. 서울에 아는 사람이라고는 극단 선배들이 전부. 경력이 짧으니, 팬이 있을 리도 없었다. 그럴 때 관람석 맨 앞자리에서 눈을 반짝이며 자신을 쫓는 눈동자를 발견한 것이었다.

막 연인이 된 둘은 행복한 시간을 보냈다. 연극이 끝난 무대에서 상혁은 연희만을 위한 노래를 불러주었다. 노래를 들을 때 연희의 표정은 감미롭게 녹아내렸다. 또한 대학로의 거리는 연인들이 사랑을 속삭이기에 좋은 장소였다. 특히 주택가로 접어드는 조용한 뒷골목은 손을 잡고 나란히 거닐기 좋았다. 그 골목 어디쯤에서는 가슴 설레는 첫 키스도 있었다. 연희는 가끔 학생식당 밥이 맛없다는 핑계를 대고 도시락을 싸와 상혁과 나눠 먹었다. 집밥이 그리운 상혁에게는 최고의 선물이었다.

하지만 그러느라 연희의 취업 준비에 차질이 막심했다. 도서관에 있어야 할 시간, 그녀는 극장에 있었다. 도서관에 있어도 그녀의 영혼은 극장에 있었다. 마지막 학기 학점은 물론 토익 점수까지 엉망이었고, 결국은 부모님이 연희의 연애를 눈치채고 누군지 물어오기 시작했다. 안정적인 직장만 갖고 있다면 취업 대신 시집을 보내도 괜찮겠다고 생각하는 것 같았다.

그런데 가난한 연극 배우가 부모님의 사위 리스트에 있을 리 없었다. 상혁의 상황은 생각보다 심각했다. 방을 구할 자금이 없어서 극단 분장실 한쪽에 간이매트를 놓고 생활했으며, 김밥 한 줄, 라면 한 봉지 살 돈이 없는 때도 많았다. 데이트는 언제나 가난했고, 연희의 주머니에서 돈이 나오는 날이 대부분이었다. 물론 그래도 연희는 그가 좋았다. 하지만 부모님은 그를 좋아할 리 없었다. 연희는 필사적으로 상혁의 존재를 감추었다.

그러나 영원한 비밀은 없었다. 어느 날, 결국 부모님께 들키고 격렬한 반대에 부딪힌 연희는 충동적으로 집을 뛰쳐나와 상혁에게 갔다. 그리고 상혁의 품에 안겨 한참을 울었다. 상혁은 그녀를 안고 달래다가 겨우 물었다.

"도대체 무슨 일이야?"

연희가 아직도 남은 울음을 끅끅거리며 대답했다.

"아빠가…. 우리가 사이를 아셨어."

상혁은 그다음 말을 굳이 듣지 않아도 알 수 있었다. 그건 상혁이 제일 두려워하는 말이었다. 하지만 언젠가 듣게 될 거라고 짐작하던 말이었다.

"그렇구나. 아버지, 화 많이 나셨겠네."

"내가 사랑하는 사람이 왜 꼭 아빠 마음에 들어야 하는 거야? 이해를 못 하겠어."

연희는 여전히 속상한 마음을 풀 길이 없어 크게 발을 굴렸다. 상혁은 손을 들어 연희의 눈물자국을 닦았다.

"아버지한테 그런 말이 어디 있어. 아버지가 그러시는 거 당연해. 내가 너희 아빠라도 나 같은 남친 마음에 안 들 거야."

그는 백번 천번 연희 아버지의 마음을 이해할 수 있었다. 하지만 연희는 제 눈가를 만지는 상혁의 손을 뿌리치며 화를 냈다.

"오빠야말로 그런 말이 어디 있어? 오빠가 어디가 어때서?"

상혁은 쓰게 웃었다.

"어디가 어떻긴. 엉망진창이지. 학벌도 없고, 직업도 별로고, 모아 놓은 돈도 없고…. 부모님은 누구나 자기 자식이 능력 있는 상대와 결혼해서 안정적으로 살길 바라는 데, 나는 완전히 빵점이잖아."

화를 내던 연희가 이번엔 눈을 흘겼다.

"뭐야? 오빠가 왜 아빠처럼 말해? 오빠는 당연히 내 편이어야지. 왜 아빠 편을 드냔 말이야."

어느덧 연희의 말투에 물기 대신 날카로움이 서렸다.

반대로 오히려 상혁의 목소리가 촉촉해졌다. 처음부터 끝이 정해져 있는 연애라고 생각했다. 그 끝이 오지 않기를 바랐고, 그 끝을 맺는 게 두려웠으나, 결국 이렇게 마주치게 된 이상 감내해야만 했다.

"내 처지가 이런데 어떻게 욕심을 부리겠니. 우리…. 그만 만나자."

연희는 얼어붙었다. 한참을 말이 없었다. 심장이 밖으로 튀어나올 듯 쿵쾅거렸다. 결국 그녀가 소리를 버럭 질렀다.

"어떻게 그렇게 쉽게 헤어지자는 말이 나와! 내가 그렇게 하찮아? 만만해?"

상혁도 목소리를 높였다.

"연희 네가 하찮아서가 아니라 나! 바로 내가 하찮아서라고. 나 같은 놈은! 너를 만날 자격이 애초에 없었다고!"

상혁의 눈이 시뻘겠다. 그는 애써 눈물을 참고 있었다.

상혁의 말을 들으니, 연희는 아찔해졌다. 저 자격지심을 잠깐 잊고 있었다. 그는 언제나 '나 같은 놈'이라는 말을 달고 살았다. '나 같은 놈한테 너는 과분해.' '나 같은 놈 만나서 고생이 많다.' '나 같은 놈이 뭘 좋다고.' 그런 말을 들을 때마다 마음 한구석이 움찔하기는 했지만 그래도 자신을 소중히 여겨준다는 느낌이 들어 고맙기도 했다. 사랑이 깊어지면 그런 마음도 옅어질 거라 믿었다. 하지만 지금 보니 그는 깊고 커다란 자격지심의 웅덩이에서 한 발짝도 빠져나오지 못하고 있었다.

"그러니까 오빠는 언제나 도망갈 생각만 하고 있었구나.

우리 사랑을 지킬 생각 같은 건 애초에 없었어."

배신감이 치밀어 올랐다. 하지만 이렇게 상혁을 포기할 수는 없었다. 상혁을 갖지 못할 거라는 생각은 해본 적이 없었다. 그녀가 고집을 부렸다.

"좋아. 오빠가 뭐라고 해도 상관없어. 도망갈 수 있으면 도망가 봐. 난 오빠 안 놓아줄 거야. 난 절대 못 헤어져. 집에 안 들어갈 거야."

그녀는 조금 전까지 상혁이 누워있던 간이매트에 몸을 누이고 이불을 뒤집어썼다. 물끄러미 그 모습을 보던 상혁은 한숨을 쉬더니 밖으로 나갔다. 상혁이 나가는 소리를 듣자, 연희의 서러움이 폭발했다. 눈물이 한없이 흘렀다. 그녀는 아이처럼 엉엉 울었다.

얼마나 시간이 흘렀을까. 깊어가는 가을. 냉랭한 소극장 지하의 분장실 공기는 폐부를 찌르듯이 차가웠다. 연희는 얇은 차렵이불을 친친 감고 몸을 공처럼 움츠렸다. 얼굴이 퉁퉁 붓도록 울고 났더니 더 이상 울 힘도 없었다. 자기만 혼자 남겨둔 채, 상혁은 어디에 갔는지 돌아오지 않았다. 무심한 상혁을 생각하자 이번에는 화가 났다.

"세상에 아무도 내 편이 없네. 심지어 사랑하는 사람조차도."

연희가 쓸쓸하게 중얼거렸다.

그런데 얼마 후 연희의 부모님이 혼비백산한 모습으로 들이닥쳤다.

"연희야!!"

연희의 어머니가 그녀를 부둥켜안았다.

"가자. 얼른 집에 가자."

아버지는 못마땅한 듯 잔뜩 얼굴을 구기고 한 발 뒤에 서 있었다. 하지만 큰 소리는 내지 않았다. 딸이 집에 안 가겠다고 고집을 부릴까 봐 눈치를 보는 듯했다. 그리고 그런 아버지의 뒤, 더 먼발치에 상혁이 서 있었다. 그는 모든 것을 포기한 듯 덤덤한 표정이었다. 연희는 그제야 어떻게 된 일인지 알았다. 상혁이 연희의 친구를 통해 부모님께 연락한 것이었다.

헤어지자는 말을 들었을 때보다 더 큰 배신감이 밀려왔다. 마치 이날을 기다리고 있기라도 한 것처럼 동요 없는 상혁, 기꺼이 부모님께 자신을 돌려보내는 상혁을 이해할 수 없었다. 연희는 베일 듯 사나운 눈빛으로 상혁을 노려보며 자리에서 일어났다.

이후 연희의 생각과 감정은 극과 극을 달렸다. 그리고 끓어 넘칠 때마다 상혁을 찾았다. 어느 날은 '도저히 이대로 헤어질 수 없다'며 눈물로 애원했고, 어느 날은 '잘 먹고 잘살아 보라'고 저주했다. 너무 자주 찾아와 소동을 일으키는 그녀를, 극단 사람들도 피하게 되었다.

그리고 결국 상혁은 굳은 결심을 했다. 연극이 끝난 뒤 9시가 되자 선배들을 모두 내보낸 다음 문을 잠가버렸다. 연희는 대부분 이 시간에 극장에 쳐들어와 울거나 화를 내며 상혁을 닦달했는데, 그 날 그녀가 마주한 건 상혁이 아니라 굳게 잠긴 문이었다.

연희는 분노했다. 문을 두드리고 발로 차며 울었다. 그때 멀리에서 사람 하나가 그녀에게 다가왔다. 처음부터 그들을 지켜봐 왔던 상혁의 동료 배우였다. 그가 상혁의 말을 전했다.

"상혁이가 이제 정말 안 보겠다고 했어요. 그만하시죠."

그의 말에 연희의 눈동자는 당장이라도 핏줄이 터져버릴 것처럼 붉어졌다. 그녀는 곧바로 소극장 문을 향해 고함을 질렀다.

"최상혁! 당장 나와! 당장 나오라고!"

하지만 고함만으로는 분을 이길 수 없었다. 그녀는 서서 몸부림을 쳤다. 제 팔다리가 거추장스러워 미치겠다는 듯 공중에 휘둘러댔다. 그러다 극장 문 앞에 놓인 전단을 보았다. 연극을 홍보하는 전단. 연희가 처음 상혁에게 반한 순간 그가 나눠주던 것이었다.

연희는 그것을 한 움큼 집어 들었다. 그리고 공중에 집어 던졌다. 수백 장의 종이가 바람을 타고 흩날렸다. 상혁의 동료 배우가 그녀를 말렸다. 하지만 소용없었다. 그녀는 바닥에 떨어진 전단을 밟고 발로 차며 분풀이를 이어갔다. 한참이나 이어진 소동은 결국 경찰이 와서야 진정되었다.

그런 광기에, 상혁은 진저리를 쳤다. 다음날, 그는 극단을 그만두고 사라져 버렸다. 연희는 그를 찾아 대학로의 모든 극단을 뒤졌다. 하지만 어디서도 그의 흔적을 발견할 수 없었다. 전화번호마저 바꾸고 잠적한 상혁은 신기루처럼 사라져 버렸다. 결국 연희는 상혁을 단념할 수밖에 없었다. 이후 그녀는 마음을 다잡고 다시 공부했고, 취업했으며, 몇 번의 연애를 한 끝에 한 남자와 결혼했다. 그다음에는 아이를 낳고, 남편을 잃었다.

그런데 15년 만에 그를 다시 만났다. 어린이집이 끝나 아이를 데리고 오는 길이었다. 원래는 차량으로 데리러 가는데 하필 고장이나 버스를 타게 되었다. 하준을 데리고 43-9번 버스에 올랐다. 그런데 하준이 운전기사 앞에 장승처럼 서 있었다. 처음 타는 버스는 아니지만 장래 희망이 대형차 운전기사인 여섯 살 하준은 버스를 탈 때마다 기사 앞에서 발을 떼지 못했다.

"안 돼. 하준아. 이것 봐. 네가 여기 서 있으니까, 뒤에 줄이 길잖아. 죄송합니다. 기사님."

하준을 조용히 타이른 연희는 기사의 얼굴을 보고 경악했다. 너무나 낯익은 얼굴이었다. 상혁도 그녀를 알아보고 움찔거렸다. 그런데 상혁의 존재에 놀라 그대로 멈춰버린 연희 때문에 그들 뒤로 줄이 더욱 길어지고 있었다. 상혁이 겨우 떨리는 마음을 숨기며 말했다.

"자, 착한 어린이! 얼른 가서 자리에 앉으세요."

차마 연희에게 말을 건넬 순 없어 하준을 보고 말한 것이었다. 그제야 정신이 든 연희가 서둘러 하준을 데리고 자리로 갔다. 두 정류장을 지나 하차할 때, 연희는 상혁의 얼굴을 한 번 더 보고 싶었으나 승객이 많아 그럴 수 없었다.

첫사랑 A/S 상담소의 상담사가 되어 연희의 이야기를 듣던 혜주는 가슴이 아파왔다. 모질지만 운명적인 이 사랑을 아름답게 바꿔줄 수 있다면 얼마나 좋을까? 진심으로 연희가 안쓰러워서, 그녀에게 최선을 다해 첫사랑을 A/S 해주고 싶었다.

어려운 이야기를 다 털어놓은 연희는 담담하게 말했다.

그땐 제가 너무 어렸어요. 저 자신만 중요해서 마음대로 되지 않는다고 떼를 썼어요. 그래서 결국은 오빠를 극단에서 쫓아냈죠. 오빠의 꿈을 망쳤어요. 그뿐인가요? 곱게 간직할 수 있었던 첫사랑의 기억도 엉망으로 만들어버렸어요. 후회를 많이 했습니다.

말투는 담담했지만 깊은 회한이 느껴져서, 혜주는 연희를 따뜻하게 위로했다.

"누구나 어릴 땐 서툴죠. 사랑도 어릴 때 하면 실수가 잦기 마련이에요. 특별히 자책하실 필요는 없습니다. 그리고 이제 그런 기분을 털어버리실 수 있게 도와드리겠습니다. 저희가 고객님의 첫사랑을 누구보다 행복한 기억으로 바꿔드리겠습니다."

그런데 꼭 지금밖에 기회가 없나요??

"네?"

혜주는 연희가 뭔가 다른 이야기를 하려한다는 느낌이 들었다. 본사에서는 아직 아무 메시지도 보내오지 않고 있었다.

연희는 조심스럽게 말을 꺼냈다.

상담소를 알게 된 거나, 이렇게 이야기를 들어주신 건 정말 감사합니다. 그런데 얘기를 하다보니까 이건 누구의 힘을 빌리는 게 아니라 제 스스로 해결해야 한다는 생각이 들었어요.

그때 혜주의 휴대폰에 본사의 메시지가 떴다.

'결자해지. 그리고 자의식이 강한 분.'

혜주가 그 정보를 이해하는 동안 연희가 다시 말을 이었다.

처음에 첫사랑 A/S 상담소와 연결됐을 때는 어떻게든 그 사람을 다시 붙잡고 싶었어요. 시간이 많이 지났어도 제 성품이 여전히 급하고 이기적이라 그랬나 봐요. 그래도 다행인 건, 얘기를 하다 보니 정신을 차리게 됐네요. 이제 제 의지로 그 사람을 만나서 풀고 싶어요. 서운한 점도 말하고 제가 못되게 굴었던 것에 대한 사과도 하고 싶어요.

그 마음을 이해는 하지만 혜주는 조금 곤란해졌다. 그것은 첫사랑 A/S 상담소가 제공하는 기회를 버리겠다는 뜻이었다. 또한 자신이 첫 상담에 실패한다는 뜻이기도 했다. 물론 지금 자신의 성패가 중요한 건 아니었다. 혜주는 오직 연희가 기회를 놓치지 않길 바라는 마음으로 다시 그녀를 설득했다.

"저희에게 의뢰하시면 성공적으로 두 분을 연결해 드릴 수 있습니다. 하지만 고객님께서 스스로 해결하려 하신다면 결과는 보장할 수 없습니다."

괜찮습니다. 제가.... 해보고 싶어요.

안타까운 마음이 가득했지만, 연희의 의사가 확고해 보여

혜주는 더 이상 고집을 부릴 수 없었다. 할 수 없이 그녀가 말했다.

"알겠습니다. 그럼…."

그런데 그때 본사의 메시지가 도착했다.

'A/S 기회 보류. 나중에도 가능함. 예외적으로 결정함.'

연희의 진정성이 통한 것일까. 상담소도 연희의 기회를 쉽게 박탈할 생각이 없어 보였다. 본사의 결정에 흡족해진 혜주가 얼른 연희에게 알렸다.

"그렇다면 고객님께서 하고 싶은 대로 진행해 보시고요. 혹시라도 저희가 필요하다고 생각하면 다시 전화를 주십시오. 그러면 그때는 오늘 못다 한 첫사랑 A/S를 해드리겠습니다."

그래도 되나요?

연희가 기쁨을 감추지 않았다. 그녀의 표정이 연상돼, 혜주가 빙긋 웃었다.

"네. 본사에서 예외적으로 오연희 고객님 건만 그렇게 하도록 결정했습니다. 다만 다시 전화를 주실 때까지 저희와의 일은 누구에게도 말씀하시면 안 됩니다."

알겠어요. 감사합니다. 정말 감사합니다.

연희가 거듭 감사 인사를 전했다. 혜주는 이제 통화를 마무리해야 했다.

"그럼. 최상혁 님과 좋은 결과 있으시길 응원합니다. 이만 상담 종료하겠습니다."

그렇게 혜주는 첫 상담을 마쳤다. 상담하는 동안은 몰랐는데, 전화를 끊고 나니 심장이 벌렁거렸다. 물론 결과만 놓고 보자면 A/S를 하지 못했지만 그래도 큰 무리 없이 첫 상담자와의 통화가 끝나서 다행이었다.

연희와의 전화를 끊자 곧 본사에서 상담 평가 전화가 왔다.

수고 많이 하셨는데, 어쨌든 결과가 미정이라 조혜주 상담사의 평가도 보류되었습니다. 오연희 씨의 사랑을 추적하면서 계속해서 평가해 보겠습니다.

"네, 알겠습니다."

자신에 대한 평가는 어떻게 나오든 상관없었다. 그보다는 본사가 연희의 사랑을 계속 추적할 거라는 데에 마음이 놓였다. 왠지 상담소가 지켜보고 있으면 좋은 일이 생길 것 같았다. 어찌됐든 연희가 좋은 결과를 얻는다면 그것으로 충분했다.

한편 연희는 전화를 끊고 생각을 정리했다. 상혁을 만나서 할 이야기가 많았다. 한참 동안 생각에 잠겼던 그녀는 결심한 듯 자리에서 일어섰다.

상혁이 운전하는 43-9번 버스는 15분 간격이었다. 정류장에 서서 그가 운전하는 차량이 도착하길 기다렸다. 가슴은 '43-9'라는 숫자가 다가올 때마다 두방망이질 쳤다. 버스의 앞문이 열리고 사람들이 타는 동안, 그녀는 멀찌감치 서서 운전기사의 얼굴을 확인했고, 상혁이 아닌 다른 기사라는 걸 확인할 때마다 서운함과 안도감이 섞인 묘한 기분이 되었다.

다섯 번째 43-9가 지나가고 어느덧 시간도 한 시간이 훌쩍 흘러간 뒤 드디어 그가 도착했다. 멀리서도 차창 안의 낯익은 모습이 느껴졌다. 버스 문이 열리고 두 명의 승객이 먼저 버스에 올랐다. 연희는 마지막으로 탔고, 상혁과 눈이 마주쳤다.

상혁은 잠시 당황하는 듯했으나 이내 자기 일로 돌아갔다. 버스는 말없이 연결된 두 사람을 싣고 달렸다. 그리고 차고지의 종점에 도착했다. 승객들이 모두 내린 뒤 두 사람이 마주했을 때 상혁은 아련하게 웃었다.

"이렇게 다시 만났네."

"그러게."

연희의 목소리가 떨렸다.

"오늘 애기는 없네?"

"어린이집 갔지."

"아. 그렇구나."

무리 없이 주고받을 이야기가 끝나자 잠시 침묵이 흘렀다. 상혁이 얼른 어색한 침묵을 깼다.

"잘 지내지?"

"응. 오빠는?"

"나야 뭐. 보는 대로."

상혁이 버스 내부를 손짓으로 가리켰다. 연희는 그 모습에서 연극 무대에 섰던 배우 최상혁을 떠올렸다. 유려했던 몸짓과 발성을 버리고 버스를 운전하고 있는 그가 새삼스럽게 낯설었다.

"연극은 안 해? 나 때문에 그만둔 거지? 마지막에 그렇게 무례하게 행동해서 정말 미안했어. 너무 오래됐지만 이제라도 사과할게."

연희가 부끄럽게 웃었다. 하지만 상혁은 손을 저었다.

"너 때문에 그만둔 건 아냐. 1년 뒤에 다시 연극 시작해서 5년 넘게 했는데, 밥벌이가 도저히 안 되더라고."

그가 머리를 긁적였다. 연희는 가슴에 손을 얹으며 폭, 한숨을 내쉬었다.

"다행이다. 난 나 때문에 그만뒀다고 생각했어."

"나 같은 놈을 뭘 그렇게 걱정하고 그랬어. 싹 잊고 잘 살았어야지."

시간이 지나도 자신을 스스로 비하하는 마음은 그대로인

듯, 상혁은 자신을 '나 같은 놈'이라 칭했다. 연희는 그게 마음에 걸렸다.

"오빠도 참 안 변한다. 오빠가 어때서. 충분히 매력적인 사람이야. 왜 그걸 자기만 몰라?"

자신의 가치를 몰라보는 그가 정말로 안타까웠다. 하지만 상혁은 쓰게 웃었다.

"내가 그렇지, 뭐…."

"아하…."

연희는 답답해져서 한숨을 쉬었다. 사람은 쉽게 변하지 않는다더니, 정말 그런 것인가? 여전한 상혁의 모습에, 잠시나마 새로운 미래를 꿈꿨던 자신이 어리석게 느껴졌다. 그러나 어렵게 다시 만난 그를 포기하고 싶지는 않았다. 적어도 지난 이야기를 정리할 시간은 가져야 했다.

"쉬는 날에 밥이나 한번 먹어. 전화번호 좀 줘."

그녀가 휴대폰을 열었다. 하지만 상혁은 조심스럽게 물었다.

"남편이 알면 싫어하지 않을까?"

연희는 그의 눈길을 피하며 최대한 무심하게 말했다.

"남편…. 세상 떠난 지 4년 됐어."

상혁의 눈동자가 아래로 툭 떨어졌다. 잘살고 있을 거로 생각했다. 누구보다 남부럽지 않게 살고 있을 거라 믿었다.

그런 연희가 사별하고 혼자 아이를 키우고 있다니. 받아들여지지 않았다. 연희가 어색한 분위기를 깨려고 휴대폰을 내밀었다.

"빨리 전화번호나 줘. 오빠도 혼자지? 우리 밥 먹는 것 정도는 누구 눈치도 안 봐도 되지?"

연희의 말에 상혁이 웃었다.

"내 얼굴에 아직 혼자라고 쓰여 있나?"

그는 연희에게 휴대폰 번호를 불러주었다. 15년 만에 두 사람이 다시 연결되었다.

며칠 뒤 그들이 식당에서 다시 만났을 때, 상혁은 간장게장을 주문했다.

"여기 간장게장 맛있어. 옛날에 너 이거 좋아했잖아."

그 말에 연희가 눈을 크게 떴다.

"기억하고 있네? 내가 간장게장 좋아하는 거."

상혁이 웃었다.

"네가 제일 좋아하는 음식인데 딱 한 번밖에 못 사줘서 두고두고 마음에 걸렸었어."

편의점 삼각김밥으로 끼니를 때우던 그 시절의 상혁에게 간장게장은 절대적인 사치였다. 그래서 연희가 제일 좋아하는 음식인 줄 알면서도 자주 사줄 수 없었고, 모처럼 돈을 모아 딱 한 번 먹으러 간 기억이 선명했다.

"뭘 그런 걸 지금까지 기억하고 있어…."

연희가 상혁에게 살며시 눈을 흘겼다.

"그걸 어떻게 잊냐?"

상혁에게 연희는 잊을 수 없는 추억이었다. 불에 덴 상처처럼 깊고 커다란 흉터를 남겼기에 절대 잊히지 않는 사랑이었다. 그녀에 대한 모든 것이 어제 일처럼 그에게 남아있었다.

"그때 난 너한테 항상 미안했어. 너무 돈이 없어서 해줄 수 있는 게 정말 아무것도 없었잖아."

"난 오빠 가난한 거 하나도 상관없었어."

"알아. 그냥 내 자격지심이었지. 하지만 그게 제일 문제였어. 아무리 노력해도 도저히 극복할 수가 없더라."

"이제 안 그러면 안 돼? 이제는 자기 자신을 조금 사랑해봐. 자신을 사랑해야 다른 사람을 사랑할 수도, 다른 사람의 사랑을 받을 수도 있는 거야."

연희가 따뜻하게 말했다. 그의 팍팍한 삶에 사랑이 깃들 수 있기를 진심으로 바랐다.

"이 나이에 사랑은 무슨…."

하지만 상혁이 쓸쓸하게 웃었다. 그 웃음이 흩어지는 모래처럼 버석해 보여 연희는 속이 탔다.

"우리가 헤어졌던 그때. 오빠도 나도 너무 어리석었어. 이제 시간이 많이 지났는데 그때랑은 다른 모습이어야 하지 않을까?"

상혁이 그녀를 빤히 보았다.

"너는 많이 성숙해진 것 같네. 나는 그대로인 것 같아 부끄럽다."

사별이라는 힘든 시간을 지나와서 그럴까. 연희는 예전의 그녀가 아닌 것 같았다. 상혁은 그녀 앞에서 다시 초라해지는 것을 느꼈다. 다만 예전에는 주머니가 가벼워서 초라했다면, 지금은 영혼이 가벼워서 초라해지는 기분이었다.

'이런 나와 연희는 역시 맞지 않아.'

그가 살며시 주먹에 힘을 주었다.

연희를 만난 뒤, 사별하고 아이와 둘이 산다는 말에 예전 감정이 다시 타올랐다. 하지만 그만큼 또 두려웠다. 자신의 처지는 변한 게 없다. 그러니 다시 시작해도 결과는 같을 것이었다. 다시 시작해 보고자 하는 연희의 마음 앞에서 오히려 상혁의 마음은 굳게 벽을 내리고 있었다.

표정이 자꾸 굳어가는 상혁을 보며 연희도 짐작했다. 오래전에 많이 보았던 표정, 자신을 좌절하게 했던 표정이었다. 자신들은 15년 전에서 한 걸음도 거리를 좁히지 못하고 있었다. 그녀가 초조한 마음으로 물었다.

"앞으로도 변할 일이 없을까? 우린 계속 이 모습일까?"

"아마도."

상혁의 대답은 분명했다. 단호한 그 표정에서 연희도 알아차렸다. 그는 자신과 어긋나기만 하는 사람인 것을. 기껏 맛있게 먹어놓은 간장게장이 비릿한 맛을 풍기며 다시 올라올 것 같아서, 연희는 서둘러 침을 삼켰다.

연희로부터 즐거운 소식이 도착하길 바랐던 혜주는 깊은 고민에 빠졌다. 연희와 상혁의 재회에 대한 첫사랑 A/S 상담소의 보고서가 도착했는데 긍정적이지 않았다.

'이걸 어쩐다….'

혜주가 다리를 달달 떨며 보고서를 노려봤다. 특히 상혁이 너무 답답해서 숨이 다 안 쉬어질 것 같았다.

"어떻게 생긴 사람인지, 내가 얼굴이나 봐야겠다."

그녀는 43-9버스를 타러 갔다. 버스 회사에 전화를 걸어 최상혁 기사님께 감사 인사를 전할 게 있으니, 그의 운행 시각을 알려달라고 부탁했다. 그리하여 그가 운전하는 버스에 탈 수 있었다. 버스가 운행하는 동안, 혜주는 내내 상혁의 뒤통수를 노려보았다.

'그렇게 안 생겨서 세상 답답하게 굴지 마시라고요.'

뒤통수가 따가울 법도 했는데 상혁은 무사히 종점까지 운행을 마쳤다. 그리고 내릴 생각이 없는 혜주를 의아하게 생각하며 다가왔다.

"손님. 여기 종점입니다. 내리셔야죠."

하지만 혜주는 심각한 표정으로 입을 열었다. 원래는 얼굴만 보고 갈 생각이었는데, 상혁의 얼굴을 보자 뭐라도 한마디 해보고 가야 할 것 같이 마음이 뜨거워졌다. 그녀가 마른침을 꿀꺽 삼키고 용기를 냈다.

"기사님. 제 얘기 좀 잠깐 들어주세요. 제가 사귀는 남자가 저를 좋아하면서도 자꾸 뒷걸음질을 쳐요. 자기가 매우 부족하대요. 저는 그렇게 생각 안 하거든요? 부족하든 아니든 함께 해보고 싶거든요? 이럴 땐 어떻게 해야 해요?"

그녀는 자신의 이야기인 듯 가장한 연희 이야기를 털어놓았다.

상혁은 어리둥절했다. 술에 취한 것 같지도, 아픈 것 같지도 않은, 지극히 멀쩡해 보이는 여자가 처음 보는 자기한테 왜 이런 이야기를 하는지? 하지만 눈앞의 여자는 진심인 것 같았다. 그리고 질문을 받았으니, 뭐라도 대꾸를 해야 했다. 상혁이 우물쭈물하며 한마디를 했다.

"남자가 제 복을 발로 차네요. 조건 따지지 않고 이렇게 진심으로 좋아해 주는 사람 만나기가 얼마나 어려운데."

"그러니까 말이에요. 속상해 죽겠어요."

"머리통을 한 대 때려주세요. 정신 차리라고. 나도 답답하네요."

아이고. 선생님. 이거 선생님 이야기라고요. 자기 얘기인 줄은 꿈에도 모르는 상혁을 보고 혜주의 얼굴이 울상이 되었다.

상혁은 그런 혜주를 걱정했다.

"그 남자, 잘못하면 평생 후회하겠어요. 그럴 일 없도록, 빨리 여자 친구가 얼마나 고마운 사람인지 알게 되길 바랄게요."

"진짜 그랬으면 좋겠어요."

"두 분이 인연이면 그렇게 될 거예요. 걱정하지 마세요."

어느덧 상혁은 진심으로 혜주를 위로하고 있었다. 혜주는 마음이 따뜻해지는 걸 느끼며 다시 물었다.

"선생님은 인연을 믿으세요?"

"그럼요. 믿죠. 안 그러면 이렇게 많은 사람 중에서 어떤 여자 하나, 남자 하나가 만나서 소중한 사랑을 하겠어요."

"그럼, 선생님도 인연을 소중하게 생각하셨으면 좋겠어요."

"네?"

혜주의 말에 상혁이 눈을 크게 떴다. 갑자기 왜 자신에게 화살이 향하는지 알지 못해서였다.

"아니 그냥, 다들 자기 인연을 소중하게 생각하고 감사했으면 좋겠다고요."

혜주는 더 이상 말을 할 수가 없어서 그냥 얼버무렸다.

상혁은 뭔가 혼란한 기분이었지만 고개를 끄덕였다. 얼른 이야기를 마무리하고 혜주를 보내고 싶었다.

"그래요. 다들 그러면 좋죠."

"부탁드릴게요."

"네네…. 그래요."

이야기가 이해할 수 없는 방향으로 흐르는 것 같았지만, 그는 얼른 혜주를 보내려고 고개를 끄덕였다. 그러자 혜주가 자리에서 일어나 버스에서 내려갔다. 상혁은 이상한 상황이 종료되었다는 것에 마음이 놓였지만, 차창 밖으로 멀어지는 혜주의 뒷모습을 보자 헛웃음이 나왔다.

"어허…. 참."

버스 기사로 일한 지 4년. 각양각색의 손님을 만났고, 그중에서는 말로 설명할 수 없이 황당한 경우도 많았지만 이렇게 횡설수설하는 손님을 만난 건 처음이었다.

"되게 고민스러운가 보네. 휴…. 사랑이 뭔지."

그런데 한숨을 쉬던 그는 갑자기 가슴이 철렁 내려앉았다. 그녀가 말한 남자친구와 자기 모습이 매우 비슷한 것 같았다. 자신이야말로 연희로부터 도망가기에만 급급했다. 연희가 얼마나 고맙고 소중한 사람인지 모른 척했다. 처음으로 스스로가 부끄러워졌다. 그동안은 물러서는 것만이 최선이라고 생각해 왔는데, 이제야 그게 비겁한 일이라는 걸 깨달았다. 그리고 무엇보다 혜주의 마음이 연희의 마음일 것만 같아 애틋해졌다.

상혁은 홀리듯 창가로 다가가 멀어지는 혜주의 모습에 눈길을 주었다. 저 사람은 누구이길래 자신을 이렇게 나무라고 가는 걸까. 그는, 점으로 사라져가는 혜주의 모습에서 눈을 떼지 못했다.

그때 혜주는 마구 달리고 있었다. 자신이 한 일이 창피했다. 하지만 그래도 시원하게 하고 싶은 말을 전한 건 후련했다. 버스가 안 보이는 곳까지 달려 나온 혜주는 그제야 걸음을 멈추고 가쁜 숨을 몰아쉬며 웃었다.

그리고 며칠 뒤 상혁은 연희를 다시 만났다. 처음 만났을 때처럼 연희가 아이를 데리고 버스에 탄 것이었다. 상혁과 연희는 서로 짧게 눈인사했다. 그런데 하준이 소리쳤다.

"어? 그 아저씨다!"

하준은 연희를 돌아봤다.

"엄마. 맞지?"

연희는 대답할 정신이 없었다. 하준이 입구에 멈춰 서자 금방 뒤로 긴 줄이 생겼다. 그녀는 얼른 하준을 데리고 들어가 자리에 앉힌 뒤에 말했다.

"맞아. 저번에 이 아저씨 버스 탄 적 있어. 그걸 어떻게 기억하지?"

"아저씨가 저번에 나한테 착한 어린이라고 하면서 웃어줬어. 버스 아저씨들은 만날 무서운 얼굴인데 말이야. 그래서 나 아저씨한테 사탕 드리고 싶어."

하준은 주머니를 뒤적거렸다.

그런 일이 있었나? 상혁을 마주친 충격 때문에 하준과 상혁 사이에 생겼던 일은 기억나지 않았다. 그래도 연희는 고개를 끄덕였다.

"그래. 드리고 싶으면 드려."

자신과의 인연과는 별개로 아이가 맺은 인연도 소중한 것이었다. 곧 버스가 신호에 걸려 정차했고, 하준이 냉큼 상혁에게 다가가 사탕을 내밀었다. 상혁은 눈을 크게 뜨며 물었다.

"아저씨한테 주는 거야?"

"네."

하준의 대답이 씩씩했다. 상혁이 웃으며 사탕을 받았다.

"어유. 고마워요. 어린이 손님. 잘 먹을게요. 그리고 빨리 자리로 가. 신호 금방 바뀐다."

상혁의 미소에 하준도 환하게 웃어 보이고는 얼른 연희에게 돌아갔다. 사탕을 전하고 나니 부끄러워졌는지, 하준은 엄마 품에 폭 얼굴을 묻었다.

상혁은 하준에게 받은 사탕을 오른쪽 주머니에 넣어두었다. 그런데 어쩐지 그곳이 따뜻해지는 것 같았다. 아니, 따뜻하다 못해 뜨끈해져 오는 것 같았다. 그동안도 다른 손님보다 어린이 손님의 환심을 살 때 기분이 더 흐뭇해지곤 했다. 하지만, 오늘의 손님은 그냥 보통 손님도 아니었던 데다가 사탕까지 받았으니, 기분이 더 묘했다.

그날 저녁. 연희는 문자를 하나 받았다.

꼬마 손님한테 답례해야겠어.... 언제 같이 밥이라도 먹을까?

'밥? 밥을 먹자고? 하준이랑 셋이?'

연희는 어떤 답을 해야 할까 망설였다. 더 이상 가까워지지 않겠다며 단호하게 여지를 잘라내던 상혁이 무슨 의도로 이런 문자를 보냈는지 짐작이 쉽지 않았다. 하지만 연희는 곧 좋은 생각을 해냈다. 상혁의 초대는 자신이 아니라 하준을 향한 것이었다. 그래서 하준에게 물어보기로 했다. 그녀는 장난감 블록을 갖고 놀고 있는 하준에게 갔다.

"하준아. 아까 버스에서 본 기사님이 네가 준 사탕이 고맙다고 같이 밥을 먹자고 하는데, 어때?"

하준의 눈이 커졌다.

"아저씨가 엄마한테 연락했어?"

"응"

"어떻게?"

"휴대폰으로."

"엄마 번호를 어떻게 알아?"

"음…. 사실 그 아저씨. 엄마 친구야."

"진짜?"

"응"

"그럼 가야지. 아저씨가 뭐 사준대? 난 돈가스가 좋은데."

아저씨가 엄마 친구라는 말에는 전혀 반응 없이 대뜸 제 먹고 싶은 메뉴를 부르는 하준이 엉뚱해서, 연희가 크게 웃었다.

"알았어. 엄마가 아저씨한테 돈가스 먹자고 할게."

"와. 신난다!"

하준이 만세를 불렀다. 연희는 바로 상혁에게 문자를 했다.

하준이가 돈가스 먹고 싶대.

상혁은 손에 땀을 쥐고 초조히 기다리다가 연희의 문자를 받았다. 확인하자마자 울컥 눈물이 쏟아졌다. 이유는 알 수 없었는데, 아직도 사탕 두 개가 들어있는 주머니 속이 유난히 뜨끈했다.

며칠 뒤. 동네에서 제일 맛있다는 돈가스집에서 밥을 먹고 세 사람은 공원으로 향했다. 공원 입구에 도착하자마자 하준은 뛰기 시작했다. 그런 하준을 눈으로 좇으면서 두 사람은 근처 벤치에 앉았다. 상혁이 입을 열었다.

"우리, 가끔 이렇게 밥 먹을까?"

"뭐야? 저번엔 그렇게 철벽을 치더니. 왜 마음이 바뀌었어?"

"음…. 그냥 누가 나한테 그러더라고. 인연에 감사하라고"

"응?"

"네가 나한테 과분하게 감사한 인연이라는 걸 깨닫지 못하고 너무 뒷걸음질만 쳤나 싶어. 부족하지만 이제부터는 도망치지 않고 나한테 온 인연을 좀 더 소중하게 생각하고 싶어졌어."

담담한 고백에 연희의 표정이 감동으로 물들었다.

상혁은 연희의 얼굴을 보기 부끄러워 시선을 돌렸다. 연희는 아무 말 없이 감동을 조금 더 즐겼다. 그리고 말했다.

"그럼 연극은? 오빠는 거기서도 도망쳤잖아."

상혁이 여전히 먼 곳에 시선을 둔 채 대답했다.

"올해까지 일해서 돈 좀 모은 다음에 다시 시작하려고."

"와. 사람이 어떻게 이렇게 하루아침에 바뀌었지? 어디 얼굴 좀 봐봐. 상혁 오빠. 맞아?"

연희는 여전히 앞을 보고 있는 상혁의 얼굴을 제 쪽으로 돌려보려고 그의 팔을 잡아당겼다. 그 힘에 상혁의 상체가 연희 쪽으로 쏠리고 일순 두 사람의 거리가 매우 가까워졌다. 눈빛이 강렬하게 오고갔고 분위기는 갑자기 묘해졌다. 하지만 곧 어색한 분위기가 사라졌다. 고삐 풀린 망아지처럼 공원을 뛰던 하준이 저 멀리서 이쪽으로 달려오고 있었다.

"엄마아~ 아저씨이~"

연희는 달려오는 하준을 안으려고 두 팔을 벌렸다. 하지만 하준은 상혁의 품으로 뛰어 들어갔다.

"어머!"

연희도 놀라고 상혁도 놀랐다. 하지만 하준은 티 없이 맑게 웃었고 곧 상혁이 하준을 번쩍 안아 제 무릎에 앉혔다. 연희는 그 모습을 보며 두 남자가 너무나 자연스럽게 어울리는 이 순간이 이상하면서도 익숙하다고 느꼈다.

한편 혜주는 상혁을 만나고 온 다음부터 약간의 불안증에 시달리고 있었다. 그를 만나 하고 싶은 말을 해서 속은 시원했으나 상담소로부터 질책을 받을 것 같아서였다. 고객을 만나지 말라는 지침은 없었지만, 상담소의 정체 노출에 대해서는 엄격하게 금하고 있으므로 좋은 소리가 나올 것 같진 않았다. 이제나저제나 본사에서 질책성 전화를 해 오지 않을까 노심초사하던 중 드디어 전화가 울렸다. 그런데 의외로 전화는 FLAS 앱과 연동된 연희의 것이었다. 무슨 일이지? 궁금증을 가득 안고, 혜주가 전화를 받았다. 연희의 목소리가 밝았다.

안녕하세요?

"다시 전화를 주셨군요. 반갑습니다."

연희의 목소리가 밝자, 혜주의 기분도 환해졌다. 뭔가 좋은 일이 있을 것 같은 예감. 아니나 다를까 앱에 연희의 최근 정보가 떠올랐다. 상혁과 관계가 진전 중이었다. 혜주의 입이 함박 벌어졌다.

저번에 첫사랑을 이룰 생각이 있으면 다시 전화 달라고 하셨잖아요. 그런데 안 해주셔도 돼요. 저희 둘의 힘으로 가까워지고 있어요. 앞으로도 저희 스스로 노력해 볼게요. 오늘 전화한 건 감사하다는 인사를 드리고 싶어서였어요. 덕분에 저희가 서로에 대해 좀 더 생각해 볼 수 있었거든요.

"아아…. 그러십니까? 축하드립니다. 그리고, 고맙다고 해주셔서 제가 오히려 감사합니다."

아니에요. 정말 감사해요. 평생 잊지 않겠습니다.

연희의 말에 혜주가 빙긋 웃었다.

"아니요. 잊게 되실 겁니다. 저희와의 기억은 곧 지워질 거거든요. 그래도 두 분이 행복한 사랑 하시기를 진심으로 기원합니다."

그렇게 연희와의 통화가 종료됐다. 혜주는 길게 안도의 한숨을 내쉬며 냉장고에서 맥주를 한 캔 꺼냈다. 연희에게 좋은 결과가 있다고 생각하니 그동안의 긴장이 풀리고 목이 말라왔다. 뚜껑을 따 시원한 맥주를 한 모금 삼키자, 속이 다 시원했다.

"으아, 이제 살겠네."

누군가의 사랑을 상담해준다는 게 생각보다 어려운 일이었다. 직접 해보니 더 실감이 났다. 하지만 그러면서도 매 순간 더 잘하고 싶었던 마음이 떠올랐다. 진짜 나는 딱 첫사랑 A/S 상담사 체질인가보다. 스스로에게 만족감이 들어서, 혜주는 혼자 싱긋 웃었다.

그러나 연희의 상담은 상담소의 도움을 받지 않아서 실패로 분류될 것이었다. 그러면 이  다음 과정은 어떻게 되는 건가, 상담자를 다시 찾아서 성공시켜야 하는 건가, 혜주는 궁금했다.

그때 그런데 FLAS 앱이 열리고 첫사랑 A/S 상담소에서 전화가 왔다. 혜주가 반갑게 전화를 받았다. 본사 매니저의 목소리가 들렸다.

고생하셨습니다. 첫 번째 상담을 훌륭히 성사시켰네요. 두 분은 서로의 소중함을 더 많이 깨닫고 앞으로는 더 감사하는 마음으로 사랑을 가꿔나가실 것 같습니다.

"와, 이게 성공으로 인정되는 건가요? 저는 제가 한 일이 없어서 실패했다고 생각했는데요."

한 일이 왜 없습니까. 직접 최상혁 씨를 만나기까지 해 놓고요. 상담소가 해야 할 일을 조혜주 상담사가 다 하셨더군요. 조혜주 상담사가 했던 말이 최상혁 씨를 각성시켜서 이런 결과가 나온 겁니다.

"네? 제가 한 말 때문에 최상혁 씨가 각성하셨다고요?"

혜주는 그제야 자기 말이 상혁에게 영향을 미쳤다는 걸 알아차렸다. 그리고 조금 놀라웠다. 자신의 말은 특별한 게 아니었다. 그냥 넋두리 같은 것, 속상해서 해본 말이었다. 그러니 상혁에게 아무런 울림도 주지 못할 거로 생각했다. 하지만 그게 아니었나 보다. 자신의 진심이 상혁에게 전해지고 결국 그를 변화시킬 수 있었나 보다. 자신이 생각 외의 역할을 했다고 느끼자, 혜주의 가슴이 뭉클해졌다. 하지만 매니저는 냉정하게 혜주의 감격을 방해했다.

하지만 그렇게 고객과 관련된 인물을 마구 만나시면 안 됩니다.

"네, 죄송합니다. 다음부터는 안 만날게요."

물론 혼날 줄은 알았다. 이 정도의 질책은 각오하고 있었고 진심으로 미안하게 생각했다.

하지만 매니저는 의외의 말을 덧붙였다.

그런데 그런 약속까지는 안 하셔도 될 것 같습니다. 이렇게까지 적극적인 상담사는 처음이어서 저희도 이 일에 대해 내부 회의를 거쳤는데요. 상담사의 정체를 들키지 않았기 때문에 그냥 넘어가기로 했고, 앞으로도 허용하기로 했습니다.

그 말에 혜주의 눈이 커졌다.

"그러면, 정체만 들키지 않는다면, 만나도 괜찮은 건가요?"

그렇습니다. 하지만 쉽지 않으실 겁니다. 이번엔 아는 인물이어서 가능했지만, 앞으로는 무작위로 전화를 받으실 테니까요. 어쨌든 들키면 징계를 받고요. 징계받는 동안 누군가는 첫사랑을 이룰 기회를 잃는 거니까 조심하셨으면 좋겠습니다.

"하하…. 네, 물론이죠. 정말 정말 조심하겠습니다."

그렇게 전화가 마무리되나 싶었는데, 매니저는 목소리를 엄격하게 가다듬어서 또 다른 이야기를 꺼냈다.

그리고 앞으로 조금 더 주의해 주실 부분이 있어서 말씀드리고자 합니다. 적극적으로 일하는 것은 좋지만 한 가지 경계해야 할 것이 있습니다. 자신을 과대평가해서는 안 된다는 겁니다. 우리가 마치 엄청난 일을 베풀어 준다고 생각하면 곤란합니다. 우리가 하는 일은 어찌 보면 보잘것없는 일이니까요. 고객들을 대할 때, 이것을 명심해 주시기 바랍니다.

그러니까 우쭐한 마음을 갖지 말라는 이야기였다. 혜주는 조금 억울했다. 상혁을 찾아갈 때, 무슨 큰 은혜라도 내려주는 것처럼 잘난 척하는 마음으로 찾아간 게 절대 아니었다. 연희에게도 그런 마음을 먹은 적 없었다.

"아니에요. 저는 그런 마음으로 일하지 않았어요."

알고 있습니다. 하지만 앞으로도 조심하시라는 의미로 드리는 말씀입니다. 이건 모든 상담사가 기본적으로 주지해야 할 일이니까요.

모든 상담사에게 적용되는 말이라니 억울함이 조금 가셔서, 혜주는 얌전히 대답했다.

"네. 알겠습니다."

그런데 이해되지 않는 게 또 하나 있었다.

"그리고요. 아까 '상담소에서 하는 일이 보잘것없다'라고 하셨잖아요. 그런데 제 생각에 이 일은 절대 보잘것없는 일이 아닌데요. 저도 이곳으로부터 인생을 바꿀 만한 엄청난 도움을 받았는걸요. 첫사랑을 이룬다는 건, 저한테는 마치 마법 같은 일이었어요."

아닙니다. 저희가 드린 도움은 절대 그렇게 큰 것이 아닙니다. 왜냐면 모든 사랑이 이미 판타지기 때문입니다. 저희는 아주 약간의 판타지를 덧붙이는 것뿐이죠.

사랑은 모두 판타지다…. 혜주가 그 말을 곱씹었다.

그렇다. 전혀 모르던 사람을 만나 나를 잊고 그에게 몰두

하는 것, 나의 미래를 기꺼이 그에게 맡기는 것. 그 어려운 일을 가능케 하는 사랑이야말로 판타지가 아니고 무엇일까. 그래서 사랑의 모든 순간은 다 판타지다. 그러니 첫사랑 A/S 상담소가 부여하는 판타지는 사소한 것이다. 모든 것은 이미 이뤄져 있고, 첫사랑 A/S 상담소는 단지 살짝 매만졌을 뿐이다.

혜주는 비로소 매니저의 말을 이해했다.

"그렇군요. 그래요…. 명심하겠습니다."

그렇게 대답하자 이제 진짜 상담사 자격을 갖춘 것 같아 마음이 벅차올랐다. 하지만 혜주는 그대로 전화를 끊지 않았다. 다시 궁금한 게 생겨버렸다.

"그런데요. 첫사랑 A/S 상담소의 소장님은 누군가요?"

도대체 누가 이런 곳을 만들고 운영하는가. 그에 대한 궁금증이 불쑥 솟아난 것이었다.

매니저는 엉뚱한 질문이라는 듯 웃음을 흘렸다.

음.... 누구라고 말씀드리긴 곤란하네요.

"매니저님은 소장님을 만난 적 있나요?"

만났다고 할 수도 있고 아니라고 할 수도 있죠.

"그게 뭐예요."

소장님은 굳이 말하자면 어디에나 있고 어디에도 없는 그런 존재라고 할 수 있습니다.

계속해서 선문답 같은 애매모호한 답이 돌아왔다. 결국 혜주는 제 머릿속에서 떠오르는 질문을 할 수밖에 없었다.

"그분이 혹시…. 신…. 인가요?"

매니저가 잠시 머뭇거리더니 대답했다.

신이라고 할 수도 있고 아니라고 할 수도 있습니다.

"너무 어렵게 말씀하시네요."

혜주가 입술을 쭉 내밀었다. 매니저는 그래도 분명한 대답을 내놓지 않았다.

종교인이라면 신이나 절대적 존재로 믿으시고, 아니라면 간절한 염원쯤으로 생각하시면 되겠습니다.

"간절한 염원?"

생각해 보니 그것도 말이 되었다. 아니, 그것이야말로 가장 완벽한 대답일지 몰랐다. 무슨 일에든 간절한 염원만큼 큰 동력은 없으니까. 염원은 의지가 되고 의지는 실현을 가져오는 법이다. 사랑을 이루고 싶은 사람들의 바람이 첫사랑 A/S 상담소를 만들었을까.

혜주가 그런 생각을 하는 사이, 매니저가 인사를 해왔다. 또다시 엉뚱한 질문을 받을까 봐 서둘러 전화를 끊는 모양새였다.

이제 더는 제가 드려야 할 얘기가 없을 것 같습니다. 그만 마무리하죠. 앞으로 늘 정성을 다하는 상담을 부탁드리겠습니다. 다음 상담 평가 때 뵙겠습니다.

그러고는 전화가 끊겼다. 손에 쥐어진 휴대폰에서는 FLAS 앱이 닫혀 비활성화되었다. 도망가 버린 매니저에게 조금 서운한 마음이 들기는 했지만, 그녀의 처지도 이해가 갈 것 같아, 혜주가 미처 전하지 못한 인사를 혼잣말로 했다.

"네. 그럴게요. 제게 오는 고객들에게는 항상 정성을 다해 상담할게요."

이제 진짜로 새로운 시작이 눈앞에 있는 기분이었다.

그러고는 혜주의 일이 끝나길 기다렸다는 듯 동준에게 문자가 왔다.

혜주야. 우리 부모님이 그러시는데, 아버님 편하신 날짜로 상견례 잡으래.

아, 맞다. 상담소와의 통화 때문에 얼이 빠져있던 혜주가 정신을 차렸다. 두 사람은 상견례를 앞두고 있었다. 사랑이라는 판타지에 빠진 혜주와 동준에게 이제 결혼이라는 결실의 시간이 다가오고 있었다. 이래저래 분주한 시간이었다. 덕분에 1년에 겨우 일주일뿐인 휴가는 오롯이 상담과 결혼 준비에 갖다 바쳤다. 하지만 이제 상담소의 일은 일단락됐으니 자기 일에 조금 더 집중해야 했다. 혜주가 바로 답 문자를 보냈다.

알았어. 아빠랑 상의한 다음에 날짜 몇 개 골라서 알려줄게.

# 11 혜주의 결혼식

4개월 뒤 그들은 서로의 완전한 짝이 되었다. 결혼식 날 혜주는 세상에서 제일 예쁜 신부가 되어 신부대기실에 앉아있었다. 예상외로 준비가 일찍 끝나 결혼식이 시작하려면 한 시간이 남았다. 아침부터 분주했던 터라 대기실에 조용히 자리를 잡자 비로소 감격이 새로웠다. 긴 시간 결혼식을 준비해 왔지만, 자신이 결혼한다는 게 좀처럼 실감이 나지 않았다. 이제 동준과 한 운명이 되었다는 게 꿈결 같았다.

혜리는 아침부터 혜주를 따라다니며 도와주고 있었다. 그녀가 혜주의 드레스 자락을 넓게 펴놓아 주고는 옆에 앉았다.

"내가 너의 결혼식 도우미를 하다니, 신기하다."

"나도 그래. 기분이 이상해."

"요즘 상담은 잘 되고 있어?"

"응. 하루에 한 건 정도는 하는 것 같아."

"헐. 너무 열심히 하는 거 아냐? 난 일주일에 두 번도 힘들던데."

"너는 아기도 키워야 하니 당연하지."

"그게 아니라 네가 나보다 훨씬 더 재미있어하는 것 같은데?"

"그런가? 어쨌든 재미있기는 해. 보람도 있고."

"본사에서는 에이스가 들어왔다고 야단이야. 이렇게 잘할 거면서 안 한다고 튕기다니…."

혜리는 상담사 제안을 거절하던 혜주 생각이 나서 살포시 눈살을 찌푸렸다. 혜주가 반달눈으로 헤헤, 웃었다.

"그렇게 말이야…. 뜻밖의 적성을 찾았달까."

"하지만 너무 열심히 하지는 마. 너 때문에 세상의 첫사랑이 다 이뤄지면 그것도 재미는 없어."

조금은 짓궂은 혜리의 말에 혜주가 웃었다.

"그런가?"

그녀는 혜리의 말이 일리 있다고 생각했다. 소중한 첫 번째 사랑을 이루는 사람들이 있다면, 그 첫사랑에 실패함으로써 더 나은 사랑을 만들어 가는 사람들도 있어야 한다. 세상엔 여러 사랑이 섞여 있어야 좀 더 풍요로운 사랑이 흘러넘칠 수 있을 테니까.

혜주가 잠시 생각에 잠긴 그때 하객들이 들어오기 시작

했다. 맨 처음 들어온 건 미숙과 재성이었다. 이혼소동이 있고 벌써 4개월이 흘렀는데, 그들은 아직 함께 살고 있었다. 그렇다고 미숙이 포기를 한 건 아니었다. 미숙과 재성 모두 묵은 감정을 털어내고 이혼하자는 데 합의했고 대화를 시도 중이었다.

물론 쉽지는 않았다. 특히 수십 년 전의 기억은 서로에게 너무 다르게 입력되어 있어서 '내가 언제 그랬냐?'는 말이 대화의 진전을 방해했다. 그래도 두 사람은 가끔 마주 앉아 술잔을 기울이며 오래된 감정을 조금씩 털어내고 있었다.

"아휴, 우리 혜주, 너무 예쁘다. 혜리는 진짜 오랜만이구나. 그래도 어렸을 때 얼굴이 그대로 있네. 우리 나중에 얘기 많이 하자."

미숙은 혜주와 혜리를 번갈아 보며 웃었다. 자신도 어렸던 시절, 그보다 더 어린 제자들에게 농담 삼아 재성의 이야기를 털어놓은 기억이 새삼스럽게 떠오르자 아련한 기분이 되었다. 한편 재성은 미숙의 뒤만 졸래졸래 쫓아다니고 있었다. 그는 미숙이 오른쪽으로 움직이면 오른쪽으로, 왼쪽으로 움직이면 왼쪽으로, 마치 어린아이처럼 그녀를 따라다녔다.

혜주가 미숙의 귀에 속삭였다.

"김 사장님은 선생님 말씀 잘 듣는 아들 같아졌는데요."

그러자 미숙이 인상을 찌푸렸다.

"됐다. 얘. 이 나이에 아들 키울 일 있니? 아들은 지승이 하나로 됐어."

하지만 그러면서도 그녀는 재성을 향해 손짓했다.

"아, 이리 와요. 혜주 결혼식인데 사진은 한 장 찍어야지."

미숙이 자신을 챙기자, 재성은 헤벌쭉 웃으며 미숙의 옆에 바짝 붙었다.

"아이, 저리 좀 가요."

미숙이 남편에게 핀잔을 주었다. 그래도 재성은 물러서지 않고 미숙의 옆에 바짝 붙었다.

혜주는 놀라서 재성을 쳐다보았다. 지금까지 그런 모습은 처음 보았다. 미숙네 식구들과 여행을 간 적도 있고 식사도 자주 해서 재성이 미숙을 어떻게 대하는지 너무 잘 아는데, 이렇게 살가운 건 처음이었다. 어떻게 된 일일까? 놀란 마음을 가라앉히고 사진을 찍은 혜주는 멀어져가는 재성을 보고 문득 이런 생각이 들었다.

'혹시 김 사장님의 첫사랑은 이제 시작되는 게 아닐까? 정말 그렇다면 얼마나 환영할 일인지?'

흐뭇한 상상 속에서 혜주는 미소를 감추지 못했다.

미숙의 가족과 사진을 찍고 나자 곧 새봄과 문호, 윤이가 도착했다. 새봄은 둘째를 가져 배가 제법 불러 있었다. 그녀는 혜리와 요란하게 인사를 나눴다. 같은 반이었던 적은 없지만 중학교를 같이 나오고, 혜리가 전학을 가기 전 고등학교 1학년 때까지도 같은 학교에 다녔기 때문에 잘 아는 사이였다. 그들은 오랜만에 보는 만큼 할 이야기가 많았다. 둘의 이야기가 길어지자, 문호가 멀뚱하게 앉아있는 혜주의 앞으로 새봄의 손을 잡아끌었다.

"오늘의 주인공한테도 인사해야지."

그제야 새봄이 혜주를 보고 예쁘다는 칭찬을 입이 마르게 해댔다. 그러고는 갑자기 뾰로통해져서 말했다.

"너는 왜 내가 배불뚝이일 때 결혼하는 거냐고. 사진에 나만 이상하게 나올 거잖아."

투덜대는 새봄에게 혜주가 웃어 보였다.

"넌 배 나와도 예뻐."

그 말에 새봄이 배시시 웃었다.

"그건 그렇지만."

그리고 새봄의 뒤로는 우정과 정우가 보였다. 두 사람은 고급스러운 그레이 톤으로 의상을 똑같이 맞춘 채 두 손을 꼭 잡고 있었다.

"언니~ 축하드려요. 진짜 진짜 축하드려요."

정우도 고개를 숙여 인사했다. 혜주가 미소를 지어 보였다.

"와줘서 고마워요. 우리 같이 사진 찍어요."

혜주가 사진을 청하자 두 사람이 나란히 혜주의 오른쪽 옆에 앉았다. 그런데 우정이 반대편으로 건너가며 말했다.

"아참, 나 왼쪽 얼굴이 더 잘 나와. 각도를 보니 이쪽에서 찍어야겠다."

그러자 정우도 우정을 따라 자리를 옮겼다.

"나도 왼쪽이 잘 나오는데…."

"맞다. 우리 둘 다 그렇지?"

그들은 서로의 같은 점을 차곡차곡 쌓아가고 있는 모양이었다. 그들을 보고 혜주가 만족스럽게 웃었다.

혜주가 우정 커플과 사진을 찍는 동안 멀리 현기의 모습도 보였다. 그리고 그 옆에 수줍게 서 있는 깨끗한 인상의 여자는 필경 수란일 것이었다. 그런데 수란의 옆으로 상혁이 보였다. 이게 무슨 일이지 싶어, 혜주의 눈이 커졌다. 그는 꼬마 아이의 손을 잡고 있었고, 그 옆에는 어떤 여자가 아이의 어깨에 손을 얹고 있었다.

'오연희 씨다!! 저렇게 잘 지내고 있구나.'

자신의 첫 고객 오연희를 본 혜주는 잠시 감격에 젖었다.

그런데 상혁이 혜주를 뚫어져라 쳐다보았다. 그 눈길을 느끼고 혜주가 흠칫했다. 어디선가 본 얼굴 같아 기억을 더듬는 게 분명했다. 하지만 혜주는 크게 걱정하지 않았다. 화장도 안 한 채 버스에서 대면한 얼굴과 한껏 꾸민 지금의 얼굴은 매우 다르니까. 나중에 또다시 마주칠 일이 생길지는 모르겠지만 지금 그것까지 걱정할 필요는 없어 보였다.

그때 사진작가가 동준을 데리고 나타났다.

"자, 조금만 비켜주세요. 신랑 신부 사진 좀 찍겠습니다."

동준이 혜주의 옆에 나란히 섰다. 그는 자신의 앞쪽에 서 있는 하객들을 눈으로 쭉 훑으며 가볍게 인사했다.

그때 혜주는 뭔가 이상하다고 생각했다. 그가 연희를 보았을 텐데 놀라는 기색이 없었다. 그녀는 그제야 알았다. 동준은 이미 연희의 소식을 알고 있었다는 걸. 연희의 뒤로 동준의 대학 친구들이 옹기종기 모여 있는 모습이 꽤 오래전부터 서로 연락을 주고받은 것 같았다.

'헐. 나 몰래 첫사랑을 만나고 계셨다라….'

혜주는 괜히 심술이 나서 자세를 움직이는 척하며 동준의 옆구리를 팔꿈치로 쳤다.

"아야! 왜? 혜주야 괜찮아? 어디 불편해?"

얻어맞고도 혜주를 챙기는 동준 때문에 그녀는 피식 웃음이 터졌다. 누가 뭐래도 첫사랑에 성공한 내가 승자다 싶었다.

'그래. 내가 봐 준다.'

혜주는 사진작가가 시키는 대로 동준에게 다정히 안겨 사진을 찍었다.

그런데 그때 새봄이 다가오더니 혜주에게 물었다.

"혜주야. FLAS가 뭐야? 거기서 화환이 왔던데?"

그녀는 식장 입구를 찍어온 사진을 보여주었다. '조혜주, 이동준 님의 결혼을 진심으로 축하드립니다. FLAS 일동'이라고 쓰여 있었다. 같이 사진을 본 동준은 고개를 갸웃거렸다.

"나랑 상관있는 곳은 아닌데? 너한테 온 거 아니야? 조혜주 이름이 먼저 있잖아."

혜주는 억지로 웃음을 감췄다. 옆에 서 있던 혜리도 혜주와 눈을 맞추고 살며시 웃었다. 상담소는 가끔 이렇게 예상치 못한 일을 벌인다.

하지만 혜주는 동준에게 고개를 저었다.

"아냐. 나도 모르겠어. 뭐 아무튼 누가 우리를 축복하고 있다는 건 감사한 일이지."

"아니. 알아야 감사 인사를 하지."

곤란한 얼굴인 동준 옆에서 혜주는 생각했다.

'그건 내가 상담 일을 더 열심히 하면 되는 거라고.'

다른 회사는 모르겠지만 첫사랑 A/S 상담소는 그런 감사 인사를 가장 바랄 것이다.

신의 영역인지 인간의 염원이 발현시킨 기적인지 알 수 없으나, 안타까운 이유로 어긋난 첫사랑을 아름답게 완성해 주는 세상에서 가장 멋진 애프터서비스 상담소. 그리고 순수하게 다른 이의 첫사랑을 이어주는 보람만으로 가슴 설레는 상담사들. 세상에서 가장 멋진 곳에서 멋진 사람들과 일한다는 것이 새삼스럽게 자랑스러웠다.

끝까지 이 길을 걸어갈 거야. 혜주는 속으로 굳게 다짐했다.

"자자, 신랑님 나오세요. 입장하시겠습니다."

예식 도우미의 안내에 동준이 혜주를 향해 웃어 보였다.

"아버님은 식장 앞에 계셔. 조심해서 들어와."

그가 떠나자 갑자기 혜주의 가슴이 두근거렸다.

이제 그녀 앞에는 새로운 시간이 기다리고 있었다. 사랑하는 동준과 함께 꾸려나갈 결혼 생활, 그리고 다른 이들의 아름다운 첫사랑을 이뤄주는 첫사랑 A/S 상담소 상담사로서의 시간. 둘 다 쉽지 않을지 모른다. 하지만 최선을 다할 것이다. 최선을 다하다 보면 만족할 만한 결과를 낼 수 있겠지. 잘 해낼 수 있을 거라는 결의가 묵직했다.

혜주가 하얗게 빛나는 드레스 자락에 감춰진 두 주먹을 꽉 움켜쥐고 걸음을 옮겼다. 그 뒤를, 드레스 자락을 조심스레 받쳐 든 혜리가 따라갔다.

**첫사랑 A/S 상담소**

**초판 1쇄 인쇄** 2024년 4월 25일
**초판 1쇄 발행** 2024년 4월 30일

**지은이** 이륜
**펴낸이** 박세현
**펴낸곳** 서랍의 날씨

**기획 편집** 곽병완
**디자인** 김민주
**마케팅** 전창열
**SNS 홍보** 신현아

**주소** (우)14557 경기도 부천시 조마루로 385번길 92 부천테크노밸리유1센터 1110호
**전화** 070-8821-4312 | **팩스** 02-6008-4318
**이메일** fandombooks@naver.com
**블로그** http://blog.naver.com/fandombooks

**출판등록** 2009년 7월 9일(제386-251002009000081호)

**ISBN** 979-11-6169-294-4 (03810)



서랍의날씨는 팬덤북스의 가정/육아, 문학/에세이 브랜드입니다.